遠き旅路

能島龍三

遠き旅路＊目次

プロローグ

これから始まるのは、二〇一五年に九十六歳で亡くなったある日本人の物語である。

その人は、私の亡父の日中戦争時代の戦友で、岡田誠三郎さんという。ずっと以前に父を通して私はこの人と知り合った。私が小説を書いていると知って、是非話がしたいと言ったのだそうだ。父が岡田さんの住所を教えてきたので、あまり気乗りはしなかったのだが出掛けて行った。

住まいは東京の西の外れで、広い庭のある家だった。若い頃は役場に勤めていたという岡田さんは、七十代に入っていたが非常に若々しい感じだった。お連れ合いの久美さんも、美しく感じのいい人であった。お二人とも昔からの知り合いのような気になって、その日私はすっかり長居をしてしまったのだった。

私と父とはうまくいかなかったが、父と反対で護憲の考えを持つ岡田さんとは、年齢が離れているのに妙に気が合った。ただ、岡田さんが私に話した内容は、決して笑顔で受け止められるようなものだけではなかった。日中戦争における日本軍の加害の問題から、今で言うＰＴＳＤの辛い体験、戦争における石炭や鉄などの収奪の問題まで、重い話題も多かったのだ。

特に驚いたのは、岡田さんが「日中戦争は阿片《アヘン》戦争だった」と断言したことだった。しかもそれに関わった人間として、戦後の政治の中心にいた人たち、岸信介や大平正芳らの名前を上げた。そればかりか、岡田さん自身も、意図せずして阿片の流通に関わる軍務に就いたことがあるというのだ。それに関係するあの当時の自分の体験を、少しずつ書きためているのだと言って、三百枚程の分厚い鉛筆書きの原稿用紙の綴りを見せてくれた。

その後、私自身も興味を持って、「満州事変」「支那事変」と阿片政策に関わる資料を探してはみた。岡田さんの証言も収録されている著作を始め、何冊かの単行本を手には入れたが、敗戦直後におけるこの分野の書類処分は徹底していたらしく、これというものは見つからなかった。そのうち、私には別の課題が突きつけられて、日中戦争と阿片の問題は、創作のモチーフの上でお蔵入りとなってしまっていたのだった。

岡田さんとは、その後も年に一、二度は手紙や電話のやりとりをしていたし、時には出掛けて話をしたこともあった。しかし、話題は現実政治の問題が多くなり、その関係の体験談はあまりしなくなっていた。

その当時は、自衛隊は既にイラクに派遣され、教育基本法が変えられ、憲法改定の動きも強まって、再び日本を戦争できる国にしようとする政治の流れが、一気に強まっていた時期だった。岡田さんは、戦前の日本を「美しい国」だとする宰相を「妖怪の孫」と呼び、「あの戦争の片をきちんと付けてこなかったから、こんなことになった」と、厳しい顔でよく言っていた。

岡田さんが九十歳になった頃、奥さんの久美さんが亡くなった。それ以来、一気に元気がなくなってしまったと、一緒に住む娘さん夫婦からの手紙にあった。

それから少しした頃、岡田さんから大きな段ボール箱が送られてきた。中には、書籍と書類がびっしり入っており、書きためていたあの原稿用紙の綴りも入っていた。添えられた封書には、自分の体験をまとめようと思って頑張ってきたが、最早その力もなく、無念だがとうとう書ききるのを断念したとあった。そして、どうかこれらの資料を使って、自分が体験したあの戦争を、一つの作品にまとめて欲しいと書かれていたのである。

私は礼状を書き、必ずご希望に応えるようにしたいという言葉を添えた。しかしながら私は、その後起こった大震災と原発事故その他の取材にかまけて、数年間段ボールの内容を精査しないままでいたのだった。

その日、私の利用しているJRの駅前で、宣伝活動をしているグループがあった。「安保法制反対」「憲法九条を守れ」、「辺野古新基地反対」等のポスターを掲げた、五、六人の中高年の男女だった。

私がそこを通り掛かった丁度その時、一人の若者がその人たちの前に歩み寄った。そして、憎々しげな顔で「おい『支那人《しなじん》』、お前らさっさと中国に帰れっ」と怒鳴ったのである。言われた白髪の女性は、ただ微笑んで聞き流していたが、私には大きな衝撃だった。

この若者は、このような民族排外主義的感性を、一体どこで身に付けたのだろうか。彼は、かつて「大日本帝国」が中国や朝鮮に何をしたのか知っているのだろうか。近現代の歴史について、ものすごく歪んだ知識を持っているのではないか。南京大虐殺はなかった、従軍慰安婦は強制ではなかった、あの戦争は侵略ではなかった、戦前の日本は美しい国だった……そのように思っている若者の一人であるかも知れない。愕然《がくぜん》とした私の脳裏に、岡田さんから預かっている資料の段ボールが浮かんだ。

岡田さんは、こうした、近現代史に誤った認識を持つ若者や、あの戦争前後のこの国のことを知らない人々に、あの時代の真実を知らせようと、かつてはあちこちで証言をしたり、必死で体験を書きためたりしていたのだろう。としたら、今こそ資料を託された私自身が自分の仕事として、そのテーマの仕事を進めなくてはならない時なのではないか。その責任があるのではないか。その時私は強くそう思ったのである。

その頃のある夜のこと、岡田さんが夢に出てきたことがあった。「夢枕に立つ」「金縛りに遭う」などということを、私は全く信じていない。だがその夜、夢に出てきた岡田さんは、確かに黙って立ったまま私を見おろしていた。本当に夢枕には立つものなのだと、夢の中でぼんやり私は感じた。岡田さんは何も言わなかったが、そうであっても、もちろん私には「こんなに時間が経ってしまって、君はあの資料をどうするつもりなのかね」と、穏やかな口調で、しかし厳しく問いかけられているのが分かった。私はただ焦って言い訳を探していたが何も言えなかった。

夢の記憶はそれだけだ。岡田さんの姿がどう消えたのかも覚えていない。翌朝、そういう夢を見たと思い出しただけだ。申し訳なかった。私は心の中を冷たい風が通り抜けたような気分にせき立てられて、着替えもしないまま、クローゼットから段ボール箱を引っ張り出してきた。そして、手帳を出して仕事のスケジュールの中に、短時間ずつだったが資料を読む時間をきちんと位置づけた。そしてその日からそれを始めた。

　分厚い原稿用紙の綴りには、時間を追って詳細な体験が書かれていた。それはすぐに活字にできるような練れた文章ではなかった。しかし、軍隊に志願で飛び込むまでの貧しい生活や、入隊から初年兵時代の苦労、愛馬との出会いや関わりなどが、実に丹念に書かれている。敗戦前後の部分は、これまで聞いたこともない驚くべき内容だった。それらは、現代の日本人が、どうしても知っておかなくてはならないことだと思われた。私はそれを小説として、形にしようと決心した。

　そのことを報告するために電話をしたとき、岡田さんは既に入院していた。亡くなったのはそれから一週間後だった。お見舞いにも行けないままだった。私は岡田さんに借りを返さなくてはならない。私はこの作品を、岡田さんの魂が乗り移った思いで書き進めようと思う。

第一章　故郷

岡田誠三郎は、一九一九（大正八）年、東京府西多摩郡五日市町で、男兄弟三人の末っ子として生まれた。両親と祖父の六人家族だった。父親は誠三郎が生まれて三年後、山仕事中に事故に遭い、満三十五歳で亡くなった。父親は亡くなるまでの半年間、家で苦しみ続けた。働き手を失った上に手術や入院治療費がかさみ、田んぼを何枚か失うことになった。

　悪いことは重なるもので、父親の葬儀が済んで間もなく、今度は満八歳の長男が転んで、持っていたハサミを目に刺し片目を失った。悲嘆に暮れながら、母親と祖父は残された北向き斜面の八反歩程の田畑を、這いつくばるようにして耕作した。当然暮らしは困窮した。母親はこの貧しさを、家族の暗い宿命だと言って嘆いたが、祖父という人はいつも淡々としていた。

　祖父が生まれたのは万延元年だと、誠三郎は聞かされていた。後で調べたのだが、西暦では一八六〇年である。咸臨丸《かんりんまる》がアメリカに行ったり、桜田門外で井伊直弼《いいなおすけ》が斬られたりした年だ。誠三郎は幼い頃、この祖父と一緒に過ごすことが多かった。

祖父が若い頃も、岡田家は学問ができる程豊かではなかった。しかしながら、ある時期に偉い人が五日市に来て、近隣の百姓向けの勉強会を定期的に開いたことがあった。祖父はそこに参加したとかで、知識が大層豊富だった。誠三郎にもいろいろな世界のことを教えてくれたし、本もどこからか手に入れてきては読んでくれた。だから誠三郎は幼い頃から本好きで、一冊の本をぼろぼろになるまで読んだものだ。

その祖父は、誠三郎が尋常小学三年の時に、満六十八歳で亡くなった。それからが、岡田の家の本当に厳しい時代だった。祖父という働き手を失い、子どもたちも必死で農作業に取り組んだが、貧困のどん底という状況だった。五歳上の長兄は高等科をあきらめ、体が強くなかったのに母と共に農作業をし、日雇いの土木作業に出て家計を支えた。

誠三郎が尋常小学校の六年間で、最も一所懸命に勉強し、一番楽しい時間を過ごしたのが五年生の時だった。田舎の小さい学校だったので、男女一緒の学級だ。担任は、若々しい新任の河野美紀子先生だった。どんな子にも等しく優しい先生だった。いつもいい香りがした。不思議なことに、河野先生が担任になってから、学級での喧嘩やいじめが驚くほど少なくなった。みんなで楽しく過ごす時間が増えたからだったろう。

河野美紀子先生が教えてくれたことで、誠三郎の胸の奥にしっかり刻みつけられた言葉がある。「かけがえがない」という、それまでの生活では聞いたことがない言葉だった。「かけがえ」とは、代わりになるもののこと、そう何度も聞かされた。代わりがない程大事なものを、「かけがえがない」と言うのだと。

「いい、あなたたち一人ひとりがみんな、かけがえのない大切な子どもたち。いじめたり、仲間はずれにしたり、『死ね』なんて言ったら、お家の人や先生はどんなに悲しいか……」

先生はそういうふうに話した。そんなことを言う先生には、それまでもそれからも会ったことがない。

毎日、綴り方を書く短い時間があって、自分が思ったこと、感じたことを書かされた。本当のことだったら、何を書いてもよかった。最初は面倒臭かったが、誠三郎は次第にその時間が好きになった。河野先生は、「誠三郎君は、やる気になればうんと勉強ができるようになる子よ」と、何度も言ってくれた。

その大好きな河野先生が、五年生ももうすぐ終わるという頃、突然学校に来なくなった。兄たちによれば、恐ろしい「アカ」の一味に加わって警察に捕まったのだという。誠三郎はしばらくの間、河野先生は「アカ」という恐ろしい悪人一味に捕まえられたのだと勘違いしていた。先生が悪い人であるはずがないと思っていたからだ。

河野先生の代わりに、しばらくの間誠三郎たちの担任になったのが、ちょび髭禿頭《ひげとくとう》の校長先生だった。子どもにお説教をする時に、すぐに耳や鼻をつまんで引っ張るので、子どもたちみんなから嫌われていた。その校長先生が臨時担任として最初に教室に来た時に、河野先生のことを、憎々しそうに口を歪めて「アカ」の一味の悪党で、お前たちにも変な綴り方を書かせた、だからお前たちも徹底的に叩き直すと言った。

誠三郎は子どもながら、腹の底からこの校長を憎んだ。絶対に許せないと思った。その日の夕刻、暗くなりかかった頃、誠三郎は一人で学校に出掛け、校長室の窓ガラスめがけて、石入りの特大泥団子を二個投げつけて逃げた。翌朝から、校長は必死で犯人捜しをしたが、誰の仕業かは分からずじまいになった。無口でおとなしい誠三郎がやったとは思いもしなかったのだろう。校長室の窓には、しばらくの間黄色い油紙が貼られていた。

誠三郎もまた高等科には進まず、尋常科を卒業してすぐに、次兄のいた製材所で働き始めた。二歳年上の次兄が、やはり尋常科を出てその製材所で働いていたのだが、少し前に、しばらく船人足をして、歳が来たら海軍に入ると言って、知り合いのいる横浜に行ってしまったのだ。その頃長兄は体を壊していて、日雇いに出ることができなくなっていた。現金収入が途絶えることは岡田家の死活問題だったのである。

高等科に行けなかった誠三郎は、その分、友達から本を借りて、時間を作ってはむさぼり読んだ。製材所の仕事は体力的にきつく、そして退屈だった。将来の道は別に考えなくてはならないと思った。歳が来たら、次兄のように軍隊に志願するつもりではいたが、それまでずっと製材所で働くか、どうするか。

そのうち、時たま現れる材木運搬のトラックの運転手と仲良くなった。話を聞いたり、運転を見せてもらったりするうち、誠三郎はどうしても自動車の運転手になりたくなった。その人は、運転などは、見習いで入って助手をするうちに誰でも覚えられると言う。おまけに、その気があるなら社長に紹介するとまで言われた。

結局、一年少しで製材所を辞め、その人の伝手で、東京に幾つもない、複数のトラックを所有する運送会社に就職したのである。会社は少し離れた大きな街にあって、誠三郎の足で二時間程掛かったが、雨の日も雪の日も、無遅刻無欠勤で通った。そこで真面目に必死で働いたためだろう、みんなに可愛がられて、トラックや三輪自動車やサイドカーの運転を少しずつ教えてもらった。年齢がいかず、正式な運転手にはなれなかったが、技能を習得できたのはありがたかった。

誠三郎はトラックのエンジンなどの構造を知り、関連する本を読むうちに、次第に戦車や航空機にも強い興味が湧いてきた。そして、少年航空兵という道があることを知り、操縦士になって空を飛びたいと強く思うようになったのだった。それで、ある日役場へ行って係の人に尋ねると、少年航空兵の受験資格は高等小学校卒業以上だと言われ、がっくりと肩を落として帰ってきた。夢ははかなく破れた。

誠三郎が十七歳になる頃、青年学校の講座に五日市町出身の騎兵中尉が招かれた。磨き抜かれた長靴と軍刀に憧れただけでなく、誠三郎は中尉の日露戦争に於ける騎兵隊の活躍の話に胸を躍らせたのだった。

中尉の話が終わって誠三郎は考えた。運転の技能を生かすなら輸送に携わる輜重《しちょう》科だが、その指揮下にいる輜重輸卒は「輜重輸卒が兵隊ならば、チョウチョトンボも鳥のうち」などと馬鹿にされる存在であり、誠三郎は憧れを持てなかった。帰り際に中尉に尋ねると、是非騎兵に志願して欲しいと熱く言われ、運転技能を持っていることは、騎兵隊でも必ず役に立つとの言葉で、誠三郎は心を決めたのだった。

一九三七（昭和十二）年、習志野の騎兵第二五〇連隊に志願で入隊。広島から大連へ、そこから鉄道で「満州」（中国東北部）北部の海拉爾《ハイラル》に行き、そこで厳しい初年兵教育を受けた。

消灯ラッパは「床とってしょんべんしてね、また寝て泣くんだよ」と鳴るのだと教えられたのはその頃だ。初年兵の頃は辛かったけれど、若い志願兵だということで、内藤という中隊長は特に可愛がってくれ、よく当番兵として使ってもらった。執務室の掃除などした折に、机の引き出しが開いていて、そこに饅頭《まんじゆう》や羊羹《ようかん》が置かれている。手を出さずにいたら、翌日「好意を無にするものではないぞ」と叱られた。以来、引き出しにある物は、ありがたく食べさせてもらった。他の兵が当番の時もそうだったのかも知れないが、腹の減る年頃の誠三郎には特にありがたいことだった。

軍隊には古年兵の制裁があるし、毎日の厩《うまや》作業や演習は辛いけれど、何よりも三食食べられて衣服が支給される。その上、少ないが俸給まで出るのだから嬉しかった。誠三郎の場合、いきなり「満州」の北部に連れてこられたので、戦地増俸も付いた。誠三郎はそのほとんどを家に送金した。このまま軍隊で真面目に勤め上げて、勉強して、職業軍人になれたらいい、誠三郎はそう思うようになっていったのである。

ここで誠三郎は「群越《ぐんこし》」という馬を与えられた。「群越」は栗毛の、四本の足先だけが靴下を履いたように真っ白な、美しい馬である。個性が強く、三ヶ月程の付き合いで、誠三郎の言うことは良く聞くようになったが、そうなっても、他の人間だとうまく乗りこなせなかった。実はその短期間のうちに自分に馴らすのには大変な苦労があったのだ。外出も返上、暇を作っては厩に通った。それを見咎《みとが》めた意地の悪い古兵に、「余計なことをするな」と鉄拳制裁を受けたこともある。その古兵は、軍馬には人間との一定の距離が必要なのだと厳しく言うのだった。

馬と人間の距離、その意味は誠三郎にもよく分かった。遮蔽物のない場所での戦闘では、その愛馬を横倒しにして弾丸避けにもしなくてはならない。そんな折に、万が一でも情け心を起こすようなことがあってはならないのだ。それは軍馬と騎兵の定めなのである。鉄拳を頬に受け、口内にあふれた鉄の味のする液体を飲み込みながら、誠三郎は古兵の言葉の意味を噛みしめていた。

しかし誠三郎は、古兵の目を盗み、休む間も惜しんで厩へ行き、「群越」に語りかけ、面倒をみた。それには、内務班の兵隊同士の関わりよりも、馬と触れあう方が性に合っていたということもある。その結果、いつか誠三郎は、相手が馬とは思えない程に愛情を感じるようになっていたのである。

そんな一九三八（昭和十三）年、連隊は「北支《ほくし》」への移動を命じられた。「北支」とは中国北部の当時の呼称である。既に前年の七月、北京郊外盧溝《ろこう》橋《きよう》での衝突をきっかけに、日中両軍の激しい戦闘が始まっていた。誠三郎の騎兵連隊は、徐州作戦の行われた地域に出動した。既に主だった戦闘は終わっており、「残敵掃討」というのが任務であった。しかし、国民党軍（中華民国の国軍・国民革命軍）が黄河を決壊させ、広大な地域が水浸しとなったため、行軍は困難を極めた。

誠三郎は、「北支」駐屯の最終盤で、黄河を渡ってきた国民党軍との激しい戦闘を経験した。その時の戦いで、誠三郎は大きな手柄を立てる。下馬戦闘中に、敵のトーチカに肉薄し、銃眼から手榴弾を投げ込んで、単身でそこを占領したのである。しかも中にいた将校ら数人を捕虜にした。それればかりか、たくさんの武器弾薬をも奪い取った。誠三郎本人は無我夢中で、訓練された通りに動こうと頑張っただけだったのだが、その功績が後に大きく評価されることになった。

連隊はその後、「蒙疆《もうきよう》」と呼ばれる「内蒙古《ないもうこ》」地方に移動し、包頭《ぼうとう》北方の固陽《こよう》という街に駐屯することになった。そこに到着するとすぐに、誠三郎は包頭の教育隊に派遣された。「北支」での功績や学課の成績が評価され、志願兵ということもあって、短期の徹底的な下士官教育を施されたのである。そして、二十歳そこそこで伍長に昇進した。こうして、普通なら兵隊検査の歳という若さにもかかわらず、誠三郎は一個分隊十数人の兵士を指揮する、分隊長の任に就いたのであった。

第二章　雪花繚乱

　北京の盧溝橋で、夜間演習中の日本軍と中国軍が衝突したのは、一九三七（昭和十二）年七月のことである。これを契機に、日本は日中全面戦争へと突き進んだ。この戦争は当時の日本で「北支事変」、のちに「支那事変」と呼ばれた。「事変」とは、国際世論の手前日本が用いた、あくまで「戦争」ではないというアピールを込めた呼称である。

　当初、日本政府や陸軍参謀本部では、次の本格的な戦争に備えて「事変」不拡大の意見が優勢だったのだが、日本人が犠牲となった通州事件なども声高に喧伝されて、八月初めを境に、一挙に戦線拡大の方向に方針転換する。

　手始めは八月九日、大日本帝国陸軍の中で、「満州」を管轄していた関東軍の大部隊が、突如として任務地域を出て、内蒙古のチャハル省に武力侵攻を開始したことである。中心都市である張家口《ちょうかこう》を占領後、侵攻部隊はさらに南下して「北支」にまで侵入した。そしてまたたく間に、山西省北部の大都市・大同を占領してしまった。

　さらに十月には、「満州」から見たら遥か西の果て、ゴビ砂漠の入り口である綏遠省《すいえん》（当時）の包頭にまで軍を進め、内蒙古から山西省北部にわたる広大な地域をその支配下に置いたのである。占領地域は「蒙疆」と通称された。

　この作戦を指揮したのは、当時関東軍参謀長であった東條英機中将である。作戦を計画・指導する立場の参謀長が、司令官として戦闘部隊の指揮をとるというのは極めて異例なことであるため、この侵攻部隊は「東條チャハル兵団」などと呼ばれている。この部隊の侵攻をはじめ、上海での海軍の武力行使等によって、事変不拡大の方向は完全に消滅し、中国大陸に於ける戦闘は、留まることなく拡大していったのである。


　東條チャハル兵団が「蒙疆」に侵攻してから二年程後の、五月下旬のある晴れた日のことだった。「蒙疆」の都市・包頭北方の丘陵地帯を、二列縦隊で進む十数騎の日本軍の騎兵隊があった。どの兵士も、背中に鉄帽と騎兵銃を背負っている。先頭に立つ、眉が濃く目の鋭い下士官が、右手を挙げて隊列を停止させた。分隊長の岡田誠三郎である。騎兵伍長として、この分隊を率いている。彼は馬に拍車を当てると、隊列の前方に勢いよく進み出た。

岡田誠三郎は、隊列の前方の視界を遮る小さな丘の上に馬を進めた。隊列の中程からも、もう一騎が抜け出て来て横に並んだ。この巡察の指揮をとる金子少尉である。昨日のこと、この近辺で、多数のラバを連れた、武装した男たちの集団が移動中との情報がもたらされて、今朝早く出動してきたのである。

丘の上から三キロ程先に、緑の畑の間を縫うように走る白い道があり、それを挟んで小さな集落が見えた。農民たちが畑と集落を行き来している。誠三郎が見ていたのはそのずっと左の方角にある、岩と土が盛り上がった山の頂だった。そこから細い煙が上がっているのだ。金子少尉は鐙《あぶみ》の上に伸び上がって、双眼鏡で岩山の付近をしばらく観察した。そして、その双眼鏡を誠三郎に手渡しながら言った。

「四月の戦闘以来この辺りは穏やかだから、何でもないとは思うが、念のためあの煙の場所を確認してから部隊に戻るぞ。いいな」

四月にはこの地域の北方で、大きな戦いがあったのだ。双眼鏡から見える丘陵地帯は、短い夏を迎えて、冬の間茶色だった地面に緑が萌えだし、そこに紅白や黄色が滲《にじ》むように帯をなしている。小麦やトウモロコシやコーリャン、それに芥子《けし》やひまわりなど畑の作物はもちろん、野や山のあらゆる種類の草花が一斉に芽吹きだしていた。冬は零下二十度、三十度となるこの地は、今あらゆる動植物の生気に満ちあふれる季節を迎えていた。

その遥か連なる畑の中の、煤《すす》けた茶色の岩山から立ち昇る一筋の白い煙。あれは狼煙《のろし》だろうか。

「あの煙の場所を検分ののち帰隊します。双眼鏡、ありがたくありました」

誠三郎が返した双眼鏡を革のケースに戻しながら、金子少尉が言った。

「岡田伍長、最近いつも何か考えておろう。以前の気魄《きはく》が感じられんぞ。どうかしたのか」

金子少尉は軍帽の鍔《つば》を拳で持ち上げて、神経質そうな細い目で誠三郎を見た。今年二十六歳。色黒、痩身で、有名な流派の居合術の達人だという話である。

少尉はこの一年程、誠三郎の分隊が所属する小隊の指揮をとっている。普段は寡黙なのだが、誠三郎には時折こうして機会を作っては言葉をかけてくれる。それはとてもありがたいことなのだが、誠三郎はこの人が苦手なのであった。

金子は士官学校出身の選り抜き将校ではなく、大学の予科を出て幹部候補生から少尉になった人だ。士官学校出の将校に対しての劣等感と対抗心からか、戦闘場面では常にまっ先に立って奮戦した。時々、この人は死に場所を探しているのではないかと感じることさえあった。学生の頃に右翼団体に所属していたという噂もある。金子少尉は、祖国や軍に対する忠誠、任務への真剣な姿勢と貢献度という点では、自分にも他人にも非常に厳しい人だ。しかしながら、この人に対して心を許せるところが、誠三郎にはなかなか見出せないのだった。

「はっ、いえ、ああ、確かに。自分は今、自動車化が気になっておるのであります」

「ふむ、自動車化か」

「自分はあくまでも騎兵でおりたくあります。自分たちが乗車部隊となれば、馬は不要であります。生死を共にした馬と別れることを考えますと……」

そう言って、誠三郎は愛馬「群越」の首筋を優しく叩いた。

「よし、それ以上言うな。いいか岡田、よく聞け。分隊長・下士官たる者は、常に兵の手本となるよう、毅然、泰然としておらねばならん。特に、ノモンハンでソ連軍との戦端が開かれた今のような時期、兵の上に立つ者は、あらゆる場面で、いささかの動揺も見せてはならんのだ」

数日前に、「北満」で日本軍とソ連軍・外蒙古軍が武力衝突したという情報がもたらされていた。誠三郎がかつて駐屯し教育を受けた、海拉爾《ハイラル》から程近い大草原地帯である。

「それに軍の決定は、大所高所からの判断であって、視野の限定された我々が云々すべきことではない。それを肝に銘じておけ。常に泰然としておれ、泰然と。よいな」

「はっ、岡田伍長は、以後、兵の手本となるよう、常に毅然、泰然として軍務に邁進いたします」

岡田誠三郎は背筋を伸ばしてそう言った。そう言うしかなかった。金子とのやりとりではいつも心が開けず、こういう硬い言葉での結末が多かった。

「分隊、岩山の麓まで前進します」

誠三郎は手綱を引いて馬の向きを変え、速歩《はやあし》で隊列に戻った。それを機に騎兵分隊は再び前進を始めた。

誠三郎の言った「自動車化」とは、彼らの所属する騎兵連隊を、戦車や装甲車、自動貨車（トラック）等によって、機動力と強力な火力を持つ機甲部隊に再編制する計画のことだ。

来年初めまでには、この連隊の所属する騎兵集団の総ての部隊で編制変えを完了させるらしい。既に数年前から、騎兵隊を改編した装甲車部隊が作戦に投入されているのを誠三郎も知っていた。

もっとも、今の誠三郎の連隊でも、広大な砂漠と平原を持つこの地方に駐屯するようになった今年二月からは、今日のような狭い道の入り組む丘陵地は別だが、多くの任務が、馬に乗ってのものではなくなっていた。誠三郎たちは、騎兵砲や重機関銃と一緒に、普段は輸送に携わる輜重隊などのトラックで移動しているのである。

理由は地形の問題だけではない。第一次大戦後の、機関銃をはじめとする火器の発達と大量普及の前に、騎兵の一斉突撃は犠牲ばかりを増産するようになっていた。馬と人間が、敵の砲火の前にその全身をさらけ出す訳だから、多数の人馬の死傷が避けられないのだ。だから今では、騎兵部隊の役割は、偵察と後方攪乱《かくらん》、奇襲等に限定されざるを得なくなってきていた。騎兵は時代遅れになっているのである。

しかし、騎兵科の将兵には、誠三郎をはじめとして、騎兵であることに強い愛着を持っている者が少なくなかった。騎兵科の軍服の襟章《えりしよう》の色は萌葱色《もえぎいろ》である。この色の襟章は、彼らの誇りなのであった。

各自に与えられた騎兵刀を抜刀し、「突撃に前へっ」「襲撃に襲えっ」などという勇ましい号令で、突撃ラッパと共に突撃するのが騎兵らしい戦いである。何十頭もの軍馬にまたがった兵士たちが、雄叫びと共に全速で敵陣に突っ込み、敵兵を蹴散らすのだ。

少なからぬ騎兵科の将兵が、その激しくも勇壮な戦いの記憶と、それへの憧れの中に生きてきた。トラックの幌《ほろ》なしの荷台で、車酔いで嘔吐《おうと》しながら敵地に行くなんぞ、真っ平《まっぴら》ご免だという者も多かった。

　ただ誠三郎には、乗車兵になることへの抵抗感も強かったが、それとは別に、大きな悲哀の予感があった。金子少尉にもらしたように、自分の愛馬「群越」との別離である。誠三郎には、愛馬「群越」に勝る友人はまだなかった。口下手で、しかも若すぎる下士官には、真に気を許す兵隊がいなかったのだ。

　連隊が自動車化されれば、手の掛かる馬たちは、まず間違いなく他の騎兵部隊か、何処《どこ》よりも馬を必要とする砲兵隊や輜重隊、あるいは新任の歩兵将校の所かへ配置換えになるに違いない。それが遅いか早いかはあるにしろ、いつかはやってくることだった。誠三郎はその時を想像しただけで身を引き裂かれる思いがしてしまうのだ。騎兵隊には、誠三郎と同じような思いを持つ兵も少なくない筈だ。

　岩山から細く立ち昇っていた煙は、騎兵隊がそこに到着する頃には見えなくなっていた。金子少尉の指示で、誠三郎は岩山の三百メートルほど手前で兵を下馬させ、総ての馬を馬持ち兵に預けて後退させた。二人の兵を偵察に走らせ、その後ろを各自が騎兵銃を構えて、警戒しつつゆっくり前進した。

　少しして、偵察に出した女川《おながわ》という上等兵が走って戻ってきた。

「山頂まで誰もおりません」

　この報告を受け、分隊は山頂に向かって前進を始めた。その時、女川上等兵がすっと脇に寄って来て、誠三郎の耳に顔を寄せて言った。

「見たくない物を見ちまいましたよ」

「何だ」

　誠三郎は、女川の二重まぶたの形の良い目を見た。入営前は建設会社勤めの事務職だったそうだ。頭の回転が速く、沈着冷静で信頼のおける二年兵だ。

「山頂の向こう側斜面です」

　山頂で分隊を高坂という上等兵に任せて、金子少尉にも事情を話し、共に女川の後に続いた。

　女川は反対斜面の大きな岩の間を抜けて下におりた。その岩の下は平らになっていて、岩を背にしてその辺り一帯が、まるで貧民街のごみ捨て場のようになっていた。あちこちに、布切れや棒や紙の固まりが小山をなし、ゴミの間には雑草が生え出していた。街場でもないのにこのゴミは……そう思いながら近づいた誠三郎は、一瞬ぎょっとなった。

布鞄か何かと思って近づいてよく見ると、それは干からびてミイラ化した人間の上半身だった。微かな異臭が漂っている。棒に見えた物は、乾いた皮膚がこびりついた人間の手足の骨で、錆《さ》びた針金で括られているものもある。まとわりついている布は衣類だろう。陶器のような物は頭蓋骨か。近くの農民が土を被せて葬ったものが掘り返されたようだ。

これらの遺骸は、この辺に住む狼などの動物が、掘り起こして食い荒らしたものと思われた。

「これは、国民党軍の兵隊ですね」

女川はしゃがみ込んで、土にまみれた四角な布を拾い上げると、土を払って金子少尉に手渡した。誠三郎が見ると、日本軍の肩章の星の代わりに、四角錐の真鍮《しんちゅう》をあしらった、国民党軍の階級肩章だった。

「だいぶ経ってますな」

女川がそう言った。誠三郎と金子少尉は、遺体の埋められた溝を端から端まで見て回った。二十人や三十人ではきかないだろうと思った。これらの遺骸は、日本軍の捕虜になって殺害された、国民党軍の将兵であることは明白であった。この地方は、東條英機中将に率いられた関東軍チャハル兵団が、二年程前に武力占領した地域である。その時にここで起きたことが想像できた。

実は、誠三郎にも同じような体験があった。ここに来る前の「北支」での作戦の時だった。ある街の戦闘で、誠三郎の中隊が二十人程の敵兵を捕虜にしたことがあったのだ。その日、連隊本部からは、彼らを「適当に処置せよ」という指示が来ていると聞いた。事変であって戦争ではないという建前から、捕虜は取らないのだ。

捕虜の手を針金でつないで、トラックに乗せて近くの刈り入れの済んだコーリャン畑に連れて行った。荷台に数挺の軽機関銃を据えた別のトラックが付いて行って、畑に解放したところを後ろから射撃して、全員射殺したのだった。

誠三郎は、数人の兵と共に周囲の警戒を命じられていたので、その一部始終を見ていた。その時が初めての大部隊同士の戦闘への参加であり、そうした体験も初めてだったから、誠三郎は確かに衝撃を受けた。

だが、そんなことはおくびにも出さなかった。これが戦争なのだと自分に言い聞かせた。これは軍の方針なのである。自分たちの食料も乏しいのに、捕虜など養えるはずもない。これはやむを得ないことなのだ。そう自分を納得させた。

しかし、それからしばらくの間、血しぶきを上げて倒れる敵兵の映像とともに、夜中に目が覚めることが何度かあった。そんな自分を「職業軍人を目指す優秀な兵士にはあるまじき臆病者だ」と、強く嫌悪したものだった。

誠三郎はしかし、その後の数々の戦闘体験を重ねる中で、いつの間にか、敵兵の死やその死体に対しては、ほとんど何も感じないでいられるようになっていた。先ずそういうものに目を向けなくなった。そして、仮に見たとしても、意識して何も感じないでいることができるようになったのだ。

戦闘に不必要な感情を殺すこと。それをできるのが、強い、良い兵隊なのだ。そう思えるようになってきたのである。しかし今目の前にある、このゴミ捨て場のような光景と臭気は、なぜか誠三郎に強烈な不快感を与えてしまっていた。

ゴミと化した衣類、枯れ木のような骨、陶器のような頭骨、ミイラ化した皮膚、錆びた針金、形容できない悪臭……信心深い母親なら、この仏さんたちを見てどんな顔をするか、何と言うだろうか。誠三郎は一瞬そう思ってしまったのである。そして山盛りの土で、ただちにそれを覆ってしまいたい気分になっていた。

こんなことを考えてしまうのは、金子少尉が言うように、騎兵でなくなるという予感が、自分の心の安定を深い所で崩してしまっているのかも知れない。そう思って誠三郎は舌打ちした。

その時、高坂上等兵が山頂から下ってきた。

「少尉殿、焚き火の跡と、ちょっとした残留物がありました」

高坂は、連隊でも最古参の一人に入る兵隊で、誠三郎が入営した後の初年兵教育はこの人が担当した。

「よし、案内せい」

金子少尉はそう言うと、階級襟章を誠三郎に放ってよこして歩き出した。

よく見れば下士官の階級章のようだった。誠三郎は少しの間それを見つめてから元あった場所に放った。そこにあった筈の一つの人生を思ってしまい、一層不快感が増した。誠三郎はそれを振り切るように少尉の後を追った。

高坂上等兵が案内した場所には、いくつかの石がかまどのように組んであり、その真ん中に灌木《かんぼく》の燃えかすがあった。

「灰にはまだ熱が残っとります」

高坂が野太い声を立てた。江東の材木問屋で、馬車引きの頭《かしら》をやっていたという。実戦経験が豊富で、文句も多いのだが、誠三郎が大変頼りにしている兵隊だ。

「それと、ここにこんな物が……」

高坂上等兵がさし示したのは、かまどの脇にある、腰掛けに丁度いいような石の、その裏側だ。そこに落ちている物を、金子少尉が拾い上げた。手の平に入る位の小さな四角い鉄の板で、そこに別の銅の刃《は》が糸で縛り付けてある。

「小刀にしては使いにくそうだが」

高坂が言うと、女川が脇から口を出した。

「ちょっと自分にも見せてください。どれどれ、あぁ、これはですな、割漿刀《かつしようとう》というものであります。芥子の種子である芥子坊主に傷を付けたり、そこから浸み出す阿片になる汁をこそぎ取ったりする。この辺の農民が使ってるものですよ。前に八木岡曹長殿と近辺の農村回りをした折に、農民に実物を見せて貰いその名称を教わりました」

八木岡というのは中隊本部付きの、この連隊最古参の曹長で、みんな仏の八木さんと呼んでいる。それは、額の真ん中に大きなほくろがあり、それがまるで仏様のようだからというのと、とても穏やかで兵隊に優しいからだという説がある。全くの偶然だが、東京府西多摩郡の誠三郎の町の隣の村出身で、何かというと故郷の話をしたがる。そして誠三郎には何でも教えてくれる、生き字引みたいな人なのだった。

「なぜ、その割漿刀とかいう物が、この焚き火の脇に落ちていたのか……」

誠三郎がそう言うと、金子少尉が細い目を麓の集落の方に向けながら言った。

「百姓は、採れた阿片を少しでも高く売りたいのだ。様々な伝手があるんだろう。人に知られたくないような関わりもな」

少尉は軍靴でかまどの石を乱暴に崩した。

「よほど慌てて逃げたものと見える。煙は、他ならぬ我々の接近を、ここで会うはずの何者かに通報したものかも知れん。となると商売相手は、傅作義《ふさくぎ》軍の便衣《べんい》隊かも知れんな」

現在、ここから百キロほど西の五原《ごげん》という街には、傅作義という将軍が率いる、近代装備の国民党軍の大部隊がいる。この軍を統率する国民党は、表だっては阿片禁止政策をとっているが、軍の中ではかつての地方軍閥が司令官として勢力を持っており、陰で阿片取引による収益を軍資金としているというのは常識だった。そこから便衣の部隊が、この辺りに派遣されていることは十分考えられるのだ。しかし、地域は広大であり農民の数も多く、既に時間も経っていて、捕まえることなどとても不可能なのである。

分隊は岩山の周辺をもう一度あらためてから、飯《はん》盒《ごう》の冷めた飯で食事を摂り、乗馬して帰路に就いた。帰路と言っても、道なき道を西方へ進んで、包頭と固陽を結ぶ道路に突き当たり、それを北に辿って、固陽の連隊駐屯地へ帰ろうというのだ。

既に午後四時を回ってはいるが、緯度の高いこの地の夏の日はまだまだ高い。北上する道路までは、まだ通ったことのない場所が続く。辺りは警戒を要するような地形でもなく、天気は穏やかで暖かな午後だった。馬上で眠気を覚えてしまうような時間であった。

誠三郎は分隊の先頭に立って馬を進めながら、無心で周囲に気を配ろうとする。がしかし、少し前に見た無残な遺骸のことがすぐに思い浮かんできてしまう。あの時ほんの一瞬だが、母親の顔を思い浮かべてしまったのだった。なぜかは分からない。

これまでに、作戦行動中に家族のことを思い出したことなど一度もない。しかし先程は、母親の顔の印象と共に、これを見たら母はなんて言うだろうという、そんな思考回路が動いてしまったのだ。不快感の大本《おおもと》はそこにあった。脳裏を一瞬過《よぎ》ったのは、無残な仏たちの前で、どうして良いか分からずおろおろと動き回る母親の印象であった。

〝仏さんをあんなふうに扱うことを、罰が当たると言ってお袋は一番嫌がる〟

誠三郎の母親は、今頃故郷の五日市の田舎で、片目の失明のため兵役を免れた長兄と、日当たりが悪く狭い田畑を耕している。軍隊に入った誠三郎は、俸給のほとんどを二人に送金している。苦労ばかりの二人に、少しでも楽をしてもらいたいのだ。

最初はさほどでなかった俸給も、月日が経ち、階級が上がると、貧乏に馴れていた誠三郎にしてみれば、驚いてしまう程、支給金額が上がった。伍長になった時には、手取りが「内地の巡査の初任給より高いんだぞ」と、経理の曹長に言われる程にまでなっていた。何よりもそれを家に送れることがありがたかった。

「北支」では激しい戦闘があり、身近に多くの死を見てきた。しかし除隊して予備役に入るような気に全くならないのには、今の俸給の魅力も大きいのだ。

「北支」の戦闘では、誠三郎自身危ない場面があったが、「群越」の身の軽さと駿足に救われた。あの時期の経験によって、誠三郎は常に死を意識するようになり、勇敢でありかつ死なないために何をするか、いつも考えるようになっていた。

そしてまた、あの激戦を切り抜け、生き残れたのは愛馬「群越」と一緒だったからだとつくづく思っていた。戦争なのだから命の危険があるのは当然だが、生きて戦うために全身全霊を使い、そして「群越」と一緒だったならば、これからも切り抜けていけそうな気がするのだ。そうすれば、今までのように母と兄に送金しながら、これからも軍人として生きていけそうな予感がしていたのである。

そんな誠三郎の思いなどと関わりなく、数ヶ月前に騎兵集団の自動車化という方針が明らかになった。考えたくもないが、「群越」との別離が確実に近づいているのである。

〝騎兵として必死で頑張ってここまできたけれど、今度は自動車に乗る歩兵か……〟

兵隊にとって目の前の世界以外のことに気を取られることがどれほど危険なことか、誠三郎もこれまでの経験でよく分かってはいるのだが、ついつい思考がそんな所に向いてしまっていた。やはり、近く自分が騎兵でなくなるという絶望的な見通しが、誠三郎の心を乱しているのかも知れなかった。先程は、それを金子少尉が見抜いたのだろう。

そこまで考えた時、突然愛馬「群越」が足を止め、鼻息荒く首を左右に振った。主の気の迷いを感じとったのだと、すぐに誠三郎は悟った。勘の鋭い馬なのだ。

「おーら、おーら、大丈夫だ。ようし行け」

誠三郎は、左手で「群越」の首の辺りを優しく叩いて言った。

〝行軍中にこんな事を考えるようじゃ、俺も焼きが回った。危ない、危ない〟

そう思って深呼吸し、姿勢を立て直して、登り斜面に馬の足を数歩踏み出させたその時だった。突然目の前が真っ白になった。

「群越」が立っていたのは畑の際の土手の上だった。目の前には、見渡す限りの花畑が広がっている。そこには、雪のように白い大輪の花が、それこそ無数に咲き乱れていた。遠くには花に埋もれて働く農民の姿も見えている。

「ほう、これは……」

誠三郎は、久しぶりに大らかな気持ちになって微笑んだ。山の頂に立った時のように、気持ちがゆったりと広がった。

「これは見事だ」

金子少尉が隣に馬を並べて来てそう言った。

「広いものであります」

誠三郎は驚きの思いを込めて言った。故郷の人たちにはこんな広い畑を想像もできないに違いない。

「うむ、こんな広大なのは初めて見るぞ」

「これが全部阿片になると……」

「そうだ。これがあちこちの軍閥の資金源だった。これからは我が軍が後ろ盾となって、自治政府が管理することになる。しかしどうだ。同胞を廃人にする毒花を、百姓どもがせっせと作り、その金で偉い奴が遊蕩《ゆうとう》に耽《ふけ》って、挙げ句の果てに戦《いくさ》をする。まさに、愚かな民の愚かな国だったという訳だ」

金子少尉は口を歪めてそう言った。

誠三郎の安らいだ気持ちは、その言葉で一瞬に消えた。そんなものだろうかと思った。話に強い違和感を持った。「百姓ども」という言い方も嫌だったが、「愚かな民の愚かな国」という言葉にも、誠三郎は不快感を持ってしまった。

貧しい百姓が、作物を自分で選り好みなどできる筈がないではないか。この国のあちこちで、誠三郎は食うや食わずで必死で働く百姓の姿を見ている。自分の生家だって、少しでも高く売れるとなれば、芥子だって何だって作るだろう。

金子少尉という人は、かつかつで生きる百姓の世界をご存じないのだ。この日初めて誠三郎は、上官である金子少尉を、このような批判の目をもって見た。

その少尉の「先を急ぐぞ」という言葉で、誠三郎は分隊長の意識に戻った。西に進むには、この畑を突っ切って行かなくてはならない。誠三郎は先頭に立って、花々と緑の種子の海の中に馬を進めた。美しい白の世界を壊すようで済まない、という思いにとらわれた。が、そんな気持ちはすぐに消えた。何とも形容しがたい悪臭が、足下から立ち昇ってきたのである。

それはまるで、この雪のように美しい花々や、緑色の種子の球体が、愉悦と絶望と死の世界に繋がっていることを、人間たちに思い起こさせるためのようであった。

第三章　包囲

一九三九（昭和十四）年夏、誠三郎たちの駐屯している「蒙疆」と呼ばれる地域は、まれに見る異常気象に襲われた。砂塵の収まる四月末から九月までがこの地域の雨期に当たるのだが、植物の生育期である五月、六月にほとんど降雨がなく、多くの作物が悪影響を受けていた。

誠三郎たちが五月下旬に訪れた緑萌える畑作地帯、広大な白い芥子畑も、実はもうその時期から水不足に苦しんでいたもののようであった。

そんな六月下旬のある日、八木岡曹長から誠三郎に、その日一日護衛につくようにという指示があった。固陽近郊の村々の干魃《かんばつ》の実態を見に行くという話だった。二騎だけの近場の巡察である。

こうした時「仏の八木さん」は、必ずうまい物を持ってきて、途中で食べさせてくれるのだった。それに八木岡との時間は、雰囲気が自由で気持ちが楽なのである。誠三郎は内心、こういう要請が来るのを大きな楽しみにしていた。

　晴れ上がった空の下、二騎は営門を出た。

「岡田伍長、君は百姓の経験があるんだよな」

　八木岡が馬の背に揺られながら言った。

「は、実家は水呑百姓であります」

「そうか。じゃよく分かるだろう。ここいらの作物の様子をよく見て行ってくれ。雨期自体が短いのに、知っての通り、四月末から雨が降っておらん。このままだと、今年は大変なことになりそうだ」

　農地の広がる地域に入ると、確かに土は乾燥していて、緑色をしているはずの菜っ葉やトウモロコシなどの作物の中に、茶色くなって捩《ねじ》れている物が目立つ。

「曹長殿、この川は水が涸れてしまっております」

　誠三郎は、以前八木岡と来た時の川の様子を思い浮かべながら言った。そこにはもう水が流れておらず、わずかに黒い水たまりがあるだけだった。水の上に羽虫が渦まいている。

「どれどれ。ほほう、これはひどいわ。なあ、岡田君よう、こういうのを見ると、我等が故郷の、澄み切った冷たい水が一年中流れる、あの秋川渓谷が懐かしいのう」

「は、懐かしいです。流れている水をそのまま飲めるんでありますから。ここことはえらい違いであります」

　八木岡の育った村は、誠三郎の住んでいた集落から、二里（約八キロメートル）程上流であった。時期はずれるが、二人とも子どもの頃、同じその秋川で泳いでいたのに違いないのだ。

「そうだよなあ。虹鱒《にじます》とか山女魚《やまめ》もいてねえ、焚き火で焼いて食べたもんだ」

「はあ、〝ひっかじり〟で引っかけて……」

「おお、そうそう、〝ひっかじり〟な」

　その地域の子どもたちは、短い篠竹《しのだけ》の先に釣り針を付けた短い糸を結び、岩陰に潜む魚を引っかけて獲った。それを〝ひっかじり〟と呼んでいたのだ。

　話しながら二人は馬を進めた。そして、その涸れた川の先の、白い花が咲いている芥子畑の前に馬を停め、地面に降り立った。土は水分を失っている。

「岡田君、見ろ、ここもすごい状態だぞ」

　少なくない花が枯れて落ち、芥子坊主も水気を失って茶色くしぼんでいるものがある。

「全滅しなきゃいいんだが。この辺りは、どこもこんな状態なんだろうな。えらいことだ」

「あそこに百姓がおります」

畑の反対側に二人の農民がいる。ただ、呆然とつっ立っているように見える。

「百姓もなすすべがないのだ。これは、下手すると、できたての蒙疆銀行に貸し倒れが出るかも知れんぞ」

誠三郎は、仏の八木さんの言っていることが何を意味しているのか、全く分からなかった。

無口で愛想がないと陰口される誠三郎も、八木さんとの間では、普段よりも気持ちを開いて、話したり尋ねたりできる。

「包頭にできたという、蒙疆銀行のことでありますか」

それが、「満州国」の「満州中央銀行」の支店のような銀行で、日本人がたくさん働いているということは、噂に聞いていた。

「そうだ。ここらの芥子は馬占山《ばせんざん》とか傅作義などといった、地元軍閥の資金源だった訳だ。がしかし、我が軍が入ってきて自治政府ができ、そこで芥子と阿片に税を掛けて管理するようになった。そして、ばらばらだった買い取り業者を一つにして会社を作らせた。その会社は、土薬公司《どしやくこうし》っていうんだが、そこに蒙疆銀行が大金を融資しているって訳だ。だからこんなに凶作だと政府も銀行も困るってことなのさ」

誠三郎には難しい話だったが、軍閥が独占して軍資金にしていた阿片を、自治政府が管理し、蒙疆銀行が出資するようになったということだけは分かった。

蒙疆銀行に日本人がいて、「満州」の銀行が関わっているのは、「五族協和」「王道楽土」の世界を広げるという意図なのだろう。大日本帝国や「満州国」の国力を高めるためには、芥子も豊作でなくてはならないのだ。誠三郎はそう考えた。そして、石炭や鉄鉱石の鉱山のことを思い出した。

「北支」に行った時、軍が接収した炭鉱に任務で立ち寄ったことがあるのだ。占領してから一週間程だったが、もう機械が動いていて、四菱商事の社員だという人たちが事務所にいた。周囲は日本軍の守備隊が警備していた。その時に、有名な鉄の鉱山でも同じようにしていると聞いた。

資源の少ない日本は、こうして敵国の資源を活用しなくては立ちゆかない。芥子も同じなのだ。そうやって経済を豊かに回して、戦争に勝たなくてはならないのだ。この時誠三郎は、八木岡曹長の話をそう理解したのだった。

「しかしこれは弱ったぞ。もう一回りしてみるか。ちょっと小腹が空いたなあ。どうだ、若い者は余計に腹が減るだろう。よし、栄養補給だ。ほらこれはどうだ。食べてみい、うまいぞ」

仏の八木さんは、そう言いながら雑嚢《ざつのう》から羊羹《ようかん》を出して、半分に折って誠三郎に手渡した。久しぶりの大量の甘味だ。栗入りの羊羹を、誠三郎は感動して食べた。食べながら誠三郎は、八木さんはどこかから依頼されて、芥子の生育状況を定期的に調べているのかも知れないと漠然と思った。

それから数日して、暦は七月に入った。それを待ってでもいたかのように、乾ききったこの地方を、今度は激しい豪雨が襲った。二十年来の大雨だということだった。あちこちで洪水や崖崩れが起こった。


収穫期のこの豪雨で、この地域の農作物は、芥子も含めて大きな打撃を受けた。兵舎でその話を聞いた誠三郎は、悲嘆に暮れる貧しい百姓たちの姿とともに、自治政府や銀行の紳士たちの、困り果てている様子を思い浮かべたのだった。


その年の十二月も半ばを過ぎた頃、事件は起きた。その時期に内蒙古の包頭北方五十キロにある固陽には、誠三郎の所属する騎兵連隊の主力が駐屯していた。連隊といっても、騎兵の場合は四個中隊に機関銃中隊を合わせて、千人弱の少人数である。

その千人に満たない連隊から、さらに四百人程が抽出されて、北京と包頭を結ぶ鉄道である京包線《けいほうせん》沿線の薩拉斉《さらち》という街に分駐していた。それで実質六百人程度の部隊が、連隊本部を真ん中にして、街のあちこちに分かれて宿営していた。誠三郎の中隊には、中庭のある、かつて学校として使われていたらしい建物が割り当てられていた。

その事件が起こったのは、一年でも最も連隊が盛り上がる「軍旗祭」の翌朝のことであった。「軍旗祭」とは、大元帥陛下より連隊旗を下賜された記念すべき日である。年に一度のこの祭を、兵隊は何より楽しみにしていた。この日は無礼講であり、ご馳走と酒がふんだんに振る舞われる。広い講堂が飾り付けられ、兵隊らは分隊ごとに、仮装とか芝居とか、歌とか踊りを披露するのである。

その日は、かつてこの部隊にいて、今は別の所に転属になった将校や、親日派の地元有力者などがやって来たし、女性の姿も見られた。誠三郎はこういう場の出し物などが大の苦手だったのだが、女川と高坂が企画した芝居に、台詞なしの通行人役で無理矢理出演させられた。箱根の山で仇を探す、足の悪い男と貞淑な妻が織りなす有名な芝居だった。この芝居は大受けで、分隊は大層盛り上がった。

その夜は、脱柵《だっさく》といって無許可で街に繰り出す古兵も多かったようだ。そのことを兵たちは「ダッ」という。目当ては飲み屋ばかりでなく、ピー屋と呼ばれる民間の慰安所などである。高坂上等兵も何人か連れて「ダッ」したらしい。この日だけはこんなことも大目に見られるのだ。分隊の初年兵たちがみな、ほろ酔い気分で床に就いたことを女川から聞いて、誠三郎は下士官室に戻った。下士官たちから別室の飲み会に誘われたが、疲れ気味だったので早めに就寝した。将校も下士官連中も、その夜は大分遅くまで飲んで騒いでいたらしい。

翌日の早朝、まだ起床ラッパの鳴る前のことだった。誠三郎も下士官室の床の中で熟睡していた。そこへ、突然ラッパの音が鳴り響いた。驚いて耳を澄ますと、それは滅多に聞くことのない非常呼集のラッパだった。慌てて飛び起きて衣服を身に着け、分隊員のいる部屋に走った。真っ暗だった中庭に電灯がつき、中隊本部付きの中尉が慌ただしく現れると、大声を上げて命令を伝えた。

「第三中隊の各小隊は、各自速やかに武装を整え、完全防寒装備の上、大至急中庭に集合せよ。いいか、これは演習ではない」

その口ぶりに、誠三郎はただごとではないものを感じた。強い緊張感と同時に、口の奥に味のしない唾液が湧いた。兵たちは無言だったが、兵舎の中は金属の音と足音と衣類の擦れる音が混じって、一気に緊迫感に包まれた。

防寒用被服に身を包み、弾薬と携帯口糧を受領して、誠三郎たちは慌ただしく中庭に集合した。他の分隊では、脱柵したまま戻っていない兵がいるらしく、騒ぎが起きている。普段よりも大分時間を食って、ようやく小隊ごとに整列した。点呼では、他の分隊に怪しい「事故」による欠員があった。欠員の理由を「厩」当番、医務室などと言っているが「ダツ」から戻っていない者だろう。高坂たちは幸い夜半には帰って来たらしい。眠り足りない顔をしてはいるが皆並んでいる。

点呼が済むと、内藤中隊長が指揮台に立った。

「昨日夜半、本駐屯地より包頭に向かっていたわが連隊の連絡車両が、大廟《だいびょう》付近で敵の小部隊の待ち伏せ攻撃に遭った。現在応戦中との連絡が入っておる。これより我が連隊は、総力を挙げてその救援に向かう。第三中隊各員、奮励努力せよ。以上っ」

中隊長である内藤大尉が、整列する兵を見渡しながら力を込めてそう訓示した。

高い鼻梁《びりょう》の精悍《せいかん》な顔が紅潮している。内藤大尉は、その関係では有名な剣道家なのだと聞いていた。陸軍士官学校を優秀な成績で出たらしい。埼玉県の出身だという話だった。志願で飛び込んできた十七歳の誠三郎に特に目をかけてくれていた。

何よりも、誠三郎が伍長に昇進した折には、「銘無しの使い古しだが」と言って、軍刀仕立ての日本刀を一振り「無期貸与」してくれた。信じられない処遇だった。そんな話は聞いたこともないと、古兵たちはやっかみの目を向けてきた。中隊長の自分への期待を痛い程感じた。同時に誠三郎は、この人のためには命を捨てられると思ったものだ。今でも顔を合わせると何かと声をかけてくれる、そんな中隊長なのだった。

出撃前の各分隊には、防寒のための天幕が配布されていた。幌のないトラックの荷台で、氷点下二十度以下の風に何時間か曝されるのである。兵たちは天幕にくるまってそれに耐えるのだ。

寒さだけではない。今日はまだ朝食も摂っていないのである。厳しい出動になるだろう。

荷台に乗り込む前に誠三郎は、今朝方、営門の衛兵勤務を終えてきた兵隊を見つけて、事件の目撃談を聞いた。一台のトラックが伝令を乗せて戻ってきたのは、午前三時過ぎだったそうだ。運転台の窓枠とガラスが殆ど吹き飛ばされたトラックは、南門から続く街路を疾走してきて、連隊司令部の営門前に急停車したのだという。

衛兵たちが駆け寄ると、助手席から血まみれの兵隊が崩れるように降りてきた。

「伝令っ。包頭北方の大廟付近で、機関銃を持つ三十人程の敵の待ち伏せに遭遇。現在応戦中。至急救援願います」

衛兵の腕の中で途切れ途切れにそれだけ言うと、兵士はがっくりとくずおれたのだそうだ。運転士も、力尽きてハンドルに防寒帽の顔を埋めて動かなかったという。

その後の衛兵司令からの情報では、伝令は戦死、運転手が重傷だという。目撃した兵隊は急に声をひそめて、昨日の軍旗祭のあと夜半まで飲んでいた包頭の客人が、帰る途中襲われたのだということと、死んだのは護衛して行った連隊本部の下士官だと話した。

客人というのは、以前この部隊にいて、今は包頭の下士官教育隊の隊長をしている将校である。最後にその兵隊は「女が一緒だという話もあります」と告げた。誠三郎たちには、そんな話は伝わって来なかった。しかし上層部が隠したいような情報でも、それが重要なものであれば、兵隊たちの間ではこのように様々な伝手で伝わってくるものなのだ。

誠三郎は、荷台に上がって、出撃を待つ分隊の兵たちにもその話をした。話しながら誠三郎は先ず、真夜中まで飲んだくれて、挙げ句自動車で帰る将校たちの感覚を疑った。

そしてもう一つ、前照灯に覆いを掛け、減光して目立たないように走る車列を、暗闇で待ち伏せして襲撃したというのが事実だとすると、相手は匪賊《ひぞく》と呼ばれるゲリラなどとは違うような気もした。そして春に丘陵地帯で見掛けた、金子少尉が狼煙だと言った煙を思い浮かべていた。そして、この事件が、何か日本軍の傲《おご》りとたるみの現れのように感じて嫌な気分になった。腹を据えて行こうと思った。

あちこちのトラックで、かけ声と共に、エンジンを始動させるクランク棒が回され始めた。誠三郎たちの中隊が使っているこの車溜まりだけでも、二十台以上のトラックが、間を置いて次々に、エンジン音と共に青い排気煙を吐き出した。寒気のためかなかなかエンジンが始動しないトラックも少なくない。そんな車の前では、兵士たちがエンジンを温めたり、交代で必死にクランク棒を回したりしている。

　完全防寒装備の兵士たちだけでなく、荷台に騎兵砲や重機関銃を据え付けたトラックも遠くに見える。騒音が車溜まりの広場に満ちた。

　ここは陰山《いんざん》山脈と呼ばれる山岳地帯に開けた盆地の街で、この時期になると朝晩は氷点下二十度以下に下がることも珍しくない。乾燥地帯だから、気温がここまで低くても、雪はあまり積もらないし、霜も殆ど降りない。そんな乾いた凍てつく払暁《ふつぎょう》の淀んだ寒気を突き破って、連隊のトラックが次々と街路に走り出した。

　西の山の稜線の低い部分に、雲を通して薄い明かりが見えている。月が沈むのかも知れない。防寒外套に防寒帽、その上に天幕をしっかり被っても、動き出したトラックの荷台は極寒の地だ。天幕の布地の中で、兵たちは体を寄せ合い寒さと空腹を堪えた。

　同時に彼らは、悪路のための揺れと振動で、話もできぬほどの状態にも耐えなくてはならなかった。そうなるともう、声を張り上げて歌うしかなかった。誰かが大声で「愛馬進軍歌」を歌い出した。この歌と「騎兵の歌」の二曲がこの分隊の定番なのである。


誠三郎は「愛馬進軍歌」の四番が特に好きだった。

「慰問袋のお守札《まもり》を、かけて戦うこの栗毛、ちりにまみれた髭面に、なんでなつくか顔よせて……」

　みんなで歌うと、厳しい寒気や待ち受ける戦場への不安がいっとき忘れられた。分隊員は揺れる荷台で天幕にくるまって歌い続けた。


　大廟は古い集落で、小さいながら城壁を備えていた。集落の中心辺りには、反り返った瓦屋根の小さな寺院もある。包頭に繋がる道沿いにあり、誠三郎も何度かこの脇を通ったことがある。

　先行した部隊が既に集落を制圧したらしく、誠三郎たちのトラックは速度を落とすことなく城門をくぐって、少し先の街路に停車した。駐屯地から三時間近く走ってきていた。

　日の出が近づいていた。空がようやく白みだし、明かりなしで周囲が見えるようになってきていた。前方の集落の中央広場に、兵隊が集結しており、その近くでトラックと小型の乗用自動車が、まだ黒い煙を上げてくすぶっていた。

　下車した誠三郎の分隊は、金子少尉の指揮の下、集落の北側に集結した。少尉から、先発部隊が着いた時既に敵の姿はなく、将校他数人が北の山の中に隠れていて助かったが、護衛の兵隊は全員戦死したとの情報がもたらされた。

　誠三郎たちの中隊は、集落の周囲の城壁に沿って散開し、周囲を警戒することになった。乾いた雪があちこちの家の壁際に吹き寄せられている。この集落には、かなりの数の住人がいるはずなのに、その姿が全く見えない。北側は、誠三郎たちが進んできた固陽の街に繋がる道路、西と東はなだらかな丘陵と畑作地帯で、南側は包頭に続く開けた平原になっている。周囲の丘には、乾いた雪がうっすらと積もっている。

　少尉の指示で、金子小隊は北側の、上部が破壊された城門から、左右に広がって警戒態勢を取った。誠三郎の第二分隊は門の左手を割り振られた。分隊の兵たちは、ようやく一休みという感じで、あちこち壊れた城壁の一段低くなった部分に腰を下ろした。気温は相変わらず低い。

「分隊長殿、よかったらこれどうぞ」

　小菅という丸顔の初年兵が、そう言って干した小魚を差し出した。隣に座っている同期の軽機関銃手の佐伯一等兵と、しょっちゅう冗談を言い合って笑っている人のいい男だ。二人は誠三郎と同学年かも知れないのだが、それは分隊長である誠三郎を相手にする話の種にはならない。

「これはありがたい。噛《か》み甲斐《がい》も栄養もありそうだ」

　棒鱈《ぼうだら》のような魚の干物とか、するめ、鰹節、炒り豆、ドロップなどは、兵隊の携行食糧として大変貴重なものだ。こういう物が入った慰問袋が当たると、兵隊は文字通り泣く程に喜ぶのだった。

　今日のように朝食も抜かなくてはならないような場合、こうした予定外の食糧は特にありがたかった。

「そうでしょう。これは腹持ちもいいですよ。お袋が送ってよこしたんです」

　小菅が口を動かしながら、細い目をもっと細くして言った。

「分隊長殿、こいつ、この年でこうやって、お袋お袋ですからね。女っ気がない訳ですわ」

　隣から無精髭の佐伯が、防寒頭巾に顔を埋めて、もらったらしい干物をかじりながら茶々を入れる。

「何を言っとるか。貴重な鰺《あじ》の丸干しをくれてやったのに、こいつめが」

「故郷で待つ女がいる自分とは大違い。そうだ分隊長殿、いやらしいんですよ、こいつは。女の人の大事な毛を三本、お守りにしていやがるんです。ほら、出してお見せせんか」

「人に見せるものじゃない。知られてもならんのに。お前、全く口が軽い」

「いいじゃないか、減るもんじゃなし。どうせ親戚のおばさんか誰かのだろうけど」

「そんなんじゃないって」

「そんなもんだろうって」

二人は万事がこの調子だった。

誠三郎は子どもの頃から、こういう言葉でのおもしろおかしいやりとりができなかった。口下手で頑固な所は死んだ父親そっくりだと、いつも母に言われていた。自分は人間関係に不器用な人間だと今でも思っている。それでも誠三郎は笑顔を作って二人の話に加わっていった。それが分隊長の義務だと思っていた。

「小菅一等兵の家は、確か千葉県の網元だったな」

「網元なんていう大げさなもんじゃないです。親戚中で協力して、魚獲って干し魚を作ってるだけで」

「貴重なものを済まない。ありがたくもらっておく」

誠三郎はそう言って、かちかちに乾いた小魚を外套の物入れにしまった。

「佐伯一等兵には、国に許嫁《いいなずけ》がおるのか」

「いえ、はい、いえ、まだそういう関係でもないのではありますが」

小菅がそれを聞いて吹き出した。真っ赤な顔になった佐伯が、照れ隠しに小菅の尻を蹴った。

この二人は「北支」での激戦は経験していない。その後に、現役で入隊して連隊に配属されてきた兵だ。誠三郎は同年代のこの気持ちの明るさが、自分にはもう失われてしまったような気がした。代わりに自分にまとわりついたのは、死の臭いとでもいうものか。今では多くの時間を、死なずに戦い続けるためになすべきことを考えている。一瞬誠三郎の胸を、ある寂しさと二人への羨望の思いがよぎった。

その時、サイドカーに先導されて、連隊長の乗るカーキ色の車が北門をくぐった。「くろがね四起」

と呼ばれている、全車輪駆動の軍用乗用車だ。

集落の中心部の家屋が接収され、連隊本部が設置されようとしている。日本の秋の夕方のような弱々しい昼前の日差しの下、通信兵がその屋根に電線を張っているのが見える。軍医と衛生兵が包帯所を設置したようだが、治療する負傷兵はもういない。

しばらくして、南門からトラックが一台出て行った。生存者を包頭へ運んでいくのだろう。広場では遺体の処理や焼けた自動車の始末をしている。それ以外の兵は叉銃《さじゅう》して休憩である。あちこちで煙草の煙が上がっていた。

誠三郎は、何かこの成り行きに対し、本能的に嫌なものを感じていた。住人の姿が全く見えないのが先ずおかしいのだ。乗馬部隊での作戦だったら、あらかじめ数騎の斥候《せっこう》を両側の丘の見通しのきく所に走らせて、この場所の安全を確認するだろう。それは、騎兵連隊の創設期からの、宿営地等選定の鉄則ではなかったか。道路のないところを走れない自動車部隊では、そう簡単にいかないのはよく分かる。しかしながら、このままではうまくない。

誠三郎は金子少尉の姿を探した。しかしこんな時に限って近くに姿が見えない。将校連中だって、この全体状況を見れば、鉄則を破っていることはすぐに気付くはずだ。まさかとは思うが、敵は撤退したと決め込んで、本部で今後の打ち合わせでもしているのではあるまい。

誠三郎は焦《じ》れた。時刻は昼に近づいている。その時隣の分隊から、この間に腹を満たすようにという指示が回ってきて、誠三郎も、薄い手袋だけになって、雑嚢の携帯口糧の袋から乾パンと金平糖《こんぺいとう》を一つずつ取り出した。それを口に入れて砕き、冷たい水でのどに流し込んだ。

そこへ、女川上等兵がやはり口をもぐもぐ動かしながらやって来た。

「分隊長、高坂さんとも話したんですが、左右の丘を見に何人か走らせたいですな」

やはり古くからの兵隊には、何か直感的に感じるものがあるらしい。

「命令いただければ、自分と高坂さんで何人か連れて行ってきますよ」

女川が視線を投げている低い丘の連なりには、夕方のような薄い光が差している。冬の陽光は、この辺りでは弱く薄く、そして差す時間は短いのである。

「俺もさっきからそう思って、金子小隊長を探しておったのだ。丁度良かった。この場の指揮を頼む。今から本部に行ってくる」

そう言いながら誠三郎は、手袋の奥の腕時計を見た。午後零時を過ぎたところだ。

時刻をそう確認した、正に次の瞬間だった。ヒュールヒュルヒュルという、迫撃砲弾独特の飛翔音が複数聞こえた。誠三郎と女川は、瞬間的に身を翻し壁に身を寄せた。途端に城壁内のあちこちで爆発が起こった。

迫撃砲というのは山なりに高く砲弾を飛ばし、壁や丘の裏側にいる敵を狙う兵器だ。しばらくの間、爆発音と飛翔音が入り交じった。

壁土と一緒に住民の家財道具や寝具が空に吹き上がる。鶏がけたたましい鳴き声で逃げ回る。燃焼した火薬の臭いが、肥溜めの糞尿の臭いと混ざって流れてくる。早くも負傷者が出始めたらしく、衛生兵を呼ぶ声がひとしきりする。

「第二分隊、鉄帽着用、頭を上げるなっ」

誠三郎は大声で指示を飛ばした。防寒帽の上に被る鉄帽は、かえって敵弾の目標になりそうだが、砲弾の破片は少しでも避けたい。

「来ちまいましたね」

女川が言った。

「ああ。間に合わなかった」

誠三郎は砲弾の炸裂する合間に、首を回して西方の丘を見た。丘のてっぺん付近で、銃を持った多数の兵が左右に散開し始めているのが見えた。迫撃砲は、どこかの丘の裏側から発射されているようだ。砲弾はあらかじめ照準してあったらしく、正確に城壁の中に飛来して爆発する。連隊は、準備周到な待ち伏せ攻撃のただ中に進入してしまったのだ。

丘に掲げられたのは中華民国の青天白日旗だった。相手は国民党軍の正規軍のようだった。

「とんでもない大軍ですよ。傅作義の部隊のようですな。面倒なことになりました。東側も同じですわ」

女川に言われて東の方を見ると、こちらは少し距離があるが、同じように丘陵の向こうから、夥《おびただ》しい数の兵士が湧き出すように出てきていた。誠三郎の口にまた味のない唾液が湧いた。

どの位経ったろうか、突然砲撃が止まった。誠三郎は頭を低くしたまま、分隊員の伏せている場所に向かって「番号っ」と怒鳴った。全員の声が聞こえた。負傷者もいないようで、誠三郎はほっとした。

「今度は突撃してくる。命令があるまで撃つな。銃剣はまだ起こさずともよし」

騎兵銃の銃剣は、銃の内部に畳まれていて、近接戦闘の時はそれを起こすようになっている。誠三郎が腰を低くしてそう指示を与えていると、右手の壁の下を、金子少尉が駆け足で近づいてきた。

誠三郎が壁の下に降りると、金子少尉は誠三郎の肩を抱くようにして、押し殺した声で言った。

「畜生どもが、待ち伏せ包囲など生意気なことをしおって。いいか岡田、目に物見せてやれ。光輝ある帝国陸軍騎兵連隊の威信にかけて、一歩も引くな。気魄で追い返せ。健闘を祈る。以上だ」

金子少尉はそう言うと、次の分隊の場所に行こうとした。誠三郎は、ひと言言いたかった。

「丘からの奇襲を予想して、女川と高坂が偵察に出させてくれと言って来ておったのです。自分が小隊長殿の指示を受けるため、本部に行こうとしていたところでありました」

金子は足を止め、誠三郎の脇にしゃがみ込んだ。

「そうか。その点、不覚を取った。あらかじめ左右の丘に斥候を出すべきだった。俺もそう思っていた。しかし、これ程の大軍が近くに来ているとは誰も予想していなかったのだ。ぬかった。実はな、包頭の城内にも敵が侵入して、今激戦中だという無線が入ったのだ。騎兵集団の司令部が危ないというので、その対策を練っておったのだ。くそっ、こしゃくな真似をしおって」

金子少尉は、いかにも悔しそうに奥歯を噛みながら遠くの丘を睨んだ。

思っていたなら、なぜ本部でひと言言そう言ってくれなかったのか。誠三郎は金子少尉の言い訳に腹を立てた。誠三郎はぼそっと、だが少尉には聞こえるように言った。

「騎乗の部隊なら簡単に斥候を出して偵察できた、自分はそう考えるのであります」

これだけは言っておきたかった。

馬ならばあの程度の丘陵など、あっという間に駆け上がり、高みに立つことができる。そうしたらもっとずっと早い段階で敵を発見できただろう。

　金子少尉は、誠三郎の目を見つめながらゆっくりと言った。上官にそんな意見を言うなど、軍隊では許されることではないのだ。

「確かに、騎兵が俄か乗車部隊になった故の落とし穴だ。しかし岡田、岡田伍長、今はそんなことを言ってる場合ではなかろう。相手は傅作義の三十五軍だと思われる。数が多いし手強い。弾薬を無駄にするな。岡田伍長、いいか、第二分隊でこの城門はしかと守るのだ。いいな、頼んだぞっ」

　そう言って誠三郎の肩を叩くと、金子少尉は立ち上がって、壁沿いに左の分隊の方に走っていった。

　やはり、少尉も気にはしていたのだ。それなのにこんなにも呆気なく、抽出隊や留守隊など一部を欠いているとはいえ、連隊主力のおそらくは四百人もの部隊が、丸ごと敵の大軍の包囲に陥ってしまうなんて、誠三郎には信じられない思いだった。何のためにに学科で戦闘の要領を勉強させているのだ。こんなふうにならないためではなかったのか。誠三郎は誰に向けて良いのか分からない憤りに胸が震えた。

　傅作義軍の次の攻撃は、日が沈み寒気が身にしみ出す頃に始まった。突然、あちらこちらでチャルメラの音がし始めた。と同時に「ホイッ、ホイッ、ホイッ……」という妙な掛け声が聞こえてきた。

　と思った途端、凄まじい射撃が始まった。再び迫撃砲も飛び始めた。騒音がひどいため、逓伝《ていでん》（口伝え）の要員を決めて命令を伝える。

「二分隊、逓伝、命令があるまで撃つな」

「二分隊、逓伝、命令が……」

「二分隊、逓伝……」

　分隊の兵は、城壁の上部の段差や割れ目を利用して射撃体勢を取っているが、城壁に当たった弾丸が砕く砂粒で、顔も上げられないほどだ。かなりの数の機関銃が正面に据えられているようだ。誠三郎が顔を上げて見ると、機関銃の支援を受けて、銃を構えた何百という兵士が城門に近づいていた。その先頭を、銃は背負い、棒のような手投げ弾を握った兵士たちが、全力で走ってくる。兵士の顔がはっきりと見える。

「各個に射撃開始、弾丸を無駄にするな」

　口伝えでそう命じて、誠三郎も銃を撃ち始めた。

　ヒューンという弾音は遠い、ビュッは近い、ビシッとなったら危ない。弾雨の中では、できるだけ素早く動き回り、一ヶ所に留まっていてはいけない。それが、誠三郎が今までに身につけてきた、生き残るための経験則だ。

ところが、今回は体は壁に押しつけておくのが精一杯で、弾着音の観測などしている状況ではなかった。周り中、ビュッ、ビシッという音と、粉砕され弾け飛ぶ砂粒だらけで、銃の狙いをつけるどころか、首を上げて目を開けているのさえも難しい。

発射音で、佐伯の軽機関銃が頑張っているのが分かる。無理するなよと、誠三郎は祈る思いだった。

あちこちで手投げ弾が炸裂する。

「やられましたっ」

「衛生兵っ」

「○○一等兵戦死っ」

「目が、目が……」

遠くで悲壮な声が乱れ飛ぶ。

この時誠三郎の脳裏を、この場所で自分の人生は終わりそうだという予感がよぎった。それ程凄まじい十字砲火だった。

だが誠三郎はその予感に抵抗した。そんな感覚を強く拒絶して、絶対に死なないという事だけに意識を集中し、それを言葉にした。それもここまで生き延びてきた誠三郎のやり方だった。「絶対に死なない」。その言葉には自分を守る魔力があると固く信じて誠三郎は応戦を続けた。

突然またチャルメラが鳴り出し、敵からの射撃が止まり、敵の兵士が丘の方に引き始めた。敵兵士の死体がいくつも城壁の前に残されている。

「撃ち方止め」と誠三郎は叫んだ。すぐに分隊の被害を確かめる。幸い誠三郎の分隊員はまだ全員が無事だった。しかし、この三十分余りの攻撃で、こちらの死傷者もずいぶん増えたようだった。


その夜、連隊の四百人程の将兵の総てが、城壁や銃座や砲座で、いつでも応戦できる態勢をとったまま、極寒の一夜を過ごすことになった。なぜならば、傅作義の部隊は包囲を解くどころか、左右の丘の上に幕営して、その夜一晩中、気まぐれのように、数十分おきに照明弾を打ち上げたり、迫撃砲弾や機関銃弾を城内に撃ち込んできたりしたからである。

誠三郎が寒さに震えながら遠くの丘を見ると、あちこちで火がたかれ、その火が夥しい数の天幕を浮かび上がらせていた。文字通りの大軍なのである。湯気の上がる場所も見える。大鍋で炊事をしているもののようだ。驚くほどの余裕である。

「くそっ、野郎ども、あったかい物を食おうってか」

やはり同じ所を見ていた兵隊がいたらしい。いかにも悔しそうな声がした。無理もない。朝から僅かな乾パンと金平糖《こんぺいとう》、それに水だけしか摂っていないのだ。兵隊の中からは、我が軍得意の夜襲を掛けようなどという声もしたが、昼間の火力の差を思い起こせば、自然とそういう声は小さくなる。そうこうしているうちに、また何度目かの砲撃が来た。着弾は遠かったが、いつ自分の上に落ちてくるか分からない。安心して目を瞑ることもできないのである。

真夜中過ぎの砲撃が一段落した時、金子少尉が弾薬箱を持った兵隊を連れて現れ、分隊に弾薬と手榴弾の補給をおこなった。少尉は集まった分隊員に言った。

「闇に紛れて敵襲があるやも知れん。今回の戦闘での合言葉は『必勝』に対して『信念』である。応えぬ者は撃ってよし。それともう一つ……」

蔽《おお》いをした懐中電灯の僅かな光の中で、金子少尉が顔をしかめた。

「悪い知らせだ。大行李《だいこうり》が到着しておらん。到着前に敵の包囲が完成してしまったのだ。弾薬も食糧も水もこれ以上の補給はないものと思え。明日になれば救援も来るだろうから、それまで必勝の信念で耐え抜け。帝国陸軍騎兵連隊の底力をみせてやれ。いいなっ」

弾薬や燃料から、兵士の食糧や水や薬品まで、部隊に必要な物資を運搬する大行李が到着していないというのだ。誠三郎は、これは自分がかつて経験したことのない最悪の事態、いやそれどころか、この連隊にとって、創立以来最大の危機的状況なのだと認めざるを得なかった。分隊の兵の上を重い沈黙が蔽った。

夜が更けるに従って、寒気はますます鋭く厳しくなっていった。全身から否応なく体温が奪われ、壁や地面に接している尻や腰は、冷たさを通り越して皮膚の感覚が失せ、組織が破壊されるような鈍い痛覚の中にあった。兵たちは身を寄せ合い、少しでも体温を温存しようとした。誠三郎は、兵を数人ずつ交代で壁の下に降ろし、子どもの頃のように押しくらまんじゅうをさせて全身の血流を促そうとした。

第四章　壊　滅

それは神経戦であった。包囲した傅作義の軍は、日本軍に対して、極寒のその夜一晩中、極めて間隔の短い砲撃を繰り返した。国民党軍の一部は、ドイツの軍事顧問に訓練され、最新式装備を施されているという噂を聞いていたが、傅作義の第三十五軍はどうなのだろう。岡田誠三郎は、「北支」の時の相手よりずっと強力だと感じていた。銃弾や砲弾を大量に使うことも驚きだった。

その夜、包囲下にある四百人程の騎兵連隊の将兵のうち、三十分たりとも睡眠をとれた者はいなかっただろう。誠三郎も凄まじい寒気の中で、一つの砲撃が済むと、気持ちは次の砲撃に備えるようになってしまっていた。そうすると明日に予想される戦闘のことも考えてしまい、まんじりともできなくなっていた。

先ほど金子小隊長が来て、焚き火厳禁を命じていった。どこかの兵隊が火を焚いて暖を取ろうとしたが、砲撃の目標にされるから絶対禁止だというのだ。誠三郎もちょうど、この辺りの家のかまどで火を焚いて、分隊員を交代で暖まらせるかと思っていたところだった。かまどなら、敵から火は見えまいに。そう思ったが命令では仕方がなかった。その時に、小隊長の懐中電灯で確認した時刻は午前一時半だった。

夜は恐ろしく長かった。分隊の兵たちは、朝の非常呼集からこの時間まで、乾パンと金平糖をかじっただけだ。明日は朝から激しい戦闘が予想される。体力の勝負になると思われた。眠れないでいるのなら今のうちに、食べられるだけ食べておく方がいいだろう。

また、手足の指先の感覚が鈍くなってきていた。凍傷の恐れがある。できるだけ動かして血の流れを良くしなくてはならない。誠三郎は小声でその旨の逓伝を回し、自分も足指を動かしながら、固い乾パンを口に入れた。ぱさぱさして食べにくいことこの上ない。それをのどに流し込む水も、水筒の中でシャリシャリと音を立てる。凍り始めているのだ。水筒は外套の下で保温しているのだが、外気がここまで低くなると、もはや効果は薄い。ふと外套の物入れに、小菅からもらった小鯵の干物があるのを思い出した。誠三郎はそれを取り出し、歯で少し割って口に入れた。のこりはまた物入れに戻した。魚の肉汁が少しずつ舌に広がった。砂糖醤油で煮てから干したものなのか、とてもうまかった。その途端、なぜか分からないが、幼い頃の出来事が脳裏に浮かんできた。

思い浮かべたのは、故郷の縁日で食べた、串に刺して焼いた団子である。焼けた醤油の味が誠三郎は大好きだった。グーッと腹が鳴った。

目をつぶると、尋常小学校で受け持ってもらった河野美紀子先生の顔が浮かんだ。きれいな優しい先生だった。誠三郎は当時十歳ながら、あの新任の若々しい河野先生に恋をしていたのではないか。今は密かにそう思っている。先生は「アカ」だと言われて警察に捕まってしまった。

〝河野先生には、あれから一度も会っていないけれど、どうしているのだろうか〟

いっときの誠三郎のそんな思考を断ち切るように、

周囲の景色が突然明るく照らし出された。見上げると、落下傘《らっかさん》の付いた照明弾が、火の粉をまき散らしながらフラフラと舞い降りて来ていた。

「来るぞっ。定期便だ。頭をさげろっ」

大声をあげたのは高坂だった。同時に、ヒューヒュルヒュルという迫撃砲の飛翔音がして、誠三郎たちの背後に一つ爆発音が起こった。連隊本部を置いている辺りだ。一瞬の後、その方向から点呼を取る声が聞こえてきた。けが人はないようだ。それだけで大廟の集落は、また静寂と漆黒《しっこく》の闇に戻った。

傅作義軍のこのやり方は、包囲されている将兵の心身の疲労を限界に近づけていた。寒気に加えての、間を置いたこの単発の砲撃による緊張の持続は、逆に多くの兵から精神の集中力を奪う結果を生んでいた。

その回の「定期便」が終わった直後だった。突然エンジンの始動音がして、暗闇の中、数台の自動車が南門の方に走り出したようだった。激しい銃撃音がして、南門の辺りに火花が散った。エンジンの音は銃声の中、南の方角に消えて行った。誰かが脱出して、救援を呼びに行ったのであろうと誠三郎は思った。無事に友軍の所に着いてくれと祈る思いだった。

夜明けが近づいて空が薄明るくなると、「定期便」が去った後で、分隊の兵士たちが交代で持ち場を離れ、壁の下に降りて民家の方に消えていくようになった。排泄である。誠三郎も便意を覚えて立ち上がった。

この寒気の中で、外套をまくって、厚地の軍袴《ぐんこ》と袴下《こした》を下ろして排泄をするのは大変な難儀である。勇気と決意もいる。素肌を外気に曝《さら》す時間を極力短くしなくてはならない。誠三郎は、分隊員が暗黙のうちに便所と決めた場所を見つけた。

そこには煉瓦《れんが》や土壁の破片が平積みになっていた。誠三郎は意を決して軍袴を下ろしてしゃがみこんだ。排便しながら、何気なく前の民家に目をやったその時だった。民家の壁と壁の間を、いくつもの人影が次々とよぎった。暗かったが人影に違いなかった。

民家は城壁の内側であり、そこを守る日本兵には、走る理由などない。どこからか潜入した敵兵だと判断するしかなかった。誠三郎はすぐさま排便の始末をして立ち上がり、軍袴の紐を締めながら大声を上げた。

「敵襲っ、敵襲っ、城内に敵がいるっ」

その声と、城内で銃声と叫び声が巻き起こったのがほとんど同時だった。

大急ぎで守備位置に戻り、分隊員に背後の警戒を指示した。その時、外の方から例のチャルメラの音が聞こえだした。覗いてみると丘に続く薄暗い平原を、幾百とも知れない夥しい数の兵隊が進んで来ていた。誠三郎は思わず身震いした。

丘の中腹の数ヶ所から、チェッコ機関銃が激しく撃ち始めた。昨日はなかった野砲が丘の中腹に据えられており、城壁に向けて砲撃を始めていた。あちこちで、城壁が破壊されて土煙が上がるのが見える。

「二分隊、各個に射撃開始」

誠三郎が送った口伝えの指示もかき消される。佐伯が壊れた門の、屋根を支えていた柱の陰に伏せて、軽機関銃を撃っているのがぼんやり見える。脇にいるのは小菅のようだ。その辺りにも弾着の土煙が、途絶えることなく上がっている。

辺りは少しずつ明るくなってきていた。新手の敵兵が丘の陰から続々と現れてくるのが見えた。これはいよいよ本当に駄目かも知れない。胸を衝くその感覚を無理矢理押さえつけて、誠三郎は「絶対死なない。絶対死なない」と、声に出しながら射撃を続けた。

誠三郎が、弾丸五発の束を三回撃ち尽くした時、轟音《ごうおん》と共に目の前が真っ暗になって、誠三郎は銃を抱えたまま吹き飛ばされ、どこかの地面にしたたかに叩きつけられた。どの位気を失っていたのか、気付いた時、誠三郎の耳の奥はキーンという音が轟《とどろ》いていて、外部の音が聞こえなくなっていた。

頭を起こして目をしばたたかせると、そこは四方を壁に囲まれた小部屋だった。目の前の壁は崩れて大きな穴が開いており、そこからは北門の下の道が目の前に見える。無音の光景に激しい炎が上がった。

北門を守備していた重機関銃を載せたトラックが、ひっくり返って燃え上がっている。その脇から、何人もの傅作義軍の兵士が、銃剣をきらめかせて城内に走り込んでくるのが見える。彼らが城壁の一部を占領して、そこから射撃しているのも見えた。戦闘はまだ敵優位で続いているのだ。

誠三郎は、下半身に覆い被さった土壁の塊をどかして起き上がった。腰の軍刀は無事だったが、外套に焦げ痕や切り裂きがあった。瓦礫《がれき》の中に埋もれた鉄帽は顎紐《あごひも》がちぎれ、頭頂部もひしゃげて裂け目が開いていた。これに救われたのだ。

顔に擦り傷があるようで痛むが、触れてみれば血も出ていない。体を動かしてみると、打撲らしい痛みはあちこちあったが、幸いなことにどこも出血はしていないようだった。鉄帽の穴の鋭い切り口を触りながら、耳が聞こえないが、それだけで助かったのは奇跡だと思った。

脇を見ると自分の銃が転がっている。誠三郎はそれを取り上げて体をずらし、壁の穴から離れた。そこは、かまどのある台所のような狭い部屋で、嫌な臭いがしている。屋根の片側が破壊されて空が見える。誠三郎は城壁から吹き飛ばされて、屋根を破ってこの部屋に落ちたらしい。

ふとかまどの向こうを見て、誠三郎はぎょっとなった。人の手が見える。瓦礫の下から、骨と皮だけの痩せた手が出ているのだ。体を動かしてその手の奥を覗いてみると、そこは簡易ベッドのようで、そこに厚地の上等な衣類を身に着けた老人が、上を向いて横たわっている。埃まみれの骸骨のような顔は息をしていない。手前に平たい皿があって、その上に器やランプのような物がひっくり返っている。

そこにパイプらしき物が見えた時、誠三郎はそこが噂に聞く、阿片を吸ったり、売春したりする、いわゆる煙館とか阿片窟とか呼ばれる部屋なのだと理解した。それでこの嫌な臭いの理由も説明が付く。こうした場所には大抵その筋の女がいると聞いていたが、老人を残して逃げ去ったのだろう。

こんな田舎の小さな集落にまでも、こうした場所があるのだと誠三郎は驚かされた。金子少尉の「愚かな民の愚かな国」という言葉をまた思い浮かべた。一刻も早くこの嫌な臭いから逃れたい。誠三郎は立ち上がって、部屋の出口の扉まで壁伝いに移動した。

誠三郎は自分の銃を点検して、新しい五発の弾丸の束を込め、白兵戦に備えて銃剣を起こした。そして、聞こえない耳をそばだてながら、瓦礫にふさがれている扉を無理矢理こじ開けて、ゆっくりとその家から出た。その扉は、誠三郎の分隊が守っていた城壁の反対側への出口のようだった。

銃声や爆発音が微かに聞こえる。そこは狭い通路になっており、その先の広い道路で、両軍の二人の兵士がつかみ合いの格闘をしていた。ほとんど音のない世界での格闘を、誠三郎は不思議なものを見る思いで眺めた。

　その時、いきなり後ろから襟首をつかまれて、誠三郎は地面に引き倒された。驚いて反撃しようと相手を見ると、それは何と女川上等兵だった。脇には小菅一等兵もいた。

「分隊長、大丈夫……。こんなに……いるのに。耳をやられた……ね」

　女川の声が遠く遠く微かに聞こえた。耳が聞こえないのは一時的なもののようだった。誠三郎はこんな状況なのに、そのことで少しほっとした。

「いいですか。もうここは駄目です。連隊本部の線まで下がれという命令です。速歩で行きますよ」

　女川が誠三郎の耳に口をつけて、大声でそう言った。微かだがしっかり聞きとれる。

　誠三郎は、小菅と女川に左右を挟まれるようにして、身をかがめたまま全力で集落の中心に向かって走った。左右で爆発が巻き起こった。あおられて地面に倒れ込む。起き上がった誠三郎は目を剥《む》いた。

目の前のあちこちに死体が転がっているのだ。

　外套の左腕に「ロ」の布を縫い付けているのは第二中隊の兵だ。「ハ」を縫い付けた誠三郎たちの第三中隊の兵も混じっている。戦死者を収容することもできないのだ。驚いたことに傅作義の兵の死体もあちこちにある。こんな集落の中心部まで入り込んでいたのだ。

　ようやく連隊本部近くと思われる、壁の崩れた民家に転がり込んだ誠三郎は、ほっと一息ついた。そこには、それぞれ所属が違う兵隊が、十人ほど身を寄せ合っていた。家の壁は、北門の方向が砲撃で崩されて穴が開いている。何人かがそこから応戦している。

　座り込んで息を整えていた誠三郎の耳に、女川が口を寄せてきた。あの場所で、何人もの分隊員が戦死してしまったと、女川は途切れ途切れに話した。

　誠三郎が吹き飛ばされたあの時、砲弾の直撃を受けたのは軽機関銃手の佐伯が伏せていた、あの門柱だったという。大きな口径の、破壊力のある砲弾だったのだ。佐伯は多分即死、小菅は壁の下に降りて、佐伯の機関銃の弾丸を弾倉に詰めていたために無事だった。あの砲弾で佐伯の他、おそらく四人の分隊員が戦死した。女川はそう判断していた。

戦死を確認できなかった者はもちろん、遺体を確認できた者もそのまま放置せざるを得なかったという。無事だった兵も、そこでばらばらになったらしい。分隊長という立場になって、初めて、自分の分隊から戦死者、行方不明者を出した。五人もである。そして、それ以外の部下が、今何処でどうしているのかも掴めない。行方不明者を探したり、同じ隊の者と合流したりできる状況では全くない。

誠三郎はしばらく呆然としていた。ああした場合、自分になすべきことは他になかったのか。佐伯をあの場所に居させたことは正しかったのか。銃を壁に立てかけたまま座り込んで考えていると、耳が次第に外部の音を受け入れ始めた。

しばらくの間、激しい銃声や砲撃音が遠くで聞こえていたが、そのうち何故かそれらが静まった。周りにいる兵隊がみな何かに耳を澄ませている様子だ。

「飛行機じゃないか?」

「飛行機だ」

誠三郎には聞こえなかったが爆音がするらしい。

「友軍機が来たぞうっ」

外からそういう声が聞こえて来て、家の中にいた兵が、体を低くして次々と外に出た。

誠三郎も銃を持って、這うようにして表に出た。日の丸をつけた二枚羽根の単発の飛行機が、寺院の反り返った屋根の遥か上空を旋回している。

「友軍機だ。おおい、頼むぞうっ」

誰かの声がした。敵も味方もみな上空を見上げているらしく、城内は静まっていた。

数秒後、飛行機に向けて激しい銃撃が始まった。高度を取って旋回していた飛行機は、一度速度を上げてから急降下し、城壁内の広場の辺りに赤い布のついた筒を投下した。そうして、結局一発の爆弾も投下せず、一発の銃弾も発射することなく、南の空に悠然と飛び去って行ったのである。声を出さない落胆のため息が、兵の間に広がったのが分かった。

敵の包囲が解かれるような、飛行機からの効果的な銃爆撃を一瞬期待した誠三郎たちは、再び厳しい現実に向き合わなくてはならなかった。

民家に戻って再び敵襲に備えた配置に就き、時計を見るともう昼を過ぎていた。空腹を感じるような余裕はなかったが、昨日の朝から僅かな携帯口糧しか食べていない体は、さすがにふらついた。一粒残っていた乾パンを口に入れ、水筒の底に残った最後の水を含んだ。そうしているうちに、城門を占領し、さらに奥まで進入した敵兵の攻撃が再開された。また銃弾が激しく飛び交いだした。誠三郎も、弾丸の残数を数えながら、民家の壁から射撃を始めた。

南北から攻め込まれた誠三郎たちの騎兵連隊は、集落の中心部に立て籠もっていた。その必死の反撃に、少なくない被害を出した傅作義軍は、やがて作戦を変えてきた。城内に入った兵を一旦引き、迫撃砲と野砲で、集落中心部に激しい砲撃を加え始めたのである。

冬の陽が沈み、二度目の夕闇が迫っていた。寒気が再び厳しくなってきている。誠三郎のいた民家でもそうだったが、連隊の人的被害はこれ以降、飛躍的に大きくなっていった。固めた土やせいぜい煉瓦でできた民家の壁は、当然のこと砲撃の遮蔽物《しゃへいぶつ》としては殆ど役に立たない。今回の砲撃が始まった直後、隣家を直撃した砲弾の焼けた破片で、誠三郎と一緒にいた第二中隊の兵が即死していた。

また物資が絶対的に不足していた。今この民家には、誠三郎を入れて八人がいたが、食料も水も尽きている者が殆どだった。弾薬も残り少なく、八人で持っている手榴弾は三個だけである。ここでは、八人の中で位が一番上の伍長である誠三郎が指揮を執ることになる。しかし、この激しい砲撃の中では、頭を低くして寒さに震えているしかか、なすべきことがないのだった。

「三中隊の者、おるか」

突然、入り口から元気な声がした。聞き覚えのある内藤中隊長の声だ。懐中電灯を持つ副官と二人で家の中に入ってきた。

「中隊長殿っ。どうしてまたこんな所に」

誠三郎は思わず叫んでいた。

「そのままでよし。おお、岡田誠三郎か。よしよし頑張っておるな。実はな、今日飛来した偵察機からの通信筒の内容をな、みなに知らせようと思ってな」

「それでわざわざ」

内藤中隊長は、そこにいる兵士たちを見渡してから明るい声で言った。

「いいか、通信文には、明日早朝救援部隊が到着する、それまで頑張れと書かれておった。いいか、明朝まで、何としても持ち堪えるんだぞ。他の中隊の者も、いいか。勇敢にな、だが命は大事にせい」

「はっ」

他の隊の者もみんなが声を揃えた。内藤中隊長は、それだけ言うと次の民家に向かって行った。誠三郎は無期貸与された軍刀を強く握りしめた。そうしている間にも、砲弾はひっきりなしに飛来し炸裂していた。

激しい砲撃は午後八時きっかりに終了した。誠三郎は兵の煙草の明かりで時計を見てそれを確認した。真っ暗なのだ。それからはまたもや、寒気と砲撃の定期便との戦いだった。昨晩と違うのは、耐えなくてはならないことに、飢えに加えて渇きと疲労が加わったことだった。

誠三郎たち八人はそれでもまだ幸運かも知れなかった。小菅が干し魚を数枚持っていたからである。八人はそれを等しく分け合い、体を寄せ合って寒気に耐えた。朝までにはまだ長い長い時間があった。

誠三郎は、疲れのためにほんの短い間だが、意識が薄れ、まどろみのような状態に入ることが増えていった。意味のはっきりしない夢を見た。銃の照《しょう》星《せい》の向こうで血を吹いて倒れる敵兵。飛行機に向かって撃ち上げられる花火のような弾丸。湯気の立つ山盛りの飯と味噌汁。黄河のような広大な川の岸を、流れに首までつかって歩く……冷たい……足が浮く……ああ流される……。そこで目が覚める。脈絡なく様々な映像が浮かんでは消えた。

突然、ズドーンと腹の底に響く音がして、体が浮き上がるような気がした途端、辺りに瓦礫が降ってきた。またもやすぐ近くに着弾したのだ。

「至近弾だっ」

「うおおおーっ」

一番端にいた機関銃中隊の一等兵が、恐ろしい叫び声を上げた。火薬と肉の焦げる臭いがした。暗闇のため、何が起こったのか分からない。マッチを擦らせて様子を見ると、その兵は首に砲弾の破片を受け、大量の血液の中であえいでいた。灼けた破片が血肉を焦がして煙を上げている。なすすべなく見守る中、二本目のマッチの光の下で、彼は呼吸を止めた。

「おい、一緒に国に帰るって約束しただろう。貴様、ここまで来て死ぬんじゃねえよ」

　戦死者と同じ隊の小笠原という一等兵である。暗闇で泣きながら、死んだ兵の体を揺すっているようだ。除隊の時期が近かったのかも知れない。

　再び訪れた静かな闇の中で、誠三郎は砲弾を撃ち込んでいる者たちに対する激しい憎悪を感じた。それは殺意だった。敵兵に対する強い殺意である。一般社会では持ち得ない、対象を定めての強烈な殺意なのだった。誠三郎は奥歯を噛みしめ、銃を固く握りしめた。

　一瞬火のように燃え上がったこの殺意は、しかしながら誠三郎の中で長く維持はできなかった。空腹とのどの渇き、それに激しい寒気と疲労で、意識をしっかり維持することが難しくなってきていたのである。

　しばらくすると、真っ暗な中で小笠原が、寒さに声を震わせながら何かしゃべり始めた。何を言っているのか最初は分からなかったが、次第に声が大きくなって、その内容が伝わってきた。

「助からないね、これは。た、祟《たた》りなんだよ。俺はよく分かった。ここに来る前に言われたんだ。こ、この騎兵連隊に入るって言ったらさ、亀戸の伯父さんがさ、こう言ったんだよ。大震災の時、つ、罪もねえ南葛の組合の若い衆を殺しに来た部隊だな、そんな所にへえると祟られるぞってな」

「何を言いやがる。黙らねえか、この野郎っ」

　誰かが怒鳴った。それを無視して小笠原はしゃべり続ける。

「え、縁起でもねえって俺も言ったけどさ、伯父さんは四ッ木橋で、何もしてねえ朝鮮人を機関銃で皆殺しにしたのも見たって言ってさ、た、祟られるぞって言った。やっぱり本当だった。食料も水も、た、弾もねえ、眠れねえ、凍え死にそうだ。表を見ろよ、もの凄い数の敵兵だ。こっちはどんどん死んでる。こんな戦闘は初めてだ。こ、これは祟りだよ。あ、あの伯父さんは、昔から嘘をつく人じゃなかった、あ、あ……」

　小笠原の声は異様な震えを帯びだした。

「いい加減にしろっ」

「縁起でもねえことをぬかしやがって」

「この野郎っ」

何人かがそう怒鳴ると、がさごそと衣服が擦れて、人が殴られる音がいくつかした。小笠原が猫の鳴き声のような悲鳴を上げた。

「大震災の時はなあ、井戸に毒を入れたチョン公と、天子様に楯突こうとしたアカを始末したんだ、馬鹿野郎が。そんな奴らが、帝国陸軍に祟れるもんなら祟ってみろってんだ」

こんな状況なのに、近くの兵隊たちが小笠原に制裁を加えたのだ。

「仲間割れは止めろっ。小笠原、もう黙れっ」

誠三郎が低い声で言った。

入隊したての頃、この連隊が大震災の時に、兄弟連隊と共に治安維持のために東京に出動したということは、誠三郎も聞いていた。しかし、その詳細は知らない。ただ、同じ頃、憲兵が無政府主義者を殺したという事件については、後に新聞で読んだ。

黙って聞いていた誠三郎は、「アカ」という言葉で、河野美紀子先生の事を思い出していた。河野先生と「アカ」という二つの言葉は、誠三郎の中でどうしても結びつかないのだった。小笠原は鼻をすするだけでしゃべらなくなり、再び静寂の闇が戻った。

「この話、高坂さんからも聞きましたよ」

誠三郎の耳元で、息だけで女川が言った。

「そうか……」

女川が、この場面で、どんなつもりでそう言ったのか。誠三郎には見当がつかなかった。

高坂は下町の人間だ。大震災の時のことをいろいろ知っているのかも知れない。だが、女川はなぜこんな所でそれを誠三郎に伝えたのだろう。その思考が進まないうちに、また砲撃の定期便の時刻がやってきた。

「来るぞ、体を低くしろ」

今度も着弾は近かった。爆風が過ぎた後で、火薬の臭いと、魚の腐ったような嫌な臭いが漂ってきた。

東の空が少しだけ白んできた頃、前日の朝と全く同じように、だが今度は城壁の中のあちこちの拠点から、チャルメラの音と共に大勢の敵兵が湧き出して、三日目の攻撃が始まったのである。

接近してくる敵兵に対しては、乏しい弾丸でも使わない訳にはいかない。誠三郎は、弾が尽きたら銃剣や刀を使ってでも、最後まで戦うと覚悟した。騎兵は軍の中では「帯刀本分兵」とされており、将校や下士官はもちろん、一兵卒に至るまで軍刀が支給されていた。

しかし、今回のような車乗の作戦の場合、兵士たちは動きが鈍くなるということで、騎兵刀は持たずに来ている。ここで軍刀を持つのは誠三郎だけだ。

しかし、軍刀を抜くような戦いになったら、その時はもう破局だなと、誠三郎は刀の柄に手を置いて考えた。そうならないように全力で戦うのだ。死なない為の精神の持ち方を、自分だけでなく、ここのみんなにしっかりと伝えよう。誠三郎は、聞こえだした敵兵のチャルメラの音と喚声をはじき返す思いで、部屋の兵隊たちに向かって大声を上げた。

「いいか、何があっても絶対諦めるなよ。自分は死なないと、腹の底から念じながら戦うんだ。いいか、これを乗り切れば救援が来る。熱い味噌汁で銀しゃりを腹一杯食おう。諦めるな。俺たちは絶対死なない。いいな、絶対死なないぞ。諦めるな」

皆にそう言うと、外の炎の明かりを受けた小菅が、細い目を開き歯を見せてうなずいた。こうして七人の絶望的な戦いが始まった。

外はまだ夜明け前の暗闇だった。それは、燃え上がる家屋の炎を頼りの戦いだった。初めに夥しい数の手投げ弾が飛んできた。それを何とかしのぐと、今度は兵士が直接突っ込んできた。

多くの先輩や中隊の古兵たちが、「支那兵」は旧式の武器しか持たず、臆病でだらしがないと侮っていたが、ここでは彼等は驚くほど勇敢だった。誠三郎たちが銃をかまえる家の中に、何人もの兵士が飛び込んで来た。国民党軍の一部である傅作義の軍が、装備が優秀であるばかりでなく、このように兵隊の士気まで高いことは、誠三郎にとっては大きな衝撃だった。今まで聞かされていた話と全然違うではないか。

この朝、誠三郎は幾度これで自分の人生は終わったと思わされたことだろうか。そのたびに、俺は死なない、俺は死なないと念じ、声に出した。

小菅が倒れたのを横目で見たが、助け起こすこともできないままだった。敵兵が放ってきた手投げ弾を爆発前に投げ返した。疲労と空腹で、しまいには筋肉に力が加わらなくなった。しかし隣で踏ん張っている女川を見て、また力を奮い起こした。

もはや、考えたり感じたりということを通り越して、誠三郎の体は反射的に動いていた。弾がなくなると、敵味方の戦死者の武器と弾薬をあさった。さらに飛び込んでくる敵は刀で撃退した。ありとあらゆる物を武器として戦った。しまいには煉瓦まで投げつけた。

　苦しい戦闘は三日目の朝、辺りがすっかり明るくなるまで続いた。

第五章　死と生の間に

　死闘はある時、実に呆気なく終わった。突然チャルメラが鳴ると、国民党軍の兵士は潮が引くように退却を始め、集落の中からあっという間に姿を消した。一方で、これまで聞こえなかった方角から砲声が轟いてきた。

「救援だっ」

「助かったぞうっ」

　いくつもの声が叫んでいる。ようやく援軍が到着したようだ。誠三郎は女川に支えられて立ち上がった。見ると少し離れた壁の手前で、小菅が両手を合わせて祈るような格好で死んでいた。誠三郎は上向きに寝かそうとしたが、硬直が始まっているのか、背中を丸めたまま横倒しになってしまった。背中に銃弾の大きな射出孔《しゃしゅつこう》が開いている。即死だっただろう。

「小菅っ、後で連れに来るからな。ちょっとだけ待ってておってくれい」

誠三郎がそう言うと、女川が小菅の防寒帽を外して、鼻血がこびりついている顔を覆った。この家にいた七人の兵のうち、生き残ったのは誠三郎と女川のほか、他の中隊の二人の合計四人だけだった。そのうち一人は腕に貫通銃創を受けていたので、もう一人に包帯所に連れて行かせることにした。誠三郎と女川で死体をあらためていくと、その中に小笠原の姿がないことに気付いた。

「おかしいな」

「あの状況で、外に出ることなどあるまい。この中におる筈……」

「おや、ちょっと待ってくださいよ」

女川が手を上げて、誠三郎の発言を制するように言った。そして家の奥に進むと、崩れた屋根の瓦礫の裏側を覗いた。

「何か声がしますな」

誠三郎が女川の背中越しに見ると、そこには瓦礫に半分埋まったかまどがあった。割と裕福な、それも漢族が住んでいたのだろうか。脇の燃料置き場には乾燥畜糞ではなく石炭がある。かまどは大きな煉瓦積みで、焚き口と鍋を掛ける大きな穴が見えた。か細い男の声がそこから聞こえる。

中を覗くと、暗い所で何かが小刻みに動いている。

「出てこい。おい、もう終わったぞ。大丈夫だから出てこい」

女川がそう言って穴から手を突っ込んだ。

「小笠原か？」

「ええ、分隊長、ちょっと引っ張り出しますから、こっちへ来てここを持ってください」

言われて誠三郎も女川の脇に入り込んで、小笠原の外套の裾らしい部分を掴んだ。女川の掛け声と共に力を入れて引っ張り上げると、煤だらけになった外套にくるまれて、小笠原が出てきた。

顔は煤と涙でぐしゃぐしゃだ。この地方の寒気と乾燥のためにひび割れた唇から、幾筋も血が滲んでいる。その唇で、小笠原は何か童謡のような歌を唄っていた。

「あめあめふれふれ、かあさんが……」

「おい、小笠原、しっかりせんか」

女川が平手で、薄黒く汚れた小笠原の頬をピシャピシャ叩いた。

「じゃのめでおむかえ、うれしいな……」

小笠原は、戦友を亡くした上に、あの戦闘の激しさで、精神に異常を来したのかも知れない。こういうことがあると話に聞いてはいたが、実際に出遭ったのは初めてだ。

「おい、小笠原、どうした。もう終わったぞ。しっかりせい」

今度は誠三郎が言うが、小笠原は泣きながら歌い続ける。短い雨期以外に雨のない乾ききったこの地で、故郷の雨降りでも思い出したのか。

「ぴっち、ぴっち、ちゃっぷ……」

「こりゃ駄目ですね。とりあえず、包帯所に連れて行きましょう」

女川が小笠原を立ち上がらせた。ひどい臭いがする。見ると、軍袴の股の辺りは排尿した水分が凍り付き、それが溶け出している。大便の臭いもする。腹が緩かったのだろう。

小笠原の脇を支えて付き添って行く女川の後ろから、誠三郎は自分と女川の銃を背負って表に出た。

そこは、一昨日と同じ集落とはとても思えない、瓦礫と死体の散乱した、かつて見たこともない異様な世界だった。

日本兵の死体が、救援に来た兵隊によってあちこちに集められていた。これ程の数の友軍の死体は見たことがなかった。その中には将校らしい死体も混じっていた。誠三郎は大きく息を吐いた。小菅にしろ小笠原にしろ、この多数の死体にしろ、我が軍の将兵が何という悲しい姿だ。

これ程の数の将兵が、なぜ死ななくてはならなかったのか。この悲惨の責任は誰にあるのか。どうしてこのような負け戦になってしまったのか。あの時、周囲に偵察を出しさえすれば、こんなことにはならなかったのだ。それ以前に、いくら将校の客人だからといって、夜中まで酒を飲んで、自動車で深夜にこんな場所を通ったのが、大きな間違いではないのか。

一体誰が責任を取るのだ。そう腹の底から叫びたかったが、一介の兵や下士官が何を吠えても、この軍隊という組織は微塵も動かないのである。今回のことでも誰の責任も問われないだろう。

軍隊では「星の数よりメンコの数」といって、軍隊の飯を長い間食っている古参兵が、階級章を超えた力を持っているが、それは下部の兵隊の世界のことなのだ。その古参兵たちを含めて、中隊とか連隊とか旅団、さらに師団などの運命を決定するのは、陸大や士官学校を出た、学があって位の高い、いわば雲の上の人間なのだ。そういう人は決して戦死しない場所にいて、兵がたくさん死んでも何の責任も問われない。

そういうことは、これまでの戦闘でも見聞きしている。今度も同じことになるだろう。この時ふと誠三郎の頭に、時期を見て除隊を願い出ようかという思いがよぎった。職業軍人として、このままずっと軍隊で生きていくと決めていた誠三郎の、初めての迷いだった。

しかし、自分にそんな選択が許されないことは、誠三郎自身よく分かっていた。実家では兄の体の具合が悪く、年老いた母が一人で頑張っている。当然のこと、田畑は荒れてしまっている。経済的に、誠三郎の仕送りがどうしても必要なのだ。

それに何よりも、もう誠三郎はあの狭い農地を這いずり回る貧しい暮らしはしたくなかった。軍隊程の俸給をもらえる仕事も、地方（一般社会）では簡単には見つかるまい。まして、「岡田は中隊史上最短で軍曹に昇進か」、などという噂も聞こえてきている。除隊などという選択はあり得ないのだ。

誠三郎は、除隊を考えるなど一時の気の迷いだと自分に言い聞かせて、力を込めて一つ大きく深呼吸をした。途端に激しい空腹と喉の渇きを感じた。腰の水筒を振ってみたが中身があるはずもなかった。

それにしても、すごい数の友軍の戦死者である。さらに、それを上回る数の「支那兵」の死体が、あちこちに転がったままになっていた。

そういう敵兵の死体の幾つかは、装甲車に轢《ひ》かれて無残に潰れている。見れば戦車と同じような履帯《りたい》をもつ装甲車が、何両か城内に入って来ている。

血腥《ちなまぐさ》いにおいと、死体が焼かれるにおい、それに排泄物のにおいが辺りに漂っている。包帯所、とはいっても破壊された民家の上に天幕を掛けただけの場所だが、中では白い前掛けを血まみれにした軍医や衛生兵が、負傷兵の手当をしていた。

そこに入りきらない負傷兵は、外の道端にアンペラを敷いて寝かされていた。誠三郎は、小笠原を衛生兵に託して来た女川と一緒に、生き残りの分隊員を探し始めた。すると、包帯所の周りの通路の一角に、誠三郎の分隊の兵四人が座っているのが見えた。

四人のうちの一人は山崎という二年兵で、砲撃で両目をやられており、顔の上部に分厚く包帯を巻いていた。聞いてみれば、やられたのはやはり、誠三郎が吹き飛ばされたのと同じ時だったらしい。あの一発の砲弾の炸裂が、誠三郎の分隊に致命的損害を与えたもののようだった。

山崎は割と元気に話ができたが、視力が戻るかどうかをしきりと心配していた。誠三郎は故郷の隻眼《せきがん》の兄のことを思い出した。兄は、片目が見えないというだけで、どれほど辛い思いをし、苦労したことか。山崎のこれからを思うと胸が塞いだ。

負傷兵のもう一人は宮本という初年兵だった。左手の肘から先がなくなっており、傷口は血止めの紐で固く縛ってあった。声を掛けても目を瞑ったままだった。宮本は誠三郎と同じ百姓の三男坊だったはずだ。左手がないと畑の畝が立てられない。誠三郎はそんなことを思いながら、黙って宮本の肩に手を置いた。

三人目は坂口という擲弾筒《てきだんとう》を扱う二年兵で、太股に砲弾の破片を受けていたが、もう血も止まっていた。誠三郎たちと一緒に駐屯地に戻るということだった。

最後の一人が古参の高坂上等兵だった。右肩から脇の下に、血が固まってどす黒くなった巻脚絆《まききゃはん》らしき布を巻いている。初年兵時代、誠三郎は高坂に軍隊生活の基礎を厳しくたたき込まれた。後に若い誠三郎が分隊長になると、表だっては何もしないが、大事な時に陰で重要な指示をくれた。その高坂の重傷を負った姿は、誠三郎の胸に分隊の今後への不安をかき立てた。

「高坂さんがしばらくでもいなくなるのは、分隊にはものすごく痛いですよ」

誠三郎は気力を振り絞って、それだけを言った。

「その通りです、高坂古兵殿。早く復帰してくれなくてはみんな困りますよ」

女川が初年兵時代のようにかしこまって言う。

「いやー、肩の骨にもろに弾を喰らっちまったからなあ。いよいよ年貢の納め時かも知れんよ。ところでほかの連中はどうしてる」

高坂は痛みを堪えるように息を継ぎながら尋ねた。

「小菅は戦死、あとの五人は……今から探しに……」

それを聞いて高坂は、誠三郎を強い目で見た。

「探しに？　そうか……厳しいことよなあ。そうか……小菅のやつが戦死か……」

「もう行きます。高坂さん、必ず帰って来てください」

「岡田分隊長、あんたはもう一人で十分やっていけるさ。自信を持てや。なあ。わしもこれで、長いお勤めを終えて、ようやく除隊になる気がする。ま、治療に専念はするがね。それで、ここにおる坂口以外の三人は、ともに包頭の陸軍病院行きで、トラック待ちだ。分隊長、ひとつ頼むぞ。俺たちのこの仇を、きっと討ってくれ。そうじゃないとな、腹が収まらねえわ」

高坂は、そう言って微笑んでから目を瞑った。肩の関節を砕かれているのだ。痛まない筈がないのである。

「分かりました。この仇はきっととりますから。なあ、みんなも、早く傷を治して復帰して来てくれよ」

誠三郎がそう言ってその場を離れようとした時、怒鳴り声が聞こえた。見ると包帯所から出てきた金子少尉が、壁にもたれた一人の兵の胸ぐらを掴んでいる。

「立てっ」

怒鳴られた兵隊は胸を絞り上げられて、のろのろと脚を立たせた。

「何だ貴様、立てるじゃないかっ」

金子はそう言って、立ち上がった兵の姿勢を正すように両手で肩を揺すった。

「立てば歩ける。いいかっ、こんなのは負傷のうちに入らん。直ちに原隊に戻れっ、戻って戦場掃除に加われっ」

「はっ、○○一等兵、直ちに原隊に戻ります」

兵士は左手をかばうようにしながら、足を引き摺り引き摺り、路地を歩み去った。

「精神がなっとらん」

そう吐き捨てた後、金子少尉は誠三郎を認めて近づいて来た。

「岡田、おぬしも無事だったか、女川も。何よりだ。そうだ、二人にちょっと話がある」

金子は先に立って、負傷兵の横たわる路地を抜けた。そして少し広い場所に出ると、胸からくしゃくしゃになった煙草を取り出し、岡田と女川に勧め、自分も一本くわえた。誠三郎は普段から煙草は喫まないことにしていたのだが、今は何か無性にその煙を吸い込んでみたくなり手に取った。

「中隊長殿が戦死された」

煙草を吸い付けた誠三郎は、いきなり煙に激しくむせた。

「中隊長殿が……」

「えっ……」

女川も目を剥いてそう言った。

「そうだ。今朝の最初の攻撃の時に、機銃弾を胸に受けて壮烈な戦死を遂げられた」

誠三郎は、ここで起こったことが、並大抵の事態でないことにあらためて気付かされた。女川も悲愴な表情で俯いた。

「しかし、連隊長殿は一昨日の深夜、連隊旗を護持して無事脱出された。万全を期して、重機関銃を載せたトラック二台を付けて送り出したが、危機一髪だった。その後、無事に包頭に着いたとの無線が入った。軍旗が無事で何よりだった」

誠三郎は、一昨日の夜中のエンジン音と銃声が何であったかを初めて理解した。万が一にも連隊旗を敵の手に渡さぬために、連隊長があの時に軍旗を守る旗手とともに脱出したというのだ。連隊にとってはそれ程大事な物なのである。

それはよく分かっている。しかし誠三郎は、今回の戦闘の激しさからすれば、連隊旗と連隊長だけが助かって、残された連隊の将兵が全員戦死することだってあり得たと思うのだ。それはもの凄くおかしな事ではないのか。連隊旗というのは、それ程かけがえのないものか。誠三郎は期せずして河野先生から教わった言葉で考えていた。

誠三郎は最近の新兵の中に、「天皇陛下のために死ぬ」とか「御国のために死ぬ」などと簡単に言う者が増えている気がしている。彼らは「軍人勅諭」の中の、戦いに於いては「義は山嶽《さんがく》よりも重く死は鴻毛《こうもう》よりも軽しと覚悟せよ」という一文を、単純に文字通り理解しているらしいのだ。

誠三郎が受けた初年兵教育では、「死は鴻毛よりも軽し」は、自分の命を軽んじていいということではないと教わった。なぜならば、生きていなければ戦えないからだと。決して死を恐れず、かといって無駄に死ぬことなく、精一杯生きて、生きている限り全力で戦え、というふうにその教官は言った。

そうだ、戦う将兵の命こそ、御国にとってかけがえがないものではないのか。としたら、連隊長には死闘を繰り広げている部下たちと、最後まで共にあって欲しかった。軍旗なんてまた作り直せるではないか。部下の命は一つしかないのだ。

口にこそ出さなかったが、誠三郎はこういう、人間よりも物を崇拝するような傾向には強い抵抗感を持っていた。旗は旗に過ぎないではないか。そこまで考えたところで、金子少尉が次のように命じた。

誠三郎はそれで我に返った。

「我々はこれより、各中隊ごとに戦場掃除班を編成し、救援部隊の支援も受けて、死者の処置等に当たる。お前たちは分隊の兵を集めて、直ちにその作業に加われ。収容した遺体はこの地で火葬に付す。いいな」

「はっ」

誠三郎たちがそう返事をして姿勢をただすと、金子少尉は大きく息をついて低い声で話し出した。

「まだ完全に把握できていないが、連隊の損害は甚大だ。我が三中隊も、もはや中隊の体をなしていない。無事な者たちが、中隊長殿をはじめ戦友たちの遺体を処置し、一刻も早く駐屯地に連れ戻り、態勢を立て直さねばならん。いいな、頼むぞ」

そう言って金子は、また横たわる負傷兵の傷を一人一人確認しながら移動していった。中隊長の死があらためて胸に迫った。呆然としていた誠三郎の肩に、女川がそっと手を置いた。

「その前に、まずは水と、何か腹に入れる物を受領しましょう」

女川は広場の方を指し示した。救援部隊の車両が何台か停まっており、兵士が集まっていた。近寄ってみると、そのうちの一台で湯と携帯口糧を配っていた。ぬるま湯だったが、乾ききった喉には、まるで甘露のようだった。

「毎度お馴染み、乾パンと金平糖ですな」

「握り飯でも食べたいもんだ」

「梅干し入りがいいですな」

誠三郎と女川は、近くの瓦礫の上に腰を下ろして、しばらく黙って食べ、そして飲んだ。そうしながら、誠三郎は昨夜から気になっていたことを口にした。

「ゆうべ、小笠原が言ってた、震災の時の連隊がらみの事件の祟り、という話だがな。あの時、高坂さんからも聞いたと言ってたが、あれはどういう意味だ」

「えっ、ああ、あのことですか」

女川は少し声を落として話しだした。

「高坂さんの話なんですがね、まだ北満の海拉爾《ハイラル》に駐屯していた頃だそうです。当時、高坂さんが憲兵隊に呼び出されたことがあったらしいんですよ。何を聞かれるかと思ったら、震災の時のことで知ってることを全部話せと言われたらしいんです。高坂さんは下町出身ですから、例の話も知ってたんですけれど、何かやばいと感じて、しらばっくれたっていうんですよ。そしたら、連隊内に反軍・反戦分子がいて、震災に関する謀略的な噂を流しているから、何か気付いたら報告するように言われたんだそうです。小笠原がそんな奴にはとても見えませんけど、夕べはその話を思い出してしまったって訳です」

「そうだったのか」

誠三郎も自分たちの連隊の中に、そんな反軍分子がいるとはとても思えなかった。また、小笠原一人がその噂の元だとも思えなかった。

兵隊の間には、いろいろな言い伝えや験《げん》かつぎがある。誠三郎は知らなかったが、下町出身者の間では、騎兵連隊の民間人虐殺とその祟りという話が、実体験や空想を交えながら、まことしやかに伝えられてきたのだろう。それを憲兵が問題にしたのだと思われた。いずれにしろ、気分の良くない連隊の過去を知ってしまったと、誠三郎は苦い思いを飲みくだした。

戦場掃除は、戦死者がいる場合は特に、そこで一緒に戦った同じ中隊の兵が担当させられる。戦死者の遺品は、それがどんなに些細な物であっても、遺族にとっては重要な意味を持つ物であるかも知れないからだ。遺品収集の際の細やかな配慮は、日々同じ釜の飯を食べている者だからこそ可能なのである。

誠三郎と女川は、最初に小菅を収容しに、自分たちが立て籠もっていた家に行った。小菅は防寒帽を被せられたまま、先ほどと同じ祈るような格好で横たわっていた。二人で肩と足を持って表に出した。

太陽は既に真昼の位置にあった。

柔らかな日差しの下、二人は小菅の遺体を広場に運んだ。そして、その衣類の物入れや懐中をあらため、素肌の首に掛かっていた認識票を回収した。

「小菅よ、まだろくすっぽ話もしないうちに逝っちまったなあ」

軍袴の物入れを調べていた女川が、しみじみと言った。

誠三郎が雑嚢を開くと、そこには新品の手拭い、乾パンや薬袋、油紙の包みなどの他に、何に使うつもりだったのか空のドロップスの缶があった。それらに混じって軍隊手帳が入っていた。

手帳と一緒に、麻紐で同じ大きさの冊子が結わえてある。ほどいてみると冊子は、自分で切ったらしい紙を凧糸《たこいと》で綴ったものだった。五分（一センチ五ミリ）ほどの厚さで、開いてみると墨絵のような絵が描かれている。この辺りの風景でも描いていたのかとよく見ると、どれも海のある景色だ。松の生えた小高い丘の向こうに広がる海、船の航行する海、堤防と鳥と海、社と森と海、茅葺《かやぶ》きの家と海……。

「うまいもんだ。こいつ、いつも何かやってると思ってたら、こんなものを描いてたんだ。これは小菅の故郷、千葉でしたっけ、そこの海なんだろうねえ」

女川は声を湿らせた。

「そうだろう。きっと房総の海だ」

誠三郎は冊子の後半部分を開いて見た。そこはまだ白紙だった。故郷の景色を思い出しては描いて、これからもそうするつもりだったのだろう。場所によってはラクダの隊商も見られる、包頭の辺りの砂漠の景色でも描いて、異国の記念にするというなら分かるが、故郷の景色を思い出して描いていたということには、どこか寂しいものを感じた。

「そうだろうなあ、海育ちの人間には、ここはきついやね」

そんな誠三郎の思いを見抜いたかのように女川が言った。確かにここは、爽やかな海の風や、温暖多湿の海辺とは全く正反対の気候だ。

「こんなちびた鉛筆で描いてたんだ」

誠三郎は、雑嚢の底に太く短い鉛筆と肥後守《ひごのかみ》（小刀）を見つけた。

「こいつもお袋に送ってやるか」

そう言ってふと見ると、取り出してあった軍隊手帳が風で開いていて、「教育勅語」の頁があおられていた。

幾度も擦ったからか、その「教育勅語」のページの文字はかすれてしまっている。そういえば小菅は、もの覚えが悪くて苦労していた。軍隊では、この手帳に記載されたものは、「軍人勅諭」をはじめとして、総て暗記しなくてはならないことになっている。

女川が誠三郎の手元をのぞき込んだ。

「小菅の奴、勅諭も勅語も正確に覚えられなくて、よく古兵にひっぱたかれていましたね」

「そうだったのか。だが、本人なりに、こうなるまで頑張ってたって訳だ」

手帳の紙を擦りながら誠三郎はそう言った。だがそれも今となっては虚しい事実だ。

故郷に送る小菅の遺品をまとめ、監督将校に報告・提出して、いよいよ二人は例の砲撃を受けて分隊が散り散りになった、あの北門の近くの城壁に向かった。女川は、佐伯一等兵ら五人の兵が、そこで戦死した筈だと言っている。それでここに来た分隊員は全員だ。小菅の遺体を処置した今、佐伯たち五人の死体と対面するという事実が、次第に実感として迫ってきた。歩き始めた誠三郎は、悲嘆の思いで胸がうずいた。気を緩めるとその場にくずおれそうだ。

壁の下では、救援の兵士たちが、既に瓦礫を取り除く作業を始めていた。壁の途中に仁王立ちして指揮を執っていた騎兵軍曹が、近づく二人に声を掛けてきた。

「貴様たち、三日間、ご苦労だったな。よく頑張ってくれた」

誠三郎たちの様子で、すぐに戦闘の生き残りだと分かったらしい。女川とお互いを見合えばそれも当然であると分かる。外套は砂と煤と血液の固まったもので汚れきっていたし、防寒帽もその中の顔も、後で女川が言ったが、まるで煙突の掃除棒だった。

軍曹の言葉に、作業していた兵隊がその場で直立して二人を迎えた。

「二人で戦友の遺体の捜索だな。ここで見つかった仏様は今のところ三体半だ。その家の壁の向こうに安置してある」

「半でありますか」

女川が聞いた。

「行けば分かる」

軍曹に指示された場所に行くと、そこにはアンペラが敷かれていて、その上にそれぞれ天幕を被せられた四つの膨らみがあった。

それぞれの膨らみの頭部とおぼしき場所に、潰れた鉄帽、騎兵銃、水筒などが置かれている。

誠三郎は意を決して、一番手前の天幕の端を持ち上げた。それを女川が支え、誠三郎は死者の顔を確認した。馴染みの顔が目を見開いたまま硬直している。誠三郎は奥歯を食いしばってその瞼を閉じさせた。そして認識票を回収し、遺体の負傷や損壊の状況を手帳に記録、最後に遺品を整理した。

二人目は誠三郎と同期の兵隊だった。北満の初年兵時代から苦労を共にしてきた。なぜかきれいな顔をしていた。誠三郎はこらえきれずに嗚咽を漏らした。

「分隊長、代わりましょう」

女川のその申し出を断って、誠三郎は作業を続けた。三人目は、北支で負傷して入院し、少し前に復帰してきた二年兵だった。同期の女川がしゃがみ込んだ。

「おい、お前……こんな姿になって……」

その遺体は顔面に砲弾の破片を多数受けていた。

軍曹の言った「半」は四番目の遺体だった。被された天幕を持ち上げた瞬間に、誠三郎はそれが、軽機関銃手の佐伯だと分かった。正確に言えば、それを佐伯の上半身だと認識した。

外套は剥ぎ取られ、上着も胸の辺りから下が引きちぎれている。へその辺りに捩れているのは赤い糸の千人針だ。体の真ん中を何か巨大な鈍器で断ち割られたようだった。顔も半分潰れていた。

正視に耐えないというのは、こういうことをいうのだと誠三郎は思った。同期の小菅としょっちゅう冗談を言い合っていた佐伯が、今は骨と肉の塊になってしまっていた。はだけた襦袢《じゅばん》の襟元を合わせてやろうとして、その半身のあまりの軽さに驚いた。人間の体は皮膚という皮でできた袋なのだと思った。その袋が破裂させられてしまっていた。涙が天幕の上にぼたぼたとこぼれ落ちた。

「分隊長、もういいでしょう。あまり見ない方がいい。こいつらは昔の姿で覚えといてやりましょうや」

女川はそう言って、ひざまずく誠三郎の肩に手を置いた。

佐伯の天幕の上には、潰れた水筒と、汚れと血にまみれた雑嚢が置いてあった。誠三郎はその中身をあらためた。手ぬぐいと花紙、新品の褌《ふんどし》と手帳、袋に入れた煙草とマッチ、それに征露丸《せいろがん》などが出てきた。そして、底の方には、むき出しの乾パンと金平糖が一粒ずつあり、鯵の干物が綿埃《わたぼこり》にまみれていた。

「佐伯の奴、鯵の干物をしゃぶってたみたいだな」

「全部食わしてやりたかったね」

そう言って女川は手に取った干物の埃を払った。そしてそれをまた血で汚れた雑嚢に戻した。

二人は、彼らの所持品をまとめておいて壁の下に戻った。そして軍曹の指示で遺体捜索の作業に加わった。瓦礫をとり除いての捜索は、なかなかはかどらなかった。誠三郎も女川も疲労困憊していた。体力的な限界にきていた。それを見て軍曹が近付いて来た。

「お二人さん、小休止、小休止。そのままじゃ、ぶっ倒れちまうぞ。これ以上死人を見たくないでなあ」

誠三郎と女川はその言葉に甘えて、軍曹が指し示した近くの家の軒下のアンペラに腰を下ろした。

壁にもたれた誠三郎がふと顔を上げると、北門を通って、たくさんの村人が戻って来ていた。何処に隠れていたのだろう。綿入れを着て大きな荷物を背負った男たちや、着ぶくれた子どもたちを連れた女、大きな籠《かご》を天秤棒《てんびんぼう》で担ぐ女もいる。荷物を積み上げた荷車を押す年寄り、羊の群れを追っている者も見える。

誠三郎は、ここが人々の生活の場であったことを、あらためて思った。人々が戻っていく方角に目をやれば、多くの家々が破壊され瓦礫と化している。まだ煙の上がっている家もある。

すさまじく壊してしまったものだ。何千年もの間、ここで営々と築いてきた生活を、遠い東の海の彼方から来た軍隊が、漢民族の政府の軍隊と戦争して、こんなにもむちゃくちゃに壊してしまった。どうしてくれる、無表情で歩く村人は、胸の内でそう思っているのではないかと、誠三郎は考えていた。

その時、叫び声がした。見ると、いつ来たのか腕章をした二人の野戦憲兵が、村人の隊列から一人の年寄りを引きずり出し、本部の方に連行していった。村長なのかも知れない。これまでの敵との関係などを尋問するのだろう。村をこんなにされたら、何か知っていても話す筈がない。どう考えてもそうだ。

このとてつもなく広大な国で、本当に自分たち日本軍は勝つことができるのだろうか。国民党軍兵士の死体の山と、あちこちで上がり始めた友軍の死体を焼くどす黒い煙を見つめながら、そんな思いが誠三郎の胸をよぎった。

分隊の最後の一名の遺体が発見されたのは、その少し後のことだった。

第六章　復讐戦

戦場掃除が完了してから数日、誠三郎たち生存者は、今度は兵舎で戦死者たちの遺品の整理に追われた。歩兵の背嚢《はいのう》にあたる、鞍嚢《あんのう》と呼ばれる鞍の物入れまで点検して、私物をまとめなくてはならなかった。気の滅入る仕事だった。

駐屯地の兵舎はすっかりがらんとしてしまい、生き残った兵の士気は上がらなかった。そういう状態のままで、彼らは休む間もなく仕事に追いまくられていた。何よりも厩での、寝藁《ねわら》交換から馬糞出し、水飼い等々の作業が、人手不足でてんやわんやなのであった。

あちこちでそんな慌ただしさに追われる中、兵舎の講堂で慰霊祭がおこなわれた。一週間ほど前に「軍旗祭」が賑やかに開かれた場所だ。誠三郎の分隊で無傷だったのは、誠三郎と女川上等兵の二人だけである。

ほかの分隊や小隊の被害はもう少しましだったらしいが、それでも以前より目に見えて人数が減っている。負傷して入院している者も多数いるのだ。だから、目の前に並ぶ遺骨の箱の数の方が、追悼する兵隊の数よりも多いように感じられた。

内地で住職だった兵隊の読経と、幹部の形式張った追悼挨拶の慰霊祭を終えて、誠三郎が作業の残っている厩に向かって歩いていると、女川が近寄ってきた。

「山崎の目は駄目だったそうです。両方とも。それと、高坂さんと宮本の手術は終わったようですが、あとはどう回復するかですね」

「そうか。山崎は可哀想なことをした」

「山崎と宮本だけでなく、高坂さんも悪くすると……」

「除隊になるかな……ますます寂しくなるな」

「そうですね。ただ、遺骨宰領で内地に行く連中が、新兵の受領もやってくるそうですから、すぐ賑やかになります。今朝は、うちの薩拉斉《さらち》分駐隊のトラックも、兵をたくさん乗せて入って来てましたし」

女川は慰めるように言った。噂では、傅作義軍への大きな反撃作戦が準備されているということだった。

おそらく近いうちに増員があり、新しい部隊編制が下達されてくるのだろう。そうして、死んだ者や除隊する者は忘れられていく。誠三郎は自分の分隊の兵たちへの思いもあったが、内藤中隊長を失ったことに言葉で表せない程の重い衝撃を受けていた。

内藤中隊長のことは、北満の駐屯地で当番兵をしていた頃から、誠三郎は勝手にだが、軍隊に於ける自分の父親のように思っていた。時々聞く訓話は、学校の先生の話などよりも胸に染みると思っていた。

中隊長がよく話してくれたのは、遠い故郷での少年時代の経験だった。その話の中で、友情とか恩義とか人の誠とか、人間が大事にしなくてはならないことを教えてくれたのだ。一番印象に残っているのは、入隊したての頃に聞いた相撲大会のことだ。

決勝で内藤少年の相手になったのは、体が二回りも大きな、学校中で有名な暴れん坊だった。胸はどきどき、不安で気持ちは折れそうだった。内藤少年はその時、土俵下でお祖父ちゃんの言葉を思い出した。

こういう時は、大きくゆっくり息を吐いてから、口の中で「俺は負けない」と、それを三度繰り返せというのだ。そうすると恐怖心や勝ちたいなどという余分な気持ちが失せて、「無」の境地に立つことができるという。内藤少年はそれを信じてやってみた。すると、思わぬ力で相手にぶつかることができ、また相手の弱点も見えた。そしてそこを突いて、大きな相手を土俵下に突き転がすことができた。そういう話だった。

そうして中隊長は最後に言った。

「気持ちが乱れておっては、持っている力も出せぬ。諸君はこれから、御国のために生死を懸けた戦いに出る。その時に、持てる力を最大限出すことができるよう、自分の気持ちを不断に鍛えなくてはならない」

誠三郎が、「俺は死なない」のまじないを使うようになったのは、それがきっかけだった。このやり方は、これまでのところ、とても効果があった。

そうした訓話だけでなく、顔を合わせると話し掛けてくれる内藤中隊長は、軍隊での誠三郎の精神的な支えといっても良かった。そして、軍刀の「無期貸与」以来、この人のためなら死ねると真剣に思っていたのであった。その人が戦死してしまった。

誠三郎は、厩の「群越」の所に行って、久しぶりにその体を擦りながら、亡くなった人たちを偲《しの》んでひっそりと泣いた。

「おーら、おーら、群越よ、大事な人がたくさん亡くなってしまったよ……」

しばらくすると後ろから背中を叩く人がいる。誠三郎が驚いて振り向くと、そこには「ホトケの八木さん」がいた。

「どうした。元気を出せ。ちょっと外に出んか。君に渡す物を預かっておるのだ」

そう言って八木岡曹長は厩を出て行く。誠三郎が後を付いて行くと、八木岡は兵舎との間に積み上げられていた簀の子の上に腰を下ろした。

「内藤大尉からだ。万一の時には君に渡すようにと頼まれておった。ほら、これだ。受け取れよ」

渡された風呂敷包みは、小さい割に重かった。

「開いてみい。軍刀のことといい、これといい、内藤大尉は君のことを特別に心にかけておったんだなあ」

促されて開けてみると、中には使い古した辞典と太い万年筆が入っていた。

「漢和辞典だ。万年筆は、大尉が非常呼集の朝まで使っていたものだ。インク瓶も入っとるだろ。これを形見に残したということは、大尉が君に何をして欲しかったのか、その意味をよく考えることだな」

誠三郎は意外だった。内藤中隊長は自分のような者に、勉強して漢字を覚えて、文章を書けというのか。驚きだったが、考えていると胸が熱くなってきた。河野先生と同じことを言われているような気がした。涙が頬を伝った。

「戦争はいつか終わる。勉強せいよ。簡単に死ぬなよ。今度のいくさはひどかった。わが連隊の戦死者は、将校十三名、下士官二十二名、兵百三名、通訳一名、総計百三十九名、百三十九名なのだぞ……」

そう言いながら、八木岡曹長も涙を流した。八木岡は、入院を要する負傷者は七十五名だとも言った。実に二百十四名もの将兵が、一気に部隊から姿を消したのである。

三日に及ぶ大廟の戦いでの、誠三郎の連隊の損害は、戦史的には全滅として扱われる程壊滅的なものであった。共に旅団を構成していた兄弟連隊もまた、同じ日に別の場所で傅作義軍に包囲され、連隊長が戦死していた。騎兵旅団始まって以来の大敗北だったのである。

結果的に敵を追い払ったことにはなったけれども、この戦闘が日本軍側の完敗であったのは、生き残った者の誰にも分かりきったことだった。しかし少して、航空機で届けられたという内地の新聞には、騎兵旅団側の大勝利のように書かれていた。誠三郎も女川も、憮然《ぶぜん》としてその記事を読んだ。

激戦の後始末に追われ、心静かに戦死者を追悼する間もなく、一九三九（昭和十四）年が暮れた。

年がかわって一週間ほどしたある日の午後、厩で作業をしていた誠三郎は、金子少尉に呼び出された。少尉は厩の入り口近くにいた。

「岡田伍長、連隊長殿がお呼びだ」

連隊長と聞いて、誠三郎は大変に驚いた。

「連隊長殿が自分を、でありますか」

「そうだ。早く支度をせい。馬糞まみれのその格好では、やはりうまくなかろう」

「はい」

騎兵連隊は人数が少ないとはいえ、連隊長と一般の兵や下士官が親しく接することなどほとんどない。今の吉原という連隊長の階級は、佐官でも一番上級の大佐である。その人が、自分のような新米伍長に何の用があるのだろう。

誠三郎はいぶかしみながら、兵舎に戻って急いで着替えをした。軍帽を被り外套を着込んだ誠三郎は、金子少尉に連れられて、兵舎から十分程街路を歩いた。冬空はからりと晴れ上がっているが、今日の空気は目の瞬きが渋くなる程冷たい。睫毛《まつげ》の涙が凍るのだ。二人は乾いた粉雪を踏んで、衛兵の立つ煉瓦造りの連隊本部に入った。

脱帽、挨拶をして連隊長室に入り、誠三郎が外套を脱ぐと、何か読んでいた吉原大佐が大きな机の向こうで顔を上げて手招きをした。

「第三中隊岡田伍長、参りました」

「おお、ご苦労。君が岡田誠三郎君か。そう固くならんで、休んでよし。人手不足で忙しいだろうに、呼び立てて済まなかった。岡田誠三郎伍長、東京府出身、三男坊だな。今月で満二十一歳になるのか。十七歳で志願したんだな」

「はっ、そうであります」

誠三郎は大佐の机の前で、休めの姿勢で立ったまま答えた。金子少尉は大佐と随分親しいようで、後ろのソファーに深く腰掛けて煙草を吸っている。

「それで、一昨年の連隊の射撃大会で三中隊代表、ふうん、この時は二位だったか」

誠三郎の履歴が書かれているに違いない書類を、大佐は鼻メガネで読んでいる。頭髪は真っ白で、眉毛が目に掛かるのではと思う程長く伸びている。誠三郎はこの人が連隊の最高責任者なのだとあらためて思った。そしてあの晩、連隊旗を護持して、地獄のような戦場から脱出して行った人なのだとも思っていた。

連隊長吉原大佐は続ける。

「北支の大干集《だいかんしゅう》近郊の戦闘で、単身トーチカを占領。これが例の有名な話だな。どんな奇策を用いたのだ」

「はっ、運が良かっただけであります。全力で走ったら、偶然目の前に銃眼がありましたので、そこに手榴弾を投げ入れただけであります」

「まあ、そう謙遜しなくとも良い。それで今年の銃剣術大会では、君は体が大きくは見えないのに中隊で優勝しておるが、何か武術に心得があるのか」

「武術の心得はありません。自分はただ、無の境地で全力を挙げただけであります」

吉原大佐は、もう一度「ふうん」と言って誠三郎をじっと見た。

「君は自動車の運転ができるんだってな」

「はっ、はい、できます」

誠三郎は、運送会社で働いていた時に先輩に教わって、サイドカーやトラックの運転を覚えていた。

「実はなあ、陸大の後輩で、わしと同郷の優秀な奴がおってなあ、しばらく新京の関東軍司令部におったのだが、二年前からこっちで新しい任務に就いておる。そいつが、わしに手紙をよこしたのだ」

そう言って大佐は、机の上の四つ折りの便箋を手に取った。雲の上の人たちのやりとりなのだと誠三郎は思って聞いていた。

「いいか、こういう内容だ。折り入っての人材派遣要請だと書いてある。ま、簡単に言うとこういうことだ。いいか、自動車の運転ができ、優秀で度胸があって腕の立つ下士官。最前線で信頼性を証明済みの者がいい、だそうだ。よくもまあ、贅沢なことを言ってくるものだがな。まあ、戦闘が直接の任務ではないようだ。宣撫《せんぶ》工作的な任務らしいな。このわしの後輩の、今は少佐だがそいつの、まあ運転手兼護衛といったところだろう。勤務地は当面は張家口だそうだ。こんな配置換え要請は全く異例なのだが、何か理由があるんだろう。兵種も歩兵科に変わるが、そんなことは何とでもなる。それでだなあ、君のようにこの要請に合う者は、他にちょっとおらん。どうだ、やってみるか」

「はっ、自分が、でありますか？」

「当たり前だ。他にここに誰がおる。どうだ、やってみるか。君のような優秀な者を引き抜くと、金子少尉には恨まれそうだが」

それを聞いた金子少尉が立って、誠三郎の顔をのぞき込んで言った。

「どうだ。お前次第だぞ。我が小隊には痛手だがな。連隊長殿からの要請では致し方ない」

誠三郎の心の中は複雑に動いた。原則を守らない拙い指揮によって、あんなにたくさんの戦死者を出してしまったのに、連隊長であるこの人は責任を取ることもなく、以前と変わらぬ様子でここにいる。

　そして、同じ雲の上の人からの要請で、自分のような者を、見たことも聞いたこともないような形で転属させようとしている。そのことへの「ごまめの歯ぎしり」のような反感を、誠三郎は持ったのだ。

　と同時に、誠三郎の中に残っている軍人らしくない部分は、瞬時に、この任務を受ければ、もう二度とあの地獄のような戦場に行かなくても済むということを計算していた。

　まるで、いつか河野先生に読んでもらった『蜘蛛《くも》の糸』の話のようではないか。お釈迦様の代わりが吉原連隊長だという訳か。雲の上の人に、偶然自分は救われる。それでいいじゃないか。

　もしもこの話が、あの激戦の直後にもたらされたのでなければ、誠三郎は女川たちと別れて、自分だけが安全地帯に逃れることを潔しとせず、要請を断ったかも知れなかった。しかし、この時の誠三郎は、目を瞑れば佐伯や小菅たちの無残な死体が浮かび、浅い眠りの中では、崩れた壁の間から飛び込んでくる敵兵と差し違える悪夢に苦しむ状態なのだった。


そして、今度戦場に出れば、自分は確実に戦死するだろうという強い予感が、ずっしりと思考に居座ってしまってもいたのである。

「その任務、受けさせて頂きたくあります」

　誠三郎は、運命から逃れるかのような気持ちでそう答えていた。蜘蛛の糸を掴むことを選んだのだ。がっちりと。

「そうか。よし、ではそのように手続きを取る。おそらく転属は、来月か再来月ということになるだろう。それまでは、我が連隊の再建のために、全力で頑張ってくれ。なお、この話はその時まで他言無用だ。いいな。よし、以上だ。ご苦労」

　連隊長のその言葉に、こんなにも簡単に承諾の返事をしてしまって良かったのか。この後の数分間、誠三郎は自分が戦友に対して、とんでもない裏切りを犯してしまったような気分だった。

　連隊本部を出て歩き出しても、地に足が着かぬような気分が続いた。まるで敵前逃亡ではないか。女川にどの面下げてこの話をするのだ。思考は同じ所をぐるぐると回っていた。そんな誠三郎の思いに気付きもしないように、金子少尉がゆっくりと言った。

「岡田、よく思い切ったな。お前にとってはその方がいいのかも知れん。実はな、昨年末のことだが、既に正式な連隊の自動車化編制が下命されておる。が、こんな状況だったから、本格的な再編はこれからだ。二、三日中に、騎兵隊から乗車部隊への、装備と人員の大転換が始まる。もちろん馬は他部隊に委譲し、同時に厩も空け渡すことになる。お前には辛いだろうが、これは軍の決定だ」

「え……」

誠三郎は思わず足を止めていた。

「二、三日中……でありますか」

「そうだ。兵員の補充も併せてだから、おそらく半月やそこらでは済むまいとは思うがな」

金子少尉も足を止め、誠三郎の方に向き直りながらそう言った。

「完了し次第、新しい作戦にとりかかることになるだろう。傅作義軍への復讐戦だ。お前もそれには加わってくれい。大廟の戦死者の恨みを晴らすのだ」

「は、はっ」

誠三郎は、一気に目が覚めた思いだった。そうだ。新しい任務など、まだまだ先のことなのだ。その前にまた新しい戦闘があるじゃないか。あの強力・強大な傅作義の軍と再び相まみえるのだ。もう一度地獄を見ることになるかも知れないではないか。気を緩めたら、今度こそそこで命を落とすかも知れないのだ。

しかもこれから我が連隊は、兵員を充足するために、現役兵の徴集はもちろん、除隊になって日の浅い予備役から、教育召集だけ受けた補充兵、果ては後備役の老兵にまで召集を掛けて、人数をかき集めるらしい。

当然、実戦経験のない兵を指揮することになる可能性が高いのだ。今なすべきことは、自分の全身全霊をかけて、次の戦闘に向けて自分の覚悟を固め分隊の態勢を作る。それこそが、帝国軍人としての自分がなすべきことなのだ。そう自身に言い聞かせたのだった。

「少尉殿、これより岡田伍長、部隊再編制と新しい作戦に向けて、全力で任務に邁進します」

誠三郎は長靴のかかとを合わせてそう言った。金子少尉と別れると、いつもの自分に戻った思いで、誠三郎はまなじりを決して兵舎に向かって歩みを進めた。次の戦闘で、自分も部下の兵たちも、命を落とすことのないよう全力を挙げる。そう念じながら、誠三郎は寒気の中、一歩一歩を踏みしめて歩いた。

その一度限りの戦闘さえ無事のり越えれば、地獄のような殺し合いの場から抜け出せるという、心の底の底に隠れた高ぶりを、じっと押し殺すようにして誠三郎は歩いた。

その翌々日を境にして、誠三郎たちは今まで経験したことのない混乱の中に放りこまれた。新しい中隊長の下で、補充兵員を受け入れながら、分隊と小隊を上の指示通りに再編制する。兵舎や寝台を割り振り、装備の分配と確認をおこなう等々。

それだけでも大変なのに、厩の仕事まであった。普段通り馬たちの面倒を見ながら、新兵にも馬糞や寝藁の処理から蹄《ひづめ》の掃除まで教育しなくてはならない。さらに総ての馬具等の点検・整理をし、新担当部隊への引き渡しの準備をする。それらの作業総てが、生き残った兵と下士官たちの肩に掛かったのである。

そんなある日の朝のこと、下士官室で事務仕事をしていた誠三郎の所に、女川が伝令をよこした。伝令は新顔の若い兵隊である。

「女川分隊長殿より伝令、三中隊の馬匹《ばひつ》の引き取り部隊が到着。至急厩まで来られたし。以上です」

多くの下士官や古兵が失われた結果、中隊では、力のある者は片端から重要な役割を持たされることになった。女川も伍長勤務上等兵に昇進し、あちこちから来た兵隊をかき集めた分隊の指揮をとることになっていた。

「よし、ご苦労。すぐ行く」

そう言うと、誠三郎は机の引き出しから紙包みを一つ取って、軍袴の物入れに入れた。いよいよ「群越」との別れの時が来たのだ。

自動車化するにあたって、連隊の中から選ばれた若くて優秀な馬たちは、「北支」や「中支」に展開する騎兵連隊に移籍することになっていた。騎兵部隊総てが自動車化する訳ではなく、騎乗の部隊はまだまだ残っているのである。

年を取っていたり、癖が強く扱いが難しい馬は、今回は残されることになっている。噂では、そういう馬は砲兵隊や輜重隊に回され、輓馬《ばんば》と呼ばれる荷物運搬用の引き馬にされるのではないかということだった。

誠三郎の「群越」は、当初は癖が強い馬だと言われていたが、頭が良いこともあって、今では中隊の中でも優秀な馬として扱われていた。

厩舎前の広場には、誠三郎たちと同じ騎兵隊の萌葱色の襟章を付けてはいるが、顔なじみでない将校や下士官兵たちがたむろしていた。誠三郎は、煙草をくゆらせている彼らに、丁寧に敬礼をして通り過ぎた。

これからトラックと鉄道で、自分たちが大切に育てた馬たちを、遠く南の戦場に運んでいく連中だ。大事にしてやって欲しいと祈るような思いだった。

厩の中では何人もの兵隊が、馬たちとの別れの時間を過ごしていた。大廟で太股を負傷した、誠三郎の分隊の二年兵坂口も、松葉杖をついて愛馬に別れを告げている。

誠三郎は歩きながら坂口の肩を優しく叩いた。気付いて振り向いた坂口は慌てて涙を拭った。愛馬と別れる辛さは皆同じなのだ。

誠三郎が近づくと「群越」は、不安そうな様子で顔を近づけてきた。

「おーらおーら、ようしようし、群越、長いこと世話になったなあ。お前のことは、死ぬまで忘れないぞ、なあ、おーらおーら」

誠三郎は涙を堪えて、群越の首筋を撫でた。

「向こうに行ったら、新しい主人の言うことを聞いて可愛がってもらえよ」

「群越」は、その誠三郎の言葉と仕草で、これから起こることの総てを理解したかのように、鼻息を一つ立てると、頬を誠三郎に強く押しつけてきた。そして今度は体を離すと、潤んだ大きな目で誠三郎を見つめた。

「おい、そんな悲しそうな目をするもんじゃない。よしいい物をやる。餞別《せんべつ》だ。いいか、特別だぞ」

誠三郎は、軍袴の物入れから紙包みを取り出して、「群越」の鼻先で開いた。そこには氷砂糖が五、六片入っている。

「どうした。食べていいんだぞ。俺の気持ちだ。そら」

不思議なことだったが、大好物であるはずの氷砂糖に、「群越」は鼻も寄せてこない。身じろぎもせずにじっと誠三郎を見ている。

「なんだ。別れが辛くなったたか。そうか、全部分かってるんだな。群越、お前は賢い馬だからなあ。そうだよ。これからお前やここにいる仲間の馬たちは、一緒に遠いところに旅に出るんだ。何日も何日も鉄道に乗ってな。前に北満から北支まで、鉄道で移動しただろう。ああいうふうに行くのさ。そこには新しい主人が待ってる。これはもう決まったことなんだ。仕方がないんだ。な、だから餞別を受けろ」

誠三郎がそう言って氷砂糖をいくつか持って鼻先に運ぶと、「群越」はようやく口を開き、ボリボリと音を立てて食べた。

「ほら、これで全部だ」

最後の氷砂糖を「群越」が食べ終わる頃、移動する予定の馬総てを、表に引き出すよう指示があった。

誠三郎も「群越」の手綱を引いて表に出た。トラックが十数台停車していた。行き先は山西省南部だとのことだった。それ以上は今は分からなかった。

それぞれの馬はこちらの兵隊の手を離れ、引き取り部隊の兵に書類と共に引き渡されて、次々とトラックに乗せられていく。これで鉄道の駅まで運ばれ、貨車に乗せられるのだ。

見ていると、あっという間に「群越」の番になった。

「よし、行け、元気でな」

誠三郎はそう言って「群越」の尻を叩いて送り出した。そして、人前で涙を見せぬよう奥歯を噛みしめた。「群越」はそれからは一切誠三郎の方を見ることなく、そして騒ぐこともいななくこともせず、トラックに乗り、そのまま揺られて去って行った。心の中にぽっかりと空洞が開いた。誠三郎は、自分の一つの時代が終わったと思った。

傅作義の根拠地である五原に対する大規模な作戦が始まったのは、それから二週間程経った頃のことだった。この作戦は騎兵連隊の規模ではなく、この辺りを統括する「駐蒙軍」という軍の単位で取り組まれたもので、歩兵師団や独立混成旅団なども参加する大規模なものであった。

誠三郎たちは車乗で、包頭から黄河沿いに西進して五原に向かった。他の部隊では、途中にあった敵陣地との戦闘がいくらかはあったらしいが、誠三郎の中隊は何の抵抗も受けなかった。後で分かったことだが、傅作義軍は日本軍の動きを察知して、既に寧夏《ねいか》方面に移動してしまっていたのである。

生死を懸ける最後の戦いとして身構えていた誠三郎にとっては、呆気ない程簡単な進軍となった。そして、四日目には、中隊は五原の郊外にまで到達していた。誠三郎たちが進軍を停止した場所は、傅作義軍の兵舎だったという建物だ。今日はそこに宿営するとのことだった。

分隊員たちの炊事の様子をぼんやり見ていると、女川がやって来て話があると言う。女川は煙草を一本くわえ、誠三郎にも差し出した。立ち上がって火をもらい、歩きながら話を聞いた。誠三郎は大廟以来、勧められると煙草を吸うようになっていた。

女川がもってきたのは捕虜の情報だった。最初に到着した我が中隊の尖兵が、逃げ遅れた敵の兵士と思われる、便衣の男二人を捕らえたのだという。

「金子小隊長からの伝言ですが、明朝二人を処置するそうです。小隊は、ひとひとまるまる（午前十一時）宿営地裏に集合せよ、だそうです。二人を使って、歩兵科並みに新兵の銃剣刺突でもやるのかと思っていたんですが、違いましたね。首を刎《は》ねるらしいですよ。大廟の敵討ちってことなんでしょう」

女川はそう言って近くの岩の上に腰を掛け、煙草の煙を大きく吐き出した。

明日は移動がないのでそんな計画が立案されたのだろう。隣に腰を下ろした誠三郎は、重い気分になった。敵兵とはいえ、抵抗しない者の斬首を見物するなど、気の進まないことだった。誠三郎たちが新兵教育を受けたのは「北満」の辺境地帯の都市であり、捕虜を取るような戦闘もなかったためだろうか、また、騎兵科ということもあってか、生きた人間の銃剣刺突などという経験はしてこなかった。

大廟の時のように、やらなくてはこちらがやられるという状況で、夢中で敵兵を殺めたことは幾度もある。それでもその後は、思い出すと気持ちが塞いでしまい、人には言わぬが、なるべくその体験を忘れるようにしている。ましてや抵抗もしない者を殺すなどということには、できたら関わりたくないと思うのだ。

「金子小隊長殿は、居合いの達人だそうですから、あんなことはお手のものなんでしょう。新しい中隊長の前で、ご自分の腕前を披露されるおつもりなんじゃないですか」

　女川の口ぶりには、金子少尉への軽い反感が含まれているようだった。脇の地面に唾を吐いてから女川は続けた。

「あれは、初めての人間にはかなり難しいらしいですな。自分の膝を斬ったとか、足の指を斬り落としたとか、握りが甘くて刀を弾かれたとか、入った刀が抜けなくなったとか、嫌な話をやたら聞きますよ。もっとも、自分らに支給されている九五式軍刀なんか、藁束《わらたば》を斬っただけでひん曲がっちゃいますから、全然その心配はありませんがね」

　誠三郎はかつて捕虜の斬首を見物したことがあった。それもまた、以前参加した「北支」の作戦での経験である。大きな穴の前に座らされた捕虜の首を、将校が軍刀で斬り落としたのである。誠三郎たち兵隊に見せるのが目的のようだった。手を下したのは、連隊本部にいる中尉だった。その人もまた、金子少尉と同様居合いをやっているという話だった。

　一緒に見物していた古参兵が、「首の皮一枚残して、落ちた頭を胸で抱えさせるように斬るのが理想的なんだ。さあ、うまく斬れますればご喝采だ」など言っていたのを覚えている。

　戦闘経験の浅かった誠三郎は、勇敢でありたい、強い兵隊になりたいと願ってはいたが、左右の頸動脈から噴水のように上がる血しぶきを見て、自分にはこんな真似はとてもできないと、密かに怖気をふるったものだった。

「さあ、じゃ自分はそろそろ行きますわ」

　女川が、煙草の火をもみ消して立ち上がった。そこに、一人の兵隊が駆け足でやって来て、金子少尉が岡田伍長を呼んでいると伝えた。誠三郎はその瞬間、ちょっと嫌な気持ちがした。

　金子少尉は将校たちが集まっている部屋の隅で、抜き身の日本刀を布で手入れしていた。誠三郎が声を掛けると抜き身を鞘《さや》に収め、誠三郎に丸椅子を勧めた。

「岡田伍長、ご苦労。この作戦ではあまりゆっくり話す機会がないが、その後、愛馬と別れてどうだ。気魄はみなぎっておるか」

「は、はい。気魄は十分であります」

「はは、そうか。落胆しておるのではないかと心配しておったが、それはよかった」

誠三郎は、金子少尉がここに自分を呼び立てた理由はそんなことではないはずだと思った。金子少尉は煙草に火を点けるとおもむろに言った。

「それで、来てもらった用件だが……」

金子少尉は誠三郎の目を見据えた。

「もう聞いておるだろうが、明日敵兵二名を斬首により処置することになった。岡田伍長、おぬしに武人としての精進の機会を与えよう」

誠三郎の全身から血の気が引いた。やはり、厭な予感が的中してしまった。

「明日、ひとひとまるまる、宿営地裏の広場に、軍刀持参で参集のこと。わしが実地で日本刀の使い方をおぬしに伝授する。いいな。故内藤大尉から授けられた軍刀に恥じることのなきよう、心身の準備をしておくこと。以上だ」

金子少尉は威厳を持ってそう言い放った。

「岡田伍長、明日ひとひとまるまる、宿営地裏の広場に、軍刀持参で参集いたします。岡田伍長、帰ります」

誠三郎は足元が定まらぬ思いに耐えて、ようやくそれだけ言って退出した。


大変な事態に陥ってしまった。内藤中隊長から軍刀を無期貸与されたが故の指名なのだった。女川が言うように、騎兵隊の下士官・兵に支給されている軍刀は作りがヤワで、とてもそんなことには使えない。誠三郎が持つ刀が、無銘とはいえ、本物の日本刀を軍刀仕立てにしたものであるからこそ、金子少尉はこのような命令を出したのだった。

明日、自分の手で敵兵の首を斬り落とす。無抵抗の人間を斬り殺すのだ。それも、中隊の将兵たちが見物する中でやらなくてはならない。できたら逃げ出したい思いだったが、そんなことができる筈もないし、そんなことを思うそぶりすら見せられない。

誠三郎は自分に言い聞かせた。下士官として、軍人としてこれから軍隊で生きていくとしたら、この位のことには何度も出遭うのではないだろうか。その度にこんなに動揺していてどうするのだ。

誠三郎は廊下の床に足を踏ん張り、下腹に力を入れて深く息を吸い込むと、ゆっくりと息を吐きだしていった。そして、目を瞑ると、唇だけで三度「俺はできる」を繰り返した。どうしてもやり遂げなくてはならないのだ。

　誠三郎は飯を食べ終わると、刀と砥石《といし》と水筒を廊下の隅に持ちだして、ぶら下がったランプの薄暗い明かりの下、僅かの水で、刀身のさび色が残る部分をじっくりと研いだ。僅かの水と小さな砥石は、草刈り鎌を研いだ故郷の夏を思わせた。無性に悲しかった。

　兵隊はその持つ特技で、衣類を修繕する「縫工《ほうこう》」、馬の蹄鉄《ていてつ》を扱う「蹄鉄工」、靴や鞍を修理する「鞍《あん》工《こう》」、日々の食事を作る「炊事当番」等に配置されていた。誠三郎はずっと「銃工」として、銃器や剣の修理を扱う仕事についていた。だから騎兵刀の研ぎ方、柄の目釘の修理の方法なども叩き込まれてきていた。それに新兵の頃からの習慣で、雑嚢の中には常に、小さな砥石と砥の粉など、刀の手入れ用具を入れてあった。

　新兵の頃、誠三郎は古兵に、血の付いた騎兵刀をそのままにしたら、一晩で真っ赤に錆びると教えられた。それで常に備えをしていたのだが、その後ずっと刀を使うような戦闘はなかった。誠三郎が軍刀を実際に戦いに使ったのは、先日の大廟が初めてなのだった。その時、中隊長から貸与された大事な刀なので、鞘に収める前に油の浸みた布で擦っておいたのだが、その後、駐屯地に帰ってみると、やはり、刀身の一部が錆び始めており、慌てて大きな砥石で研いだのである。前線ではこんな研ぎ方であっても、錆びるに任せるよりはましなのだった。

　誰に聞いたのか、分隊の兵は既に明日のことを知っているようで、黙りこくった誠三郎には誰も近づいて来なかった。明日これで、無抵抗の生きた人間の首を斬り落とす。嫌だろうと何だろうと、もう逃げ出すことはできない。日本の軍隊の下士官として生きるには、こんなことは平然と実行できなくてはならないのだ。それ以外に自分の生きる道はない。それは何度も何度も考えた末の結論だった。泰然として実行しなくてはならない。

　誠三郎の両の手はしかし、彼のその意志とは無関係に細かく震え出していた。その震えは次第に大きくなり、やがて止めようがなくなった。誠三郎は研ぎを止め、静かに目を瞑った。佐伯と小菅をはじめとする死んだ兵たちの顔を思い浮かべた。光を失った山崎の悲しみを思った。片腕をなくした宮本、仇を討ってくれと言った高坂古兵、そして、内藤中隊長を思った。

　俺は、卑怯な待ち伏せ攻撃をした支那兵を決して許さない。傅作義軍の奴らを絶対に許さない。明日、死をもって償わせる。誠三郎は自分の腹の底に怒りを沸き立たせようとした。包囲の夜、戦死者を前にしてかき立てられたあの憎悪を、あの殺意を、自身の中にもう一度燃えたぎらせようとした。その勢いで斬首に向き合おうとしたのである。

　長い夜が明け、その時は来た。兵隊が建物の裏手の、広大な畑に連なる空き地のあちこちに集まっていた。今日も冷たく晴れ上がっていたが、寒気は昨日よりも幾分弱まったようだ。空き地の外れには長方形の穴が掘られていた。誠三郎は午前十一時少し前に現場に立った。金子小隊の他の三人の分隊長も、命令があったとかでそこに来ていた。緊張のため、軍刀を持つ誠三郎の手はかじかんでしまっていた。

　そこに、金子少尉を先頭にして、中隊の幹部将校たちが現れた。背の高い新任の中隊長もおり、誰かが用意しておいた床几《しょうぎ》に悠然と腰を下ろした。股の間に日本刀を置いて、まるで記念写真にでも収まるかのようだった。

　後ろ手に縛られた二人の男が穴の近くに連れて来られた。身につけている汚れた綿入れの上着は、ここらの農民の着ているものだった。二人は覚悟を決めたかのように、前を見たまま表情を動かさない。やはり敵の兵士とみて間違いないようだ。

　金子少尉が、誠三郎と三人の分隊長が並ぶ所へやって来て言った。

「本日は、我らに敵捕虜の処置の機会が与えられた」

　鼻腔が開き息が荒いのは、少尉も興奮しているのだ。

「いいな岡田伍長、これより暴戻《ぼうれい》なる支那兵に対し、斬首により天誅《てんちゅう》を加える。武人のたしなみとして、しっかり体験しておけ。岡田以外の三人も、これからの話をよく聞き、本官の動きをようく見て、技を盗め」

　そう言って金子少尉は背筋を伸ばし、軍刀の鞘を左手で握って、一度祈るように目の高さまで上げて瞑目した。それから目を開いておもむろに話を始めた。

「よいか、日本刀で人間の骨は切れぬ。相手を若干俯かせ、顎の線と肩の線の間、ここと、ここの間だ。そこを狙って振り下ろし、素早く引くように斬ると、刃が骨の間に滑り込む」

金子少尉は、自分の顎と肩に手を当てながら説明を続けた。誠三郎の心臓は少しずつ高鳴ってきた。

「軍刀は、右手を鍔《つば》に触れさせてしっかりと握り、指一本離して左手を置く。左手は小指を芯にして固く絞る。両手の間を離すと必ず失敗する。よいな。それでは先ず、本官が手本を見せる」

そう言うと金子少尉は、捕虜たちの前に立つ軍曹に手を上げて合図した。軍曹は捕虜のうちの一人を立たせると、穴の前に連れて行って座らせた。

金子少尉が刀の鞘を払うと、軍曹がその刃《は》に水筒の水を掛けた。それは不敵な顔つきをした三十がらみの男だった。金子少尉が斜め後ろに立つと、男はきっと少尉を睨《にら》み付けて何か言った。誠三郎には聞こえなかったが、抵抗の言葉だったのだろう。男はそれから俯いて目を瞑った。その瞬間、金子少尉の軍刀の刃がひらめいた。実に呆気なく、男の首は胴体を離れ、首から二本の血流が噴き上がった。頭は穴に落ち、胴体は横倒しとなった。

将校たちの間に「ほうっ」という感嘆の声が上がり、見物の兵隊たちから拍手が起こった。金子少尉は見得を切るような動きで刀身を振り、胸から白い紙を出してそれを拭った。そして誠三郎たちを振り向くと、大きな声を上げた。

「次っ、第二分隊長、岡田誠三郎伍長っ」

「はっ」と、反射的に誠三郎は返事をしていた。

誠三郎は覚悟はできていたが、先程から一つ気に掛かっていることがあった。自分が斬ることになる捕虜が大変に若いのだ。最初の者と同じ、汚れた綿入れを着て顔も煤けているが、顔つき体つきが明らかに若い。まだ少年と呼べる年齢のようなのだ。この若者を斬るのか、その思いが誠三郎の胸を波立たせた。

少年が穴の前に座らされた。誠三郎の心臓は弾ける程に高鳴っている。気持ちも乱れていた。しかしここまできたら、軍刀を握って歩きだすしかなかった。少年がこちらを向き、澄んだ目で誠三郎を睨みつけた。明らかに自分より年下、十代半ばだと見当が付く。気持ちは激しく乱れ、胸の鼓動は高鳴った。軍曹に血が上ったまま誠三郎は刀の鞘を払った。

が刃に水を掛けた。

周りでは、中隊の二百人以上もの将兵が静まりかえって自分を見ている。絶対に失敗する訳にはいかない。無様な姿で恥をかきたくない。誠三郎は大きく息を吐き「俺はできる」を口の中でゆっくり三度繰り返した。そうすることで、無惨に殺された佐伯の死体をようやく思い浮かべることができた。佐伯と小菅の仇を討つ。気持ちが少し落ち着いてきた。

その時、前に座る少年が誠三郎を憎々しそうに睨んで「リーベン、クィズ！（日本鬼子！）」と叫んだ。それは日本兵を憎み侮辱する言葉だった。そう言ってから少年は、誠三郎の足に勢いよく痰《たん》を吐きかけた。緑黄色の痰が長靴にまとわりついた。騎兵の名残りの乗馬靴である。誠三郎の胸に灼けるような憤怒が捲き起こった。

第七章　張家口

岡田誠三郎が、異例の転属で張家口の駐蒙軍司令部に赴任したのは、一九四〇（昭和十五）年三月のことであった。五原への作戦が終わった直後の、慌ただしい転勤だった。

張家口というのは、誠三郎の知識では、かつてのチャハル省の首都であり、現在は察南・晋北・蒙古連盟の三自治政府を統合して昨年九月に成立した、徳王の蒙古連合自治政府の置かれている都市である。ジンギスカンの末裔《まつえい》として、蒙古族国家を樹立したい徳王の願いと、この地に親日政権を樹立したい関東軍の方針が合致してできた政府だと、誠三郎は聞いている。

もっとも張家口は漢族が多く住み、蒙古族住民はごく僅かである。そのことが徳王には不満であったとも聞く。実際、手持ちの案内書によれば、張家口は北京北方にめぐらされた万里の長城の、「大境門」

のすぐ外側に位置している都市である。中国内陸部と蒙古平原を結ぶ交通の要衝とされており、包頭などのように蒙古族の多い街ではないのだ。

誠三郎はといえば、包頭はともかくとして、まだ北京をはじめ、中国の有名な都市にはほとんど行ったことがない。この張家口への赴任は、若い誠三郎にとっては、新しい体験への期待に満ちたものであってもよい筈であった。しかし、それどころではなかった。

誠三郎の胸は二重の意味で重く塞いでいた。一つは、激戦を共に生き抜いてきた戦友たちを捨てて、自分だけが、まるで天上の人が垂らした「蜘蛛の糸」に縋《すが》るように、戦場の地獄から逃れてきたという自責の念であった。別れの時、女川はそんなそぶりは少しも見せなかったが、「寂しくなりますな」という彼のひと言の中に、誠三郎は自分が「抜け駆け」して安全地帯に逃げるのだということを再確認していた。

もう一つは、五原で少年兵を斬首して殺害したことへの忸怩《じくじ》たる思いであった。当然のことだがこれは、戦友の誰にも明かすことのできなかった感情である。帝国陸軍軍人であり続けるために、そして周囲で見物する将兵の前で恥をかかないために、無理矢理己の感情を高ぶらせて、無抵抗の若い命を断ち切った。

そのことを誠三郎は、忘れてしまわなくてはならないと思いつつ、心の中で整理できないでいた。あの少年にあったであろう「死にたくない」「もっと生きたい」という思いを、いつか誠三郎は、「蜘蛛の糸」に縋ってしまった自分自身と重ねていた。

あの少年もどんなにか生きたかっただろう。誠三郎は幾度もそう思ってしまうのだった。そしてそういう時には、あの河野美紀子先生に教わった「かけがえのない」という言葉が、誠三郎の心の深い所から、激しい痛みと共に湧き上がってきていたのである。

誠三郎は三月の早朝、北京と包頭を結ぶ鉄道である京包線の汽車で張家口に向かった。出発駅のある包頭の街は、外出で何度か歩いたことはあったが、途中の都市である厚和《こうわ》も平地泉《へいちせん》も大同も、そして目的地の張家口も、これまではただ、馬と一緒に部隊全体で通過しただけだった。

今回は単身での赴任だった。気持ちは晴れずにいたのだが、途中駅で時間があれば、誠三郎は敢えて降車して駅の近辺を歩いた。思えば入営以来三年、自分で自分の行動を決められたのは、この日が初めてだった。汽車の接続の都合で、途中の大同の駅近くの新築の日本旅館で一泊した。

近くには色街の看板があった。誠三郎には、この歳になっても、見知らぬ女性とのやりとりを楽しむような器用さがなかった。十七歳の時に入営した「北満」の駐屯地の近くにも、兵隊専用の慰安所や、ピー屋と呼ばれる民間の売春宿もいくつかあった。若さゆえに性への欲求は強かったが、誠三郎はそういう場所には、誘われても行かなかった。

一つは無駄遣いせずに金を貯めたいことがあったし、正直を言えば、当時の軍医の訓話に恐れをなしたという面が強かった。中隊でピー屋を使った何人かの兵隊が、続けざまに花柳病（性病）の診断を受けて入院した時のことだ。集めた兵を前に、軍医は様々な花柳病の恐ろしさをひとしきり述べ、続いてそういう所の女と交わる時の注意点を語ったのだ。

サックと「星秘膏」は必ず使わなくてはならない。「星秘膏」というのは予防薬で、それをサックの表裏に塗ってから事に及ぶ。そして事後には、尿道の中にも塗り込む。そして、終了後は一刻も早く排尿し、五分以内に洗浄消毒する。それ以後では消毒効果はないというのだ。

そして、股に肉腫のできる何とかいう花柳病に罹ると、完全治癒まで二年以上がかかる。帝国陸軍軍人として、そんな恥ずかしいことはないと、最後に軍医は脅しつけた。まだ十七だった誠三郎は、この話だけでそうした場所に出かける気が失せてしまった。

古兵たちはそんな誠三郎を面白がって、あれこれ言って外出に誘ったが、誠三郎は軍医が定期検診しているという慰安所にも足を向けなかった。

「おいこら岡田、たまの外出だっていうのに、お前はまたしこしこ、五人娘とおままごとか」

そうからかわれる通り、入隊以来誠三郎は性的な欲求は自ら密かに処理していた。知らぬ女性とあれこれ面倒な会話をしてまで、そういう欲求を満たしたいとは思わなかった。「群越」と触れあう時間の方が余程大事だったのだ。

大同の旅館には、檜《ひのき》の香りのする和風の風呂があった。湯船にゆっくりとつかり、部屋で一人酒を飲んだ。戦闘部隊から身を引いたということで、誠三郎は虚脱感に近い安息の感覚に包まれていた。内藤中隊長が残してくれた万年筆を鞄から取り出して、そのなめらかな質感を手のひらに感じた。

様々なことが思考を巡った。別れてきた女川やホトケの八木さん、金子少尉たちのことを思い出した。それから、死んでしまった小菅、佐伯たちのことも思われた。するとまた、忘れなくてはならないと思っている、あの捕虜斬首の日のことが思い出されてきた。床の間に立てかけてある軍刀に目が行った。

誠三郎は杯に酒を満たして一息であおった。二度と思い出したくない記憶だった。自分が殺したあの少年の憎しみに燃えた目が、その記憶の中心に座り続けている。どんなにか生きたかっただろう。どんなにか無念だったろう。

誠三郎は更に杯を重ねた。そして何杯目かで立ち上がると、次の間に出て窓を開けた。そこは二階の部屋だった。二重窓になっていて、外側の窓は固く閉じられている。街の明かりがガラスを通してぼんやり見える。

目の焦点をずらすと、同じ面にこれもぼんやりと映る若い男の顔。それを見て誠三郎は、自分はもうあの故郷で過ごした頃とは、全く別の人間になってしまったのだと感じた。

河野先生の言っていた「かけがえがない」とか「思いやり」などの言葉とは、ここは全く縁のない世界なのだ。つくづくとそう実感した。しかし、もう元に戻ることはできない。再び、斬首したあの少年の目が脳裏に浮かぶ。あの時、軍人として怯懦《きょうだ》であってはならなかった。ああせざるを得なかったのだ。

もう前に突き進むしかない。明日は駐蒙軍の司令部に行き、見知らぬ上司に申告して、新しい軍務が始まる。帝国陸軍の下士官として、気持ちを切り替えなくてはならない。

交付された辞令には、今度の誠三郎の所属部署として「駐蒙軍司令部付」とだけしか書かれていない。上司は青井憲次少佐だと聞かされていた。自分を待っているのはどんな仕事なのか、そして青井少佐とはどんな人なのか。誠三郎は過去を見るのでなく、明日に思考を向けようと努めた。

大同から到着した汽車を待ち受けて、張家口駅の南の広場には数台のバスが停車し、たくさんの洋車《ヤンチョ》（人力車）が雑然と停められて客待ちしていた。日本軍の軍服姿の誠三郎にも声が掛かってくる。駐蒙軍司令部まで歩く場合は、駅前広場を南に下り、十字路を左折すると聞いていた。

初めての街を歩いて見たかったが、時刻は既に夕刻になり掛かっていたし、そこまでの距離感も掴めなかった。それに大きなトランクを持っているので、やはり洋車を呼ぶことにして手を上げた。狙い澄ましていたかのように、一台が誠三郎の前に滑り込んできた。

「チュウモウグンね、シレイブあるね。ケンペイタイないね。イキマス、ノッテ」

軍人は憲兵隊か駐蒙軍司令部に行く場合が多いのだろう。片言の日本語でそう言う車引きは、真っ黒に陽に焼けた弁髪の中年男だ。誠三郎が座り、幌付の洋車は走り出した。

「ホイッホイッホイッ……」

誠三郎はその掛け声に驚かされた。大廟で聞いた、傅作義軍の兵隊の突撃の掛け声と同じではないか。

そんな誠三郎の思いなどと関わりなく、弁髪の男は掛け声に合わせて勢いよく車を進めた。あらためて、ここは敵の国なのだと思った。少し行くと右側に、日章旗の揚がった堅牢そうな建物が見えた。憲兵隊司令部だった。その四つ角を左折して東に向かう。

天気は良かったが、もうそろそろ砂塵の季節なのか、空が赤っぽくぼんやりと曇っている。道路の右手に見えだした大きな建物が目的地らしい。車夫は道路を大きくひと回りして向きを変え、建物正面に洋車を付けた。駄賃をはずんで降りると、「駐蒙軍司令部」の真新しい看板が目に入った。

誠三郎は緊張しながら新しい任地の玄関をくぐった。広い建物の中をあちこち探して、事務室の人事係の曹長の前に立った。着任を申告しようと書類を手渡すと、曹長は眉間に皺を寄せて、少しの間書類と誠三郎の顔を見比べた。そして「待て」とだけ言って、奥の机にいる中尉の肩章をつけた将校の所に行った。

その中尉は書類に目を落としてから、眼鏡を鼻の下にずらして誠三郎の方をじっと見た。そして曹長に指示を与えて、また手元に視線を戻した。その時、曹長との間で「別室」という言葉がやりとりされたのが聞こえた。「別室」って何だろうと誠三郎は思った。

戻ってきた曹長は、また胡散臭《うさんくさ》いものでも見るような目を誠三郎に向けて言った。

「この書類は、三階三一二号室、青井憲次少佐に直接提出し、そこで着任の申告をせよ」

何か悪いことをして叱られてでもいるように感じ、誠三郎は慌てて指示を復唱してその場を離れた。そして三階に上がって、青井少佐の部屋を探した。三階には立派な扉がずらりと並んでいる。一番奥の「312」と番号の打たれた扉の脇に、「青井憲次少佐」と小さく書かれた札が下がっていた。扉を三度叩くと、しばらくしてのんびりした声で「どうぞ」と返事があった。

「岡田誠三郎伍長、入ります」

誠三郎が軍帽を取って中に入ると、そこは高い天井に明るい照明がついた、奥に向かって広い部屋だった。突き当たり正面に、窓を背にして大きな机があり、その手前にソファーが置いてある。右手にも窓、左の壁面は書棚と戸棚が並べられている。入り口に近い左側にはもう一つドアがあり、その脇にやや小さめの机が置かれていた。

「申告します……」

そう言って顔を上げて見ると、ソファーの脇に立ち上がって中腰で煙草をもみ消したのは、軍服ではなく背広を着た優男である。長い髪を額の上で左右に分け、派手な黄色いネクタイをだらしなく緩めている。

「ああ、今ね、青井少佐はこの下の階で打ち合わせ。すぐ戻るはずよ。あなたは、新任の運転手さんでしょう？」

「はあ、自分は陸軍伍長岡田誠三郎であります。ここでの任務はまだ聞いておりません」

「まあ、そんなに緊張しないで。すぐ戻ってくるから。さあ、荷物を下ろして、ここに掛けなさいよ。ああ、私は少佐付きの通訳、香本です。香る本で香本ね。よろしく」

「はあ」

言われるまま、誠三郎はトランクを脇に置きソファーに浅く腰掛けた。

この人は、言葉や仕草が女っぽい。女男などと故郷の街で冷やかされていた人と、どうも同じタイプの人のようだった。誠三郎が一時期働いていた運送屋に出入りしていた菓子問屋の息子だったが、誠三郎にはとても良くしてくれた。

香本通訳は、歳は誠三郎よりも五つ六つ上の感じだ。優しい目をしていることが、見知らぬ所に来た誠三郎に安心感を与えた。香本は新しい煙草に火を点けた。仕草で誠三郎にも勧めてきたが断った。大廟の戦い以来、喫煙が習慣になり掛かっていたのだが、運動すると息切れがするようになったので、新しい任地では吸わないことに決めていたのだ。

「この街は初めて?」

「は、初めてであります」

「どんな感じ? 何かさ、土の街って感じじゃない? 緑が少なくてさ。この辺りは、大昔から木をどんどん切って、燃料にしちゃってたのかも知れないわねえ。私は国の緑が恋しい。そう思わない?」

「いえ、まだ着任したばかりでありますから……まだ、今まで自分がいたのは包頭の北の街でありますから、もっと土ばかりです」

「あなた、国は何処《どこ》? 故郷って意味だけど」

「東京府の西多摩、五日市であります」

「へえ、そうなの。私も東京よ。もうちょっと中の方だけどね。知ってるかな、荻窪。あなたは西多摩か。ふうん、そうなんだ。ま、一緒に働くことになるでしょうから、どうぞよろしくね」

「はあ、こちらこそ、何も分かりませんのでよろしくお願いいたします」

「ああ、でも良かった。あなたみたいな人で。少佐がさ、今度の運転手は、すご腕の騎兵伍長だなんて言うからね、ゴリラみたいなむくつけき男が来るかと心配してたのよ」

香本がそう言った時、ドアが開いて無帽の頭を七三に分けた、背の高い将校が入ってきた。誠三郎は慌ててソファーの脇に立つと、踵《かかと》を合わせて気をつけの姿勢を取り、腰を折る室内の敬礼をした。将校は誠三郎を認めると立ち止まり、にっこりと笑って軽くうなずきながら言った。

「君が岡田誠三郎伍長か。遠くから、ご苦労だったな」

「はっ、申告しますっ。陸軍伍長……」

「まあ、まあ、堅苦しいことはいい。そこに座りなさい。もう君たちのお互いの挨拶は済んだようだね」

　少佐はそう言うと、鞄を奥の机の上に放り出し、軍服の襟のフックを外しながらソファーにやって来た。そして誠三郎の出した書類を手に腰を下ろした。

　一目見て、実戦に出るようなタイプの軍人ではないと誠三郎は思った。医者か学者を思わせる細面の、いかにも学のある人という印象なのであった。

「吉原大佐はお元気だったか」

「はっ、お元気でおられました」

　そう誠三郎が答えると、青井少佐は一つうなずいてから香本通訳に向けて言った。

「岡田誠三郎君は、私の同郷の大先輩である吉原大佐が、連隊一の下士官だと太鼓判を押した男だからね、これからよろしく頼むよ。さてと、早速だがね岡田君、これからのことを少し話しておく。被服等の受領、宿舎その他、生活に関わることは、この香本君に聞いてくれ。彼が全部分かっている。私からは君の任務について話しておく。先ず君の平常の勤務場所はこの部屋だ。あの机を使ってくれていい」

　少佐は入り口寄りの机を指さした。

「ここは、司令部の指揮命令系統とは直接関わらない部署だ。構成員はこの三人。別室とか青井機関などと呼ばれることがあるが、名称はどうでもいい」

　そう言った時、少佐は口元に笑いを浮かべて香本の方を見た。この部署はやはり特別なものらしい。

「私が外出する場合は、基本的に君も一緒に行く。私の護衛並びに、自動車、サイドカーの運転が君の任務だ。そのためすぐにやってもらわねばならぬことは、張家口近郊の地図を完璧に頭に入れること。道路はもちろんのこと、重要施設の位置を間違いなく覚えて欲しい。それらを赤字で記入した地図を机の引き出しに入れてある」

　そう言って少佐は、入り口近くに置かれた机を示した。誠三郎はこれからあそこで仕事をするのだ。

「北京や天津、また大同、あるいは、平地泉、厚和など京包線沿いの都市にも出掛けることがある」

　誠三郎は緊張の中で話を聞いた。青井少佐の話は続く。

「そうした遠隔地に行く時は鉄道を使うことになるが、現地では自動車で動く。その際に使うそれぞれの都市の地図、その他、仕事に必要な物を机の中に入れておいた。地図には極秘情報が含まれている。しばらくは宿舎に持ち帰って勉強してもらっていいが、厳重に管理すること。この敷地からは持ち出さないように。また普段も、机の引き出しには必ず鍵を掛けること。服装については、平素の勤務は軍服でいい。だが、これから支給される便衣と履き物、並びに、自身の私服一着と靴をここに常備しておくこと。以上だ。何か質問はあるかな」

「は、特にありません」

「よし。最後にひと言、本官の行動並びにこの部署の業務、勤務内容等については、一切他言無用のこと」

そう言った青井少佐の目の奥に、誠三郎は鋭く冷たい光を感じた。だがそれはすぐに消えて、少佐の表情はまた穏やかなものに戻った。

「ではこれから忙しくなるがよろしく頼みます。香本君、私はこれからまた会議なので、この後のことはよろしく。今日は初日だから、どこかでご馳走してやってください」

そう言うと青井少佐は、机の上の書類を鞄に詰め込んで、壁の鏡の前で襟を正し、目礼して部屋を出て行った。扉が閉まると香本が言った。

「どう、初対面の印象は。軍人ぽくないでしょう。彼、陸大を出て東京の参謀本部にいて関東軍へ、それからここに来たのよ。それはそれは優秀な人よ。大学の先生みたいな話し方だしさ。だけど、何処か怖そうなところが、やっぱりあるのよね。そんな感じしなかった？」

「いえ、少佐殿に対して自分は……」

「ああそうね。そんなこと軍人さん同士、答えられる訳がないわね。なんたって上官ですものねえ」

香本は誠三郎の答えにつまらなそうな声を出した。少佐がいなくなると、すっかり女言葉になってしまっている。この人は悪い人間ではなさそうだが、軍人でもなし、どう付き合ったらいいのか戸惑いを感じた。

「それより、少佐殿が何か受領するようにと言われておりましたが、どうしたらよろしいでしょうか」

誠三郎は一刻も早く準備を整えたかったのだ。

「そう、そう、それを忘れちゃいけないわね」

香本は面倒くさそうにため息をつきながら立ち上がった。くっきりした二重まぶたと形の良い鼻梁は、どこか歌舞伎役者のようだった。香本は、ズボンの隠しから紙切れを出して、つまらなそうに読み上げた。紙を持つ小指が、女性のように立てられている。

「まずこれから一階の庶務に行って、被服その他を受領する。行けば分かるようになってるそうよ。いいわね。次、そのドアの向こうが更衣室よ。そこに小さな箪笥《たんす》があるから、私服と便衣等はそこに整理する。みっつ、宿舎は別館の二階。私の部屋の隣。そこまでは私が案内します。以上よ」

香本に言われたように、庶務からの支給品を更衣室の箪笥に片付けると、誠三郎は先程からずっと気になっていた地図を見ようと、机の上の段の幅広の引き出しに手を掛けた。鍵が掛かっていて開かない。そこへ香本がのんびりと近づいて来た。

「さあ、いいかな。じゃあ宿舎に案内するわね。あら、まだ何かあった。ああ、地図よねえ。大変な宿題だわねえ。はい、机の鍵」

香本が、ズボンの隠しから出して誠三郎に手渡したのは、机のものにしては頑丈な鍵だった。それを使って幅広の引き出しを開け、地図を取り出してみた。

観光案内のような普通の地図の他、それよりずっと詳細なもの、それに航空写真までが添えられている。詳細な地図のあちこちには、赤ペンで星印が書かれ、その脇に人名や施設名が記入されている。これが少佐の任務にとっての重要施設ということのようだ。これらを今から頭にたたき込むのだ。誠三郎は緊張しながらそれらをトランクに入れた。

机の二番目の引き出しを開けると、そこにも封筒に入れられた鍵束が入っていた。

「黄土色のは宿舎の玄関と部屋、銀色のがこの部屋の鍵よ。鍵は無くしたら大変、気を付けなさい」

誠三郎は、机の鍵をその鍵束の輪の中に加えた。

三番目の段には、肩掛けの革製サックに入ったモーゼル拳銃、それに弾丸の箱が二つ入っていた。誠三郎が先ほど受領した物の中には、日本製の軍用拳銃があった。それだけでなく、国民党軍が使うモーゼル拳銃を持つ必要があるのは、どんな任務の場合なのだろう。誠三郎はドイツ製のこの大きな拳銃が、これからの任務の厳しさと複雑さを物語っているように感じながら引き出しを閉じた。

　香本が案内してくれた宿舎は、司令部勤務員宿舎の大きな建物のさらに奥にあった。真新しいコンクリート製の小さな三階建てで、入口には何の表示もなく、鉄製の扉は施錠してあった。香本は鍵を開けながら言った。

「ここはね、別館と呼ばれていて、関係者以外は、司令部の人間でも立ち入らないの。出入りの時は必ず施錠すること」

「はあ……」

　誠三郎は、何だか探偵物語のようだと思った。青井という少佐の任務が、かなり特殊なものなのだとあらためて思われた。

　誠三郎には、二階の個室があてがわれた。個室は飾り気がなく殺風景ではあったが、寝台と机と物入れの他、何と便所と洗面所とシャワーが付いていた。便所は水を流して洗浄する最新式のものだ。誠三郎のこれまでの生活経験からは思いも寄らぬ贅沢さだった。

　香本によれば、これらは「満州国」方式で、一応西洋の一人用ホテルを模したのだそうだ。香本の話しぶりからすると、彼は欧米に長期間滞在したことがあるようだった。誠三郎の気持ちには、これからの仕事への緊張とともに、清潔で豊かな新しい生活への期待と興奮も生まれていた。

　誠三郎は疲れてはいたが、その夜は香本と夕食を共にすることになった。いつ呼んでおいたのか、洋車が一台司令部の建物の前で待っており、香本は当たり前のようにそれに乗り込んだ。

　洋車が横着けされたのは、「カフェー日本」という名の店であった。そこで誠三郎はまた目を見張らされた。こんな大陸の奥地なのに、日本人客が大勢来ており、女給もほとんどが日本人のようなのだ。誠三郎は東京の有名な店にでも連れてこられたような錯覚を持った。日本のビールを飲み、香本のお勧め料理をたらふく食べた。野菜、魚、肉、果物と食材の豊かさにも誠三郎は度肝を抜かれた。

　食事が一段落した時、香本が口元を布で拭いながら秘密めかして言った。やはり、布を持つ手の小指が女性のように立っている。

「大きい声じゃ言えないけれど、ノモンハンじゃ大負けだったらしいわね」

「えっ、本当ですか、それ。大負けって……その情報、どこから入って来たんですか」

「私は地獄耳よ。何でも聞いてちょうだい。知ってることは何でも知ってるし、知らないことは何も知らないけどね。フフフ」

香本は鼻で笑って、煙草の煙を天井に噴き上げた。

「随分死人が出たらしいわよ。向こうの戦車は小山のようだったって。こっちは歩兵と騎兵が主なんでしょう。かなうわけないわよね。あなたのいた騎兵隊は行かなかったの？」

「うちの連隊の一部が出動しましたが、戦闘には加わらず十月には帰って来ました」

「ラッキーだったわね」

「ラッキー」などという言い方をする日本人はほとんどいないのだが、この人にはなぜか不自然ではない。

「ラッキーかどうか。実はそのあとのことですが、十二月に、うちの連隊も傅作義軍に包囲されて、大変な目に遭いました。自分も死に損ないました」

こんなことを話してもいいのかと思いながら、誠三郎は酒のせいもあってそこまで言った。

誠三郎は、ノモンハンで日本軍が大敗したというのが事実なら、その後の自分たちの連隊の壊滅と合わせて、この戦争は本当に大丈夫なのか、先行きは本当に明るいのかと、疑いを持たざるを得ない心境だった。

「そうだったの。その若さだもの、死ななくてよかったわよ。それで一つ言っとくとね、あなたはもうこちらの人で、襟章も緋色《ひいろ》になったんだから、元の部隊をうちの連隊って言うのはおやめなさい」

歩兵科の襟章の色は緋色である。誠三郎の軍服には、既に萌葱の襟章でなく緋色のものが付けられている。

「はっ、以後気を付けます。それで、ひとつ伺ってもよろしくありますか」

「ほほ、何よ、急にそのしゃちこばった言い方は。普通に言っていいわよ。答えられることだったら答えるし、駄目なものは駄目だけどね。何よ、おっしゃいなさいよ」

「はあ、ずっと不思議に思っていたんですが、こちらにも、つまり張家口の近辺にも、護衛と運転手に相応しい兵や下士官なんか、いくらでもおると思うんです。それなのになぜ青井少佐殿は、兵科も違う、あんな遠くの部隊で、人探しをされたのかなあと……」

「なあんだそんなこと。簡単よ。この司令部にも、近くの部隊にも、この近辺の日本人社会にも、一切関わりのない人が必要だったんでしょう」

香本はそこでふっと一息ついた。

「欲望の塊みたいな日本人が、ここにはもの凄く多いのよ。厭になるほどね。それは軍人も含めてなのよ。そんな、金と欲とのつながりが絶対にない人を求めたのよ。情報が一切そんな連中に漏れないようにね。少佐は過去の失敗から学んだんでしょ」

「はあ、そうなんですか」

誠三郎は、そんな連中が欲しがるような情報を知る立場になるのかと、一抹の不安を感じた。

「そう、ついでに話しておこうかしら。少佐も言ってたけれど、彼の仕事の中身は一切詮索しないことね。そのうち時期が来たら教えてあげるから。そして司令部や宿舎の中でも、私以外の仲良しはなるべく作らないこと。その方が身のためよ。理由は追々分かる。ここで生きるこつはね、孤独を愛することと」

「はっ、そのようにします」

「私だって、限られた人とはこうやって話すけれど、軍では必要なこと以外話さないのよ。あなたもそうなさい」

「はい」

「それともう一つ、少佐には敵が多い。外に出たら気を付けなさい。気を付け過ぎることはないからね。いつも、狙っている者がいるって考えてた方がいいわ。私、こういうの嫌いなんだけど、ほら」

彼は脇に置いた革製の手提げ鞄から、無造作に拳銃を取り出して、カタンと音をさせてテーブルに置いた。小型の、女性が護身用に使うような種類の自動拳銃だ。

「そ、そうなんですか」

香本はまたそれを、指の長いきれいな手で鞄の中にしまった。

「私もむざむざとは死にたくないからね。警護のあなたは当然だけれど、私のような通訳も、怖い所に付いて行くのが宿命なのよ。ううん、そうだわねえ、少佐には箝口令《かんこうれい》を敷かれてるけど、いつか分かることだから教えておくわ。あなたの前任者は、少佐を守ろうとして射ち殺されたのよ」

誠三郎の胸に、一瞬稲妻のような驚きが走った。話の続きを身じろぎもせずに聞いた。

「去年の年末のことだったわ。ある漢族の家で話を済ませて、玄関を三人で出てきた所を、弁髪《べんぱつ》の男に襲われた。そいつは少佐を狙ったんだけれど、あなたの前任者が間に割って入った。それで撃たれたって訳」

前任者がいただろうとは誠三郎も感じていた。机も更衣室も箪笥も、最近まで誰かが使っていた雰囲気があったからだ。

「頼りがいのある、優しい人だった……」

誠三郎は何の根拠もなかったが、それを聞いた瞬間、香本はその前任者に対して、普通の同僚以上の感情を持っていたのではないかと感じた。誠三郎には全く理解のできない世界であった。しかし香本はそれが普通のことのように淡々と話し続ける。

「私が大連からここに来たのが二年前。彼も同じ頃奉天から赴任してきた……ふふふ、馬鹿ね。もうこんな過ぎた話はやめましょう。とにかく、こういう私的な時間でも、これからは気を緩めないことね」

誠三郎は店の中を見回した。個室風に区切られたテーブルの仕切りの間から、酒を飲んで談笑するたくさんの男女の姿が垣間見える。この中の誰かがこちらの命を狙う敵なのかも知れない。少佐の護衛となれば、こういう場でも絶えず周囲に警戒の目を向けなくてはならなくなるのだ。

誠三郎は、外して脇に置いていた拳銃のサックを引き寄せながら、これからの自分の生活に、うそ寒いものを感じざるを得なかった。

宿舎への帰りの洋車の上で、誠三郎は戦死から逃れたつもりになっていた自分の軽薄さをあざける思いだった。軍隊という所はそんなに甘くはないのだ。特に自分のような下級の下士官・兵は、命を的にして働くしかないのだ。

その夜誠三郎は、部屋の明かりの下で遅くまで地図と向き合った。

翌朝は風の音で目が覚めた。窓の外を見ると砂で濁った風が吹き荒れていた。遠くの山がよく見えない。ともかく軍服に着替えて、大事な地図を風呂敷に包んで持つと、昨晩香本に教えられた食堂に行った。そして、米飯と味噌汁と塩鮭の朝食を摂り、すぐに少佐の執務室に出勤した。

少佐も香本もまだ来ていなかった。誠三郎は自分の机の上にまた地図を広げた。この街は南北に長く、北東西の三方向を山に囲まれている。北には万里の長城の支線があり、誠三郎はまだ見ていないが、それは市内からも望むことができるらしい。街の真ん中には、北から南の平原に向かって、清河《せいが》という大きな川が流れている。

清河の西には城壁に囲まれた旧市街、西の川沿いには蒙古連合自治政府や市の庁舎、それに興亜院という建物がある。川の東側には張家口駅を中心に新市街が広がっており、誠三郎が着任した駐蒙軍の司令部は駅の南東に位置している。

そんなことを確認しているとドアが開いて、青井少佐が入ってきた。踵を合わせて敬礼すると、少佐は軽く答礼して、「楽に」と言って自分の机に座った。そして鞄から書類を出した。

「今日の予定だが、午前十時に自治政府に行く。自治政府の場所は分かるね。午後は隣の興亜院だ。地図にあっただろう。興亜院蒙疆連絡部という役所だ。今日は全く初歩的な動きだから安心しなさい。砂塵が凄いね。私はサイドカーが好きなのだが、今日は自動車を使おう。準備できている筈だが、係には連絡しておいてくれ。以上、質問は」

「香本通訳は行かれないのでありますか?」

少佐の表情には、一瞬余計なことを聞くなという影が走った。

「今日は別の任務だ。それじゃ、九時半に車庫で」

自動車は、完璧に整備済みで車庫に置かれていた。軍用乗用車「くろがね四起」で、今日使うものは後部が一座席の三人乗り仕様になっていた。

九時半、エンジンを始動して待っていると、軍帽を目深に被った青井少佐が鞄を持って現れた。部屋にいる時と違って、全く隙のない厳しい表情である。

「よし、出せ」

誠三郎は地図で覚えた道順に、ゆっくり車を走らせていった。

この時期の砂嵐には前任地でも苦しめられた。この場合は視界が悪いというほどではないのだが、黄色く埃っぽい風が吹き荒れる中、まずは無事に蒙古連合自治政府の庁舎に到着することができた。

　その日の目的地は市内の二ヶ所だけで、移動距離も短かったので、緊張して身構えていた誠三郎は、やや拍子抜けの感覚で一日を終えた。

　その日の夜のことであった。香本通訳が酒瓶を抱えて誠三郎の部屋にやってきた。

「どうだった。初日」

　誠三郎が、広げっぱなしだった地図を急いで片付けた机の上に、香本通訳は上等のスコッチウイスキーの瓶を置いた。

　地図を一枚一枚丁寧に畳みながら、誠三郎は香本の問いに答えた。

「はい、今日は連合自治政府に行きました。特に何事もなく、控え室で待機しておりました。自分はその時間に、これじゃなく市販の地図を広げて、この近辺の地名とその読みを覚えておりました」

　誠三郎が並べたコップと湯飲みに、香本は琥珀色のウイスキーを注いだ。

「そうなの。今日はそこだけ？」

　香本はそう言うと、乾杯の合図にコップを目の高さに上げてからウイスキーを口にした。

「いえ、興亜院蒙疆連絡部にも行きました」

　誠三郎も同じように、湯飲みを掲げてから少し口に含んだ。かつて味わったことがない、香りの高いウイスキーだった。

「ああ、すぐ隣だものね」

　誠三郎はその時ふと思い出して、興亜院で不思議に思ったことについて尋ねてみた。

「正面玄関の上に、菊のご紋章が掲げられてましたけど、興亜院というのは何をする役所なんですか？そこの控え室で、日本から優秀な大蔵官僚が赴任してきているって、小耳に挟みましたが」

「そうか、初日からいきなりそういう話にいっちゃうのね。ま、それも仕方ないかな」

　そう言うと香本は、ラクダの印の外国煙草を一本抜き出して火をつけた。高級煙草だ。誠三郎は、そこでもまた一般の兵隊との格差を感じた。

「興亜院てね、二年くらい前に日本政府の中にできた役所でね、できた時の総裁は近衛文磨首相よ。今は米内《よない》光政首相ね。副総裁は確か外務・大蔵・陸軍・海軍の四大臣だったと思う。そんな豪華メンバーで仕切ってる役所よ。あちこち連絡部があって、ここのは蒙疆連絡部。占領地の、何ていうかなあ、主に経済的な、そう、産業振興のための施策を実施するのよ。農業振興とか鉱山の開発とかね」

　誠三郎は「初日からいきなり」という香本の言い方や、業務内容の説明ぶりから、あまり大っぴらに言えないこともあるのだと感じた。干魃の芥子畑での、「ホトケの八木さん」の話を思い出した。八木さんの話で誠三郎は、石炭も鉄鉱石も、そして芥子も、たとえそれが敵国のものだとしても、資源のない日本は、それを利用して戦うしかないと考えたのだった。

　誠三郎は思い切って言ってみた。

「例えば芥子とか阿片とか、そうしたものも……」

　香本は、やれやれといった顔で煙を上に吹き出した。

「そうよ。あなたは勘が鋭いから隠せないわね。そうよ、阿片も扱ってるの。阿片ていうのはね、知ってるでしょうけど、国際的には売買が禁止されている代物よ。ここの自治政府も使用と売買を禁止してる。許可無しではね。つまり禁止はしているけれど、許可を受けた業者の組織、土薬公司《どやくこうし》っていうんだけどね、そこは扱っていいことになってる。但し売買の一切は政府の清査署っていう役所が取り仕切る。そういう仕組みよ。それを立案して指揮しているのが、ここの興亜院蒙疆連絡部という訳。もちろん扱うのは阿片だけじゃないわよ。どう、これでいろいろ分かったでしょ」

　誠三郎は、またも八木さんの言葉を思い出した。あの人も、包頭の蒙疆銀行が、名前は忘れたが何とかいうあの辺りの農民の組織に融資しているのだと言った。

　仕組みの詳しいことまで理解はできなかったが、香本の話で、日本という国が、国家的な規模で、国際的な禁制品である阿片も含めて、蒙疆と呼ばれる地域の資源を管理・運用しているのだということは分かった。それは、偉い人たちが考えた、戦争を遂行し、勝利するために欠かせない事業なのだろう。その末端で働くことになったのが、他ならぬ自分であるということも、ぼんやりと実感できた。

「少佐は連絡部が立てた方針を、農民や業者に実施させる、その架け橋の仕事をしていると思えばいいわよ。ここしばらく、漢族や蒙古族の業者たちから、自分たちの取り分が少なすぎると不満の声が上がっていて大変なのよ。去年は凶作だったしね。少佐は、連絡部と打ち合わせて新しい方針を立てて、早く業者たちの納得する解決策を示す必要があるのよ」

「話していただき、ありがたくありました。業務について一切他言無用という少佐の言葉も、香本さんが昨日言った、詮索無用の意味もよく分かりました」

よく分かったとは言ったが、それは禁制品に関わっているのだから、我々の業務については、詮索も他言も無用という意味でだった。誠三郎の胸には、いまひとつ納得できない思いがくすぶっていた。「別室」の任務とは、役所の決めたことを農民や業者にきちんと守らせる、そんな単純なことなのか。香本は誠三郎のそんな疑問をよそに明るく言った。

「そう、それは良かった。こんな話は少佐にはもちろん、誰にもしたら駄目よ。お互い相手の心には関わらず、正義感のスイッチを切ってやるしかないんだから。阿片みたいな禁制品だって、日本には戦争遂行のお金が足りないから、扱わざるを得ないのよ。それはそれは、馬鹿にならない大きな収益らしい。日本がやらなければ、同じことをこの国の軍閥が、もっともっとえげつなくやるでしょう。これは必要悪なのよ」

必要悪という言葉に、誠三郎は突然、あの大廟で見た、老人の痩せこけた死体を思い出した。

あそこは多分一種の阿片窟で、あの老人は強度の中毒患者だったのだろう。阿片の収益とは、ああいう中毒患者への売り上げに他ならない。夥しい数のああした患者からの金。誠三郎は、我が祖国はそんな金で戦争をしているのかと思った。やむを得ないのかも知れないが情けなかった。いつか金子少尉が言っていた、「百姓が作った毒草で軍閥が儲けて戦争をする」「愚かな民の、愚かな国だ」という言葉が思い出された。

その時香本が、煙草をもみ消して言った。

「ああ、そうそう、あなたが聞いたっていう内地から来た辣腕《らつわん》の大蔵官僚って、大平正芳って人のこと。有名人よ。時々『カフェー日本』でも顔を見る。政府はこんな田舎にもの凄く力を入れてるのよ。なぜか。それはもう分かったでしょう」

香本はそう言って唇を少し歪めて笑った。窓の外ではまだ砂嵐が渦巻いていた。

香本の禁制品の話で、仕事に新たな緊張感を持った誠三郎であったが、新しい任地・張家口での任務は、意外にも平穏に過ぎていった。この時期、少佐と香本を、役所や各重要施設の漢族や、蒙古族の有力者の所まで送迎するのが、誠三郎の主たる仕事であった。

香本の言った業者たちの不満は、公司という株式会社のような形をやめ、昔ながらの、農民と業者の顔でのつながりを基礎にした買い上げの形に戻すことで解決した。少佐が現地の様子を的確に捉えて、連絡部の首脳と共に立てた新しい方針なのだと、事情を僅かながら聞いていた誠三郎は理解した。「別室」の少佐の任務は、やはりこうした地味なものなのかも知れない。

季節は夏に入った。この一九四〇（昭和十五）年は、干魃と大雨に苦しめられた昨年と打って変わって、植物の生育状況が大変に良く、芥子も豊作であるという話だった。また、大平という有能な官僚の方針で人事も動き、蒙疆全体の阿片収益は大きく改善されつつあるという噂が流れてきていた。

その時期から、青井少佐は汽車で北京や天津、それに大同、あるいは厚和など、遠距離の大きな都市によく出掛けるようになった。行き先によって、香本が一緒だったり、誠三郎だけだったりした。

こうした出張が増えると、詮索無用とは承知しながら、誠三郎の胸には、少佐の真の任務は何なのかという疑問が再び湧いてきていた。農民や業者の間に、興亜院蒙疆連絡部の方針を徹底させるのが任務なら、なぜ北京や天津にまで出掛けなくてはならないのか。

少佐の護衛という位置にいる訳だから、当然相手との会話は耳に入る。しかしその中身は、机上の書類を挟んでの数字と固有名詞のやりとりが多く、全身全霊を少佐の警護に向けている身としては、その内容までとても理解できなかった。しかし、そんな経験を幾度も積むうち、誠三郎にも少佐が何をしているのか、推測ではあったが、見当がつくようになっていた。

そういう大都市で訪問する相手は、農民でないのはもちろん、どう見ても業者という雰囲気ではない。そういう人たちは、恐ろしいほど警備の厳重な屋敷や、目つきの良くない連中のたむろする場所のさらに奥にいることが多かった。

そういう所に行くときは、少佐も誠三郎も軍服でなく私服を着た。胸には常に、実包を装填したあのドイツ製の大型拳銃を忍ばせている。そして多くの場合、いかにも凶暴で無慈悲な雰囲気を漂わせた男たちの間を通り抜けて相手に会うのである。身の危険を感じたことも一度や二度ではない。

自分の真の任務はこれだったと感じた。もしも襲撃されたら、自身を盾として少佐を守り且つ反撃する。そういう動きが一瞬でできる人間だと、相手には思わせる必要があった。不思議だったが、そういう場では、大廟での死闘を思い浮かべると腹が据わった。それどころか、あの少年を斬首した記憶までが、相手と睨み合う時の強烈な力となった。そして、仕事が終わった後、そんな体験を思い浮かべたことへの慚愧《ざんき》の念とともに、猛烈な疲労が誠三郎を襲ったのである。

天津での二日間の仕事から帰った夜、一人で少し飲んでから、誠三郎は香本の部屋の扉を叩いた。扉を開けた香本は、映画の中の西欧人が着るような、洋風の室内着をはおっている。

「遅く済みません」

「いいのよ。入って。ウイスキーがいい？　それともたまには日本酒にする？」

「ああ、はい、じゃ日本酒を頂きます」

「今夜はどんな難しいことを考えてたの？」

戸棚の前で背を向けて飲み物を用意している香本がその姿勢のまま言った。

「え、別に難しいことなど……」

香本は日本酒を、焦げ茶色の不思議な味わいのとっくりに入れて持ってくると、同じ色の大ぶりのぐい呑みに注いだ。

「遠慮なくいただきます」

「どうぞ。一昨日内地から届いたのよ」

口の中に芳醇な味と香りが広がった。

「ああ、これは……この酒はうまいです」

「そう、よかったわ。気に入ってくれて。で？」

「は？」

「何か話したいんでしょ」

「え、ああ、どうして分かるんですか」

「そんなの分かるわよ。あなたが黙りこくっているときは、いつだって何だか小難しくてややこしいことを考えているんだから」

自分に覚えはないが、今度の仕事で誠三郎はよくそんな顔をしていたのだという。

「また御法度《ごはっと》の少佐の任務の詮索？　なら無駄よ」

「いえ、自分はただ、命がけでやってる自分の任務の意味を知りたいんです。口外なんかしません。それも御法度なら、今日は質問しません。自分が話しますんで……違ってたらそう言ってくれませんか」

香本は返事をしなかったが、誠三郎は構わず話し出した。

「この国には日本軍が来る前から、産地での阿片収買から、全土の消費地での販売までつなぐ、どでかい裏世界の流通経路ができていた。そうじゃないですか。それは、今自分たちが訪問しているような、あちこちの親分衆や大金持ちや密売業者などが、蜘蛛の巣の網のように繋がった、そんな組織じゃないですか？」

香本は黙って酒を舐めている。

誠三郎は意を決して懸命に話し続けた。

「自分は考えたんです。外国から来た軍隊が、いくら武力でその国を占領しても、そのどでかい網の目まで自分の物にするのは不可能じゃないか。軍や興亜院がいくらハッパを掛けて自治政府に阿片を集めさせたって、流通しなきゃ話にならない……じゃないですか」

香本は表情を変えず、ラクダの煙草に火をつけた。

「ところが何年か前から、大量に流通していますよね。そういう流通の網の目に食い込んだのが青井少佐殿だったんじゃないかな、と自分は考えたんです。それを維持し管理する、そんな重要人物を自分は警護している……」

それを聞いた香本はため息をつき、苦笑いしながら煙を天井に吹き出した。

「あきれた人だわね。いつもそんなことばっかり考えてるの？　しょうがないわねえ。だけど評定は七十点というところね」

香本は誠三郎の話の内容を否定はしなかった。その代わりに、二つ意味深長なことを言った。

「彼が一人でやったわけじゃない。そういうネットワーク、あなたの言葉では網の目に、すごく顔の利く不思議な日本人が上海から来て、一緒にやったのよ」

　香本はそれからちょっと顔を引き締めて言った。

「この頃私たちが会いに行っている相手は、地域の親分もいない訳じゃないけれど、ほとんどがもっとずっと怖い人たちよ」

「そうなんですか……」

「いいこと、その人たちに睨まれたら、この国のどこに逃げても忽《たちま》ち消されちゃうと言われてるわ。ここ何回かの相手は、ほとんどがその組織の構成員だった。国民党政府にも、軍にもつながってる強大な組織よ。だから本気で言う。それ以上詮索しない方がいい」

　誠三郎はそれを聞いて、かつて誰かから聞いた「青幇《チンパン》」という、中国大陸全土に強大な力を振るう秘密結社のことを思い出した。確かに阿片の流通にも関わっていると聞いた覚えがある。

　自分はその組織から少佐を守っていたというのか。一人肩肘張ってそういう男たちを威嚇していたというのか。知らぬが故の度胸だった。しかし、それを知ったからといって任務が変わる訳ではない。明日からも同じように、命をはって少佐を警護しなくてはならないのだ。誠三郎は大きく深呼吸をした。最早、それ以上この件に関して香本と話す気持ちは失せていた。

　強大な秘密結社に関係するらしい、激しい緊張を要する任務は七月中頃まで続いた。神経をすり減らす日々の後にやってきたのは、それと全く対照的な、張家口のお役所まわりの穏やかな時間だった。ところがその頃から、誠三郎は予想もしなかった問題で苦しむことになった。

　夜中に嫌な夢を見て目覚めてしまい、その後寝付けなくなるのである。夢の内容は、最初は混沌とした意味の分からないものだった。不気味さと恐怖と焦燥が混じり合った苦しさで目覚めると、びっしょり寝汗をかいているのだ。

　その夢が次第に形をなしてきて、目覚めてからも内容を鮮やかに思い出せるものになってきた。ある夜は、銃剣を構えて突っ込んでくる敵兵を前に、体が動かなくなった夢で、恐怖の叫び声を上げて目覚めた。

別の夜は、無残な体となった佐伯や小菅たちが、誠三郎に助けを求めて群がってくる夢で、佐伯に抱きつかれて飛び起きた。喉がからからで心臓が激しく打っていた。

起きてしまうと、そのままではもう朝まで眠れなかった。部下のあいつらを戦死させて、自分は生き残ったという自責の思いにも苦しめられた。そうした時には酒をあおった。当然酒量は増えていった。しかし、この程度の時はまだ良かったのだ。昼間になれば何のことはない、多少の睡眠不足を感じつつも元気に働くことができた。

だが、こんな夢を見始めてひと月程経った頃、夢にあの目が現れるようになった。誠三郎が斬首した少年の目である。夢の世界の暗闇で、その目はただじっと誠三郎を見つめ続ける。声を上げて目覚めると、首から胸にかけて凍るような恐怖が流れ落ちた。

その夢にはやがて、目と共に斬首の直前の映像が現れるようになった。右手と左手を指一本開けて引き絞る。そして刀を振り下ろす。その時の手の感覚が鮮やかに甦った。誠三郎は声を上げて飛び起きた。胸は激しく鼓動し、冷たい汗をかき、口には生唾があふれた。

誠三郎は自分の精神が壊れ始めているのではないかと恐れた。しかし、昼間は意志の力で、何事もなかったかのように平然と任務をこなした。香本も少佐も、夜の誠三郎の苦悩になど、全く気付かない様子だった。しかし九月になると、異変は体に表れてきた。体は正直なのだ。

周りに誰かがいる時には何でもなかった。誠三郎が居室や執務室、あるいは出先の控え室等で一人になった時にそれは起こった。突然両腕の筋肉が硬直してしまうのである。

意識しないのに急に両腕が脇の下にくっつき、腕全体が強い力に支配されて、二つの拳を前に突き出したまま硬直してしまうのだ。まるで刀を前に突き出すかのような腕の形だ。それを自分の意志で緩めることはできず、その間呼吸も大変苦しい。そういう状態が五分程続くのである。

終わると、しばらくはぐったりとして、息を整えなくてはならなくなる。誠三郎は、運転中にこんな状態になったり、誰かの前でそれが起こることを恐れた。しかし、不思議なことに、仕事中や人のいる場所ではこれは決して起こらなかった。

ともかく、毎晩の夢との闘いに、孤独でいる時の体との闘いが加わったのだ。今後の生活に不安を持った誠三郎は、自分の体に厳しい鍛錬を強いてみることにした。それは朝早くか、駄目なら夕刻、木刀の素振り、走り込み、腕立て伏せ、腹筋などの運動を激しく実行することだった。

睡眠不足の身にそれは大変辛い修行であった。だが、それをやって自分が苦しんだ後は、心が不思議に安らぐのだ。悪夢の夜も、その後の眠りが深くなり、朝が早く来るように感じられた。

そんな九月の中頃のことだった。香本通訳が突然帰国することになった。身内に不幸があったのだということ。香本はそれ以上語らず、早朝にトランク一つ持って出かけていった。あとで車両担当の軍曹が言うには、郊外の軍の飛行場から飛行機で帰ったのだそうだ。

誠三郎は、香本という人間の不思議さをあらためて感じた。軍で働いているとはいえ、普通の人間が私的な用事で軍の飛行機になど乗れる筈がないのである。以前から、日常生活の水準の高さを不思議に感じていたし、何よりも通訳とはいえ、そして必要なこと以外話さないとはいえ、軍の中で女性言葉を使って堂々と生きているというのが、誠三郎の理解を超えていた。

その日の夕刻、誠三郎が執務室で、中隊長の形見の万年筆を使って、その日の報告書を書いていると、帰り支度をして一度は部屋を出た少佐が戻ってきた。

「ちょっと話しておくことがある」

少佐はソファーに誠三郎を呼んでそう言った。

誠三郎が前に座ると、少佐は煙草に火をつけた。

「香本君のことだ。どうだ、一緒に働いてみて、彼は実に優秀な通訳だろう。支那語、蒙古語を自在にあやつるのは知っての通りだが、英語にもロシア語にも堪能なんだ。だがな、ほら、話す日本語はあの通りの女言葉だろう。どうだ、君は香本の出自について疑問は持たないかね」

誠三郎は出自という言葉を聞き取れず、「は？」ととぼけた返事をしてしまった。少佐の鼻から、一瞬軽侮を示すかのように息が抜けたような気がした。少佐は言い直した。

「香本の出身家庭とか、学歴とかだよ」

「はっ、確かに不思議な方だと思っておりました」

「彼のお父上はな、実は有名な陸軍中将だ。そう言えばもう分かるだろう」

「えっ、あ、あの香本中将閣下でありますか」

誠三郎には、その人が「北支」で同じ作戦に参加した、歩兵師団の師団長だったという記憶があった。そのことを話すと、青井少佐は満足そうに解説した。

「そうだよ。今は東京の参謀本部におられる。その方のご子息だ。驚いたろう」

「は、はい」

「お父上としては、当然軍人にしたかったらしい。長男だからね。しかしあの調子だ。幼年学校に入れることもできず、その後も大分すったもんだがあったらしい。ま、結局軍人にすることは諦めざるを得なかったようだ。それでも、御国のために尽くす仕事をと、結局語学をやらせて軍の通訳にしたという訳だ。士官学校でも帝大でもなく、東京外語に入ったのだが、もともと語学の素養があったんだろうな。見てのように優秀な通訳として活躍している」

少佐はそこで言葉を切ると煙草をもみ消した。

「しかしなあ、帝国陸軍の将官の子息でいて、ああいう女言葉なんだから、当然苦労もしてきている。香本啓介っていうんだが、下の名前は言わないだろう。男っぽい名前で嫌なんだな。まあ、今はいい仕事をしてくれているのだから、仲良くしてやってくれ。これで軍の飛行機で帰った理由は分かっただろう。伯父上が、この方も将官なんだが、一昨日亡くなったのだ」

今朝方の車両担当の軍曹との会話が、少佐の耳に入ったのに違いないと思った。誠三郎はあらためてこの組織の不気味さを感じた。

香本がいない最初の頃、誠三郎は夜になると集会室の隅に座って、中隊長の形見の漢和辞典の文字を、同じ形見の万年筆を使って、帳面に書き写すことで過ごした。集会室には就寝時刻までたいてい誰かがいた。

書写に疲れると本を読んだ。司令部には図書と資料を集めた部屋があり、担当者に通せば簡単に本を貸し出してくれた。クラウゼヴィッツの『戦争論』などという難しい本も手にした。

体の鍛錬と漢字練習、難しい本で眠気を誘い、一気に入眠するというのが、夜に恐怖を持ち始めていた誠三郎にとって効果的なやり方だったのだ。

ある夕方、走り込みで汗を流した後、誠三郎はふと思いついて、久しぶりにビールを飲みに出かけることにした。私服に着替えて表に出て、停まっていた洋車を拾い「カフェー日本」に向かった。

香本に言われたように、拳銃を隠し持って行った。夜は大分冷たい風が吹くようになっていた。この店には香本と以外は来たことがなかった。今日は一人だったので、テーブル席でなくカウンターの椅子に座った。

比較的客が少なく、手の空いていたらしい女給が、すぐに注文を取りにやって来た。

「ああ、いらっしゃいませ。どうぞ」

笑顔でそう言っておしぼりを手渡したのは、髪を赤い髪留めでまとめている目のくっきりした女給だった。和服と白いエプロンが近寄ったとき、髪の香とも香水ともつかぬいい香りが誠三郎の鼻腔《びこう》に届いた。そして、視線を合わせてきた彼女の黒い瞳は、誠三郎の胸の鼓動を高めたばかりか、なぜかたまらない懐かしさを覚えさせた。

「ああ、そうだね、ビールをもらおうか」

言いながら誠三郎は、自分の胸が激しく高鳴り赤面しているのに気付いていた。

「はい、かしこまりました」

女給は背中を見せて奥に歩み去った。誠三郎はひどくうろたえながら、今の懐かしい感覚は何だろうと考えた。前に会っているとかそういうことではない。この感覚は何なのか。誰かに似ているというのか。それも思い当たらなかった。

彼女が今度来た時に何か少しでも話をしてみよう。そうすればその理由が分かるかも知れない。黙ってこのまま終わったら絶対に後悔する。そう思った。自分がそんなことを考えているのが驚きだった。

「お待ちどおさまでした」

「ああ、ありがとう」

彼女はビール瓶の栓を抜いて酌をしてくれた。胸に「智恵子」という名札をつけている。何とか話をしなくてはならない。誠三郎は次第に焦ってきた。

そもそも誠三郎は、この年まで女性と付き合ったことがなかった。口下手であがり症で、女性に対してうまく自分の意思を伝えられなかった。だから若い頃から曖昧屋《あいまいや》などに誘われてもうまく断っていた。

運送屋に勤めていた頃、同い年の事務の女性と、一度だけ近くの川縁に出かけて話したことがある。その時も、思っていることを言葉に出すと、全部本当でなくなってしまうようで、何度もぶざまに口ごもってしまったのだった。その女性とはそれきりだった。

しかし、今日だけはどうしても話をしなければならない。本能的なものが誠三郎にそう語りかけていた。

「智恵子さん、ですか。一杯どうですか」

「はい、いただきます」

智恵子という女給は、誠三郎の隣に座って酌を受けグラスを合わせた。グラスを支える白い指を見ながら、誠三郎は懸命に次の言葉を探した。

「……」

「軍人さんでいらっしゃいます?」

智恵子の方から話し掛けてくれた。

「分かるんですか」

「ええ。駐蒙軍のほうの方の雰囲気」

「ほうというと?」

「憲兵隊のほうの方じゃないってこと、ですわ」

「それはどうしてですか」

「どうしてっておっしゃっても……そんな感じがするとしか……」

誠三郎は自己紹介する必要を感じた。

「まず……ええと、自分は岡田誠三郎といいます。おかは岡山県の岡、あと田んぼの田に、せいは新撰組の幟《のぼり》の誠、それに三男坊の三郎です。東京府西多摩郡の五日市の出身です」

誠三郎が必死でそれだけ言うと、智恵子は口を押さえて笑い出した。

「おもしろい方。そういう自己紹介、初めてですわ」

「はは、いや、そうですか」

「何かお召し上がりになります?」

「お勧めの物を出してください」

誠三郎は頭をかきかきそう言った。

「承知しました」

智恵子はそう言って腰を浮かせかけたが、もう一度椅子に体を戻すと、誠三郎の耳の近くに顔を寄せてささやいた。

「緊張なさらないで。お家に帰ったおつもりで、ずっと黙っていらしてもいいんですよ」

にっこりと笑った彼女の髪のかぐわしい香りが、再び鼻腔に届いた。誠三郎は真っ赤になって、声を出さずに三度首を縦に振った。誠三郎は彼女の好意が嬉しくて、そこでようやく気持ちが落ち着いてきた。

それから誠三郎は、料理をつまみながら、ぽつぽつと自分の話をし、また智恵子に質問をした。智恵子は神奈川の川崎出身だと言った。誠三郎が貧しい百姓出身だというと、彼女は貧しい職工の娘だと言った。看護婦になろうとして、天津の個人医に住み込みで就職したのだが、父親が働けなくなり、実家に仕送りするためにこの世界に入ったのだと言う。

「初めてのお客様にお話しすることではなかったですね。ごめんなさい。どうぞお忘れになってください」

智恵子は最後にそう言った。

話しながら誠三郎は、この女性の瞳に時折寂しい影がよぎるように感じていた。それは何なのか。それを知りたいという思いが募った。酒のせいだろうか。この人のことを知りたい。誠三郎はそう強く感じた。

料理を食べ、酒も飲んで、明日のことを考えれば引きあげねばならぬ時刻だったが、名残りが惜しかった。

「今度来た時に、今日のように君に相手をしてもらえるだろうか?」

「もちろんです。光栄ですわ。私のような年増でよろしいのなら、おいでになった時にそうご指名なさって下さい。でもほら、ここにはもっと若い娘たちがたくさんいますのよ」

そう言われてみれば、奥の方でまだ十六、七と思われる女性たちが五、六人もいて談笑している。

智恵子は確かに、今年で満二十一になった誠三郎と同い年か、もっと上かとも思われるような、居ずまいの落ち着きが感じられた。それでいい。この人とまた会いたい。誠三郎はそう強く思い、かつて味わったことのない充足感の中で洋車に乗り込んだ。久しぶりの、夜の恐怖を忘れられた時間であった。

第八章　久　美

　一九四〇（昭和十五）年秋、大陸の風が冷たさを孕《はら》み出したある平日の夜だった。早瀬久美は、仲間の女給たちから少し離れたカウンターで、雑誌を拾い読みしていた。奥の方に数組の客が入ってはいたが、「カフェー日本」の女給たちの多くが暇をもてあましていた。

　柱時計を見るとまだ午後八時前である。久美が雑誌に目を戻したその時、ドアが開いて鳥打ち帽を被った一人の若い男が入ってきた。久美はその姿を一目見て、男が過去に一度来店したことがあるのを思い出した。その時は確か軍服を着ており、時々来る女言葉の優男と一緒だったという記憶があった。

　久美が立ち上がると、その男は少し照れたような様子でこちらを見た。そして、カウンターの隅に座っていいかという仕草をした。久美はどうぞという動作をしながら、急いでおしぼりを持って挨拶に行った。

「いらっしゃいませ。どうぞ」

　おしぼりを渡すと、男は恥ずかしそうに視線を外して受け取り、ビールを注文した。多分、こうした場所に慣れていない人なのだろうと久美は思った。軍人の客の中に時々いる、武勇伝と自慢話ばかりで、女給を召使い扱いするような人でないのはすぐ分かった。

　奥からビールを持って行ってお酌をすると、久美の胸の名札を見ながら言った。

「智恵子さん、ですか。一杯どうですか」

　きつそうな一重瞼の目だが、ビール瓶を上げてそう言った笑顔は穏やかだった。

「はい、いただきます」

　源氏名を呼ばれて、久美はカウンターの上からグラスを取った。グラスを合わせてふと見ると、そんなに大きな人ではないのに、男の手の作りはとてもがっしりしている。川崎の鉄工所で働いていた父親の手に似ていた。

　乾杯してグラスを置いたあと、男は首を動かしたり手を擦り合わせたりした。次の会話の言葉を探しているようだった。

「軍人さんでいらっしゃいます？」

　智恵子の方から話し掛けた。

「分かるんですか」

　前にあなたが軍服で来たのを見たとは言わなかった。それは今の会話には余計なことだ。

「ええ。駐蒙軍のほうの方の雰囲気」

「ほうというと？」

「憲兵隊のほうの方じゃないってこと、ですわ」

「それはどうしてですか」

　憲兵は、久美にはすぐにそれと分かった。目つきが鋭いなどという単純な問題ではない。穏やかな目をしている憲兵もいる。だが、そういう人にも、自分は他人の心の中まで支配できるのだというような、横柄な視線の動きを、久美は感じてしまうのである。この店には私服の憲兵もよく来る。そんな時、久美のその判定は割に良く当たった。

　だがそんなことも今は言わなかった。

「どうしてってておっしゃっても……そんな感じがするとしか……」

　久美がそういうと、男は突然咳払いをして自己紹介を始めた。声が上ずっている。

「まず……ええと、自分は岡田誠三郎といいます。おかは岡山県の岡、あと田んぼの田に、せいは新撰組の幟《のぼり》の誠、それに三男坊の三郎です。東京府西多摩郡の五日市の出身です」

　聞いていた久美は、思わず噴き出してしまった。厳しく強い意志を持つ外見なのだが、内面は真面目でうぶな、そしてきっと女性経験の少ない人なのだろう。久美は商売上の警戒心を解いて、「おもしろい方」と笑顔で言った。

　それを機に、二人の間は一気に打ち解けた雰囲気になった。男から料理の注文を受けて久美は立ち上がりかけたが、もう一度椅子に腰を戻した。そして半分いたずら心で、岡田誠三郎の耳に口を寄せて小声で言った。

「緊張なさらないで。お家に帰ったおつもりで、ずっと黙っていらしてもいいんですよ」

　初めての男性客にこんなに馴れ馴れしく接することは普段はない。久美は自分の心の動きが不思議だった。しかしすぐに、それはこの男に弟のような雰囲気を感じたから、と自分に言い訳をした。ここしばらく、理由のない寂しさに気持ちが塞ぐことも多かった。そんなこともあったかも知れない。

カフェーにも様々あるが、ここは春をひさぐ女たちを置くような店ではない。もちろん男性の飲み客相手の仕事だから、一部には自由恋愛と称して、客と夜を共にする同僚もいる。しかしそれは、あくまで女給個人の選択である。店としてそうした行為を推奨している訳ではない。

久美自身、客と深い仲になったことはあるし、困った時にその人から金銭的な援助を受けたこともある。しかしそれは、気持ちのつながりが二人の間にあったからであり、決して売春などと呼ばれる関係ではない。久美はそう思っている。そして、今日のこの岡田という男に、久しぶりにそうした商売抜きの気持ちが動き出しそうな気がしてしまったのだ。

岡田誠三郎と名乗った男は、料理をつまみながら、彼の故郷のことをぽつぽつと話した。水呑百姓の三男だったから、十七になったらすぐに兵隊に志願したのだそうだ。高等小学校にも行けなかったのだけれど、本をたくさん読んだ、それは祖父の影響と、もうひとつ、五年生の時の先生に励まされたからなのだということを話した。

そして、その先生がどんなに優しくて素敵な人だったかを、岡田は懸命に語った。久美は不思議に思った。自分の生い立ちを、こんなに飾らず話す人は初めてだった。今は立派な身なりをしているのだから、どこかのお大尽の息子だと威張っても分からないのに、高等小学校に行けなかったことまで話して聞かせる。嘘をつけない人なのだろうと思った。

そして、自分のような女給に対してこのように接してくれることに、久美は一種の感動に似た思いを抱いた。そのうちに、いつしか久美も自分の生い立ちを語って聞かせる心持ちになっていた。

「私の家も同じですわ。とっても貧乏で……」

話し始めてしまってから、久美の胸は当時の記憶によって不快に波立った。

久美には、生涯忘れることができないだろう屈辱の記憶がある。それも十七歳の時のことだ。将来を誓った、幼なじみの恋人との信じ難い別離である。当時、久美は製糸工場に女工として勤めており、恋人も別の工場の職工だった。ある夜久美は、工場を退け際に工場長に呼ばれ、空き部屋で強引に体を奪われた。激しく抵抗したが大男の工場長にかなう筈もなかった。工場長のそうした噂は聞いたことがあったのだが、まさか自分が対象になるとは思いもしなかった。

その夜、話を聞いて激怒した父が、工場長の家に押しかけた。しかし、しらを切られたばかりか警察を呼ばれ、父は一晩留置されてしまった。少し酒が入っていたのも災いした。その翌朝、知らせが来て久美は工場を解雇された。

噂は地域にたちまち広がった。抗議しようにも方法がなかった。こうなると、女にとっての最悪の結果に行き着く。女の側に油断と落ち度があったという話が伝わってきた。それどころか、久美の方が誘いを掛けたらしいなどという噂まで流された。

何より悲しかったのは、最初は味方をしてくれていた恋人から、突然別れを告げられたことだった。屈辱と悲嘆に打ちのめされた久美は、家を出て東京上野で小料理屋の住み込みの女給となった。生活は乱れた。

一年半後、体を壊して兄に家に連れ戻されてから、久美は幾度も自死を考えた。汚れて傷だらけの愚かな自分を、この世から消してしまいたかった。だが死ぬことは簡単ではなかった。最後の最後、死ぬ代わりに、死ぬ気で生き直そうと大陸に来たのだった。

久美は、そんな記憶を振り払うように話していった。

「父は川崎の小さな鉄工場の職工でした。母は別の工場で、寮の賄いをしていました。六人きょうだいで、私は上から三番目。上の兄は志願で海軍さん。二番目の兄は生まれてすぐ亡くなりました。妹は縁があって県内の農家に嫁ぎました。上の弟はやはり工場勤めをしています。勉強のできる末の弟を上の学校にやりたくて、十九の時にこっちに来たんです。内地よりお給料がいいですから。最初は、口入れ屋に頼んで、天津の個人医に、見習い看護婦として入ったんですよ。半年間、そこでお手伝いをしながら勉強しました」

初見の客にそこまで詳しく話すのかと、自分自身に驚きながら久美は続けた。

「半年した頃、父親が肺を病んで倒れてしまい、手っ取り早くお金の取れるカフェー勤めに転身したんです。憧れの看護婦資格は諦めました。末の弟は、この春やっと師範学校に進みました。少しほっとしていますわ」

天津で世話になったのは、加藤という小児科医だった。加藤医師には、もう少し頑張って看護婦資格を取るようにと強く勧められたのだが、久美は看護婦への道を諦める苦しい決断をした。母と弟の給金では父の医療費まで回らなかったのだ。久美の決意が固いことを知った加藤は、「少し遠いが」と、張家口のこのお店を紹介してくれたのだった。

耳を傾ける岡田の表情は、久美の語る過去を一つひとつ辿りなおすかのように静かに動いた。いいところだけ選りだしたような身の上話を、真剣に受け止めているのだと、久美は少し申し訳ない思いを持った。

「初めてのお客様にお話しすることではなかったですね。ごめんなさい。どうぞお忘れになってくださいい」

久美は最後にそう言った。

それから岡田は今度来た時にも、久美に相手をしてもらえるかというようなことを、アルコールでほんのり赤くなった顔で尋ねてきた。久美は半分嬉しかったが、この真面目そうな男は、遊び心ではなく、自分の心身の深い所まで真剣に求めてきそうな気がした。それはまたそれで煩わしかった。身の上話をしたことを悔いる気持ちも湧いていた。

だから、この店にはもっと若い娘がたくさんいることや、自分がここでは「年増」と言われる年齢なのだということも話した。多分、久美の方が岡田よりも一つ二つ年上だろう。あなたが深く心を通わせたいなら、それに相応しい女性はいくらでもいる、私はお店で楽しくお話しする相手、それ以上にはならない女よ、と言いたかったのだ。

岡田は最後に「今日はどうもありがとう」と久美に丁寧な礼を言って帰って行った。洋車に乗る岡田を見送りながら、久美は彼がなぜ礼を言ったのか考えていた。ああいう話ができたということへの礼なのだろうか。そうだとすると、煩わしく感じたり、話をしたのを後悔したりして悪かったかな。そこまで考えて、何をうぶな感傷にひたっているのかと、久美はおかしくなって首を振りながら店に戻ったのだった。

その翌日の午前中、久美が店に出る支度をしている時のことだった。部屋の入り口のドアが激しく叩かれた。久美たち「カフェー日本」の女給のほとんどは、店主が借りたいくつかのアパートや旅館に住んでいた。久美の部屋もそれで、店から歩いて五分ほどの煉瓦造りのアパートだった。

女給仲間だったら、ドアをこんなに強く叩いたりはしない。

「はい、すぐ開けますから、ちょっとお待ち下さい」

そう言いおいて、久美は慌てて衣服を整えた。そして玄関で訪問者に問いかけた。

「あの、どちら様でしょう」

「領事館の者だ。早くここを開けなさい」

久美が鍵を開けると、背広に中折れ帽をかぶった二人の男が、久美を押しのけるようにして部屋に入って来た。

一人がいきなり、戸棚を開けたり寝台をまくったりし始めた。ぎょろ目であばた面の薄気味悪い男だが、見覚えがあった。久美は相手をしたことはないが、確かに店に来たことがある男だ。

「何をなさるのですかっ。一体あなたたちは……」

「領事館警察の者だ。早瀬久美だな」

二人のうち、上役らしい四十がらみの口髭をたくわえた男が、久美の前に立って憎々しそうに言った。上背に比べて肩幅の広い、相撲か柔道の選手のような体型だ。

「私が早瀬久美ですが、いきなり人の部屋に入って、失礼じゃ……」

「何だとっ、貴様、アカの係累のくせに」

口髭が唾を飛ばして言った。

「そうだ、人並みの口をきくなっ」

ぎょろ目の男が振り返ってそう怒鳴ると、久美の机の引き出しを中身ごと床にひっくり返した。久美は何のことを言われているのか、全く思い当たらなかった。

「一体、アカって……」

口髭が、口ごもる久美の肩を恐ろしく強い力でいきなりわしづかみにした。

「痛いっ」

久美は叫びながら押し倒されて床に膝をついた。口髭が耳元で大声を上げた。

「早瀬孝治は貴様の弟だな。今どこにおる。隠すと為にならんぞ」

ひどく臭い息が顔に掛かった。

「孝治って、孝治が、何かしたのですか」

久美の背筋は凍り付いた。刑事が弟の名前を知っている。弟に何があったのか。領事館には警察があって、店にも時々巡回に来るのは知っていた。内地の特高警察のような仕事をしていると聞いていたが、久美は自分には全く関係のない所だと思っていた。

「孝治は貴様の弟で、京浜の職工だな。間違いないな」

「はい、孝治は私の弟で、川崎の鉄工場で働いています」

「きゃつは今どこにおる」

「中原の実家から工場に通っている筈です」

「馬鹿野郎っ、実家にも工場にもいねえから探しとるんだ。貴様、居場所を知っとろう」

「知りません。実家にいる筈です」

久美は驚きに震えながら叫んだ。

その時、机の引き出しをひっくり返していたぎょろ目の男が声を上げた。

「主任、手紙がありました」

「ああっ、それは……」

久美は叫んだ。机の引き出しにあったのなら、何ヶ月か前に届いた末の弟・賢三からの手紙の筈だった。孝治からはもう一年あまりも音沙汰がない。

「見せてみろ」

主任と呼ばれた男は、封筒から便箋を乱暴に引っ張り出して読み始めた。

「へえ、親父が病気で母親は賄い婦か。この賢三って奴は末の弟だな。ほほう師範学校に入学したのか。ふうん、アカの弟が将来の訓導だってかい」

久美はようやく、自分ら姉弟が大変な事態に陥りかけていることを理解した。孝治への誤解を解くしかない。

「アカって、孝治はアカなんかじゃありません。何かの間違いです。あの子はそんな人間じゃありません」

久美は「アカ」がどんなものなのか正確には知らぬまま、自分の持つ、「アカ」は冷酷で恐ろしい強盗のような連中という印象だけでそう言った。

「こっちはなあ、内地から確かな情報を受け取っているんだよ。今年の五月、京浜に巣喰っていた共産党の一味が検挙されたんだ。根こそぎならよかったんだが、何人かが逃亡した。その一人が孝治なんだよ。国外に出たかも知れんのでな、調べとるんだ」

「そんな、何かの間違いです」

「ようし、ふふん。その様子だと孝治は、ここにはまだ来とらんようだな。いいか、今日以降、何か連絡があったらすぐに知らせるんだ。店からここに電話せい。すぐにだぞ。隠したらお前も同罪だ。いいな」

　そういうと主任は、電話番号の書かれたメモ用紙を、ひざまずく久美の目の前に落とした。主任の、磨き込まれた革靴が玄関の方に歩くのが見えた。孝治が、あの孝治が警察に追われている……。

　その時突然久美は顎を掴まれて、目の前にたばこ臭い息とぎょろ目のあばた顔が迫った。

「ふうん、こんなんじゃなくてよ、ゆっくり遊びに来てやってもいいんだぜ」

　男の顔の皮膚は、爬虫類《はちゆうるい》のそれを思わせた。久美は顎を引いて、思いきりその手を払いのけた。唾を吐く音がして靴音は去った。


　刑事たちが去って少しすると、このアパートに住む同僚たちが心配して集まってきた。

「智恵子姐《ねえ》さん、大丈夫ですか」

　隣の部屋の、みどりという若い娘が久美を抱え起こして、椅子に掛けさせてくれた。

「ガマの野郎がいたねえ。全く、あいつ、いけ好かないったらありゃしない。今度店に来やがったら只じゃ置かないからね。ねえ大丈夫かい、智恵ちゃん」

　肩に手を置き、煙草で掠れた声でそう言ったのは、古株でこの宿舎のリーダー格の妙子という女給だ。

　ぎょろ目の刑事がガマというあだ名なのだということを、久美は意識の遠くで認識していた。なかなか興奮は冷めなかった。もう一人の古株で、本当かどうか京都出身ということを売りにしている女給が、後ろの方からわざとらしく言う。

「アカって言うてはりましたけど、アカは怖いどすえ。天子様にたてつこういうお人たちどす。あんたはんたちも気い付けはった方がよろしおすえ。クワバラクワバラ」

　頭を抱えるようにして、そう言いながら部屋を出ていく。すると何人かが後に続いた。

「全く、だから何だってんだい。弟がアカだって、姉ちゃんに関わりはないやね。くそったれ」

妙子が怒りのこもった声で言った。久美はその言葉で、自分が早く気持ちを立て直さねばと思った。

「ありがとう妙子姐さん、みんな。もう大丈夫。きっと何かの間違い。弟はそんな子じゃないの。人一倍優しい子だった。だから……」

それから久美は、同僚に助けられて部屋を片付け、店に出る準備をした。同じような境遇を生き、共感してくれる仲間がいることのありがたさを、久美はしみじみと感じた。

領事館警察の二人の刑事は、店主の所にもやって来ており、孝治について話していったらしかった。久美は、店に出るとすぐに店主に呼ばれた。

もしかするとクビかと、久美は身構えざるを得なかった。しかしそれは杞憂《きゆう》だった。店主の五十嵐辰巳は久美をソファーに座らせ、茶まで出してくれた。五十嵐はまだ四十代と言われているが、両脇に僅かに髪を残した禿頭である。かつては銀座辺りでならした人で、モダンボーイのはしりだったという噂だが、今の風貌からそれを読み取ることはできない。

五十嵐はどっしりとソファーに腰を埋めて、ゆっくりと話し出した。

「嫌な奴が来たね、全く。うちはね、弟さんがアカだろうがクロだろうが、あなたには今まで通り働いてもらうつもりですよ。それは安心してくれていい。ただね、その彼から郵便が届いたり、まさかこんな所まで逃げて来られるとも思わないけど、何か連絡があったら、すぐに領事館に届けること。それは、約束して欲しい。うちも警察には営業の許認可権を握られてる訳だからね。あなたと心中する訳にはいかないんだ。だから、いいね」

「はい」

「手紙も書きたいだろうけれど、今は止めておきなさい。全部読まれると思った方がいい。そうなるとかえってややこしくなるからね」

「はい」

実家への仕送りを続けてきた久美には、蓄えという程の貯金もなく、帰国という選択肢は考えられなかった。唯一それが可能だとしたら、誰かの援助を得ることだ。久美はこの五十嵐には随分世話になってきた。この上、雇い続けてくれること以上の援助など、とても望めなかった。

「一時帰国なんて考えたら駄目だよ」

五十嵐は、まるで久美の心の中を見透かしたかのように言った。

「帰って何ができるかね。落ち着いて考えてご覧。あそこはもう、かつての日本じゃない。大震災前だったらねえ、たとえアカだからと追われていても、まだ逃げ隠れもできただろうがね。今は駄目だ。私が東京にいた大正九年、十年頃は、あっちこっちで職工たちがでかいストライキやってね、八幡製鉄の溶鉱炉の火が消えちゃったりもしたもんだ。メーデーだ何だと、何万人も集まってデモンストレーションをやってねえ。いやいや、私がそんなことに関わってたって訳じゃないよ。だけど、あの頃は何でも言えて、好きなことができた。今よりずっといい時代だった。今はとんでもないよ。あちこちに特高と憲兵の監視の目が光ってるし、普通の人もそんな目でお互いを見てる。弟さん、可哀想だけどそんなに日が経たないうちに捕まるよ。ま、その時には差し入れや何かも必要になる。どうするかはその時に考えようじゃないか。私もできるだけのことはさせてもらう」

「済みません。本当にありがとうございます」

五十嵐という人が、内地で何をしていたのかは知らない。ただ、久美たちのような境遇の女たちを、親身になって面倒見てくれる人間であることだけは確かだった。紹介してくれた加藤医師に改めて感謝した。

そのことがあってから三日後、岡田誠三郎が再び久美に会いに来た。その日は、店にあるラジオ受信機から、日独伊三国同盟が締結されたというニュースが幾度も流されていた。

それが話題となり、テーブルにいた初老の男性客が、両脇の女給たちに「これで国民党軍とドイツが完全に切れる」と言った。女給たちはみな、意味がよく分からないという顔をした。そこで客は、向かいに座る久美も入れた三人の女給に向けて、身振りたっぷりに解説を始めた。

そのテーブルにボーイが来て、久美に耳打ちしたのは丁度その時だった。岡田という客が指名しているというのだ。あの人、本当にまた来た。久美は客の難しい話から解放された思いで、ボーイが伝えたテーブルに向かった。

　歩きながら、岡田に変な希望を持たれないようにと気持ちと表情を引き締めた。ここしばらく久美の気分はあまりすぐれない。あの早朝の事件以来、弟孝治のことが胸から去らないのだ。

　テーブルの岡田は今日も私服だった。

「いらっしゃいませ」

「ああ、智恵子さん、自分、また来ました。随分忙しそうですね。こんな時、自分の所に来てもらってもいいんですか」

　岡田はおしぼりを使いながら、まぶしそうに目を細めて久美を見た。久美は商売用の笑顔で応えた。

「はい、もちろんです、大丈夫ですわ。お飲み物は？」

「ビールと、肴もこの間と同じで……」

「はい、少しお待ち下さいね」

　久美は奥に注文を伝えながらまた考えた。今日はどんな話をするつもりで来たのだろうか。自分の過去はもう、これ以上語る気にはならなかった。

　こんな場合、自分中心に話を続けたり、自慢話ばかりする客の方が、岡田のような寡黙な客よりも、女給の気持ちは楽なのだ。久美はそんなことを胸に、岡田の向かい側に座った。二人でグラスを合わせると、おもむろに岡田が口を開いた。恥ずかしそうに、久美の目に時々視線を合わせながら話す。

「実は、内地に帰っていた同僚が、明日戻って来ることになりました。香本という人なんですが、そうすると、これからは、その香本さんと一緒に来ることが、多くなります、きっと。それで、今日はゆっくり、智恵子さんと話したいと。ああ、これからも、もちろん、一人でも来ますが……」

　訥々《とつとつ》としたその話し方で、久美の気持ちが少しだけ明るくなった。

「ええ、お一人でもいらしてください。いつでもお待ちしていますわ」

「はい」

　その時久美は、岡田の目の下に隈ができているのに気付いた。前回の時にはなかったと思う。今日は何かひどく疲れた感じを受ける。

「お仕事、大変なんですか。とてもお疲れのように見えますわ」

「え、ああ、ここのところ、毎晩、根を詰めて文字を書き、本を読んでいるからかな」

「ああそうですの。それならよかった」

「ええとですね。今日は、智恵子さんの小さい頃の話、聞かせてくれませんか」

「小さい頃、ですか……」

そら来た、と久美は思ったが、厭な記憶と繋がらない尋常科の頃の話でもしようかと思った。

「はい、是非」

その時久美は、入り口に続く通路の先から、一人の背広姿の男が歩いてくるのを見た。まぎれもない、あの領事館警察のガマだった。

ガマはずかずかと、久美のいるテーブルに近づいて来る。久美の背中に悪寒が走った。

「おお、早瀬久美さんよう。色男を引っ張り込んで、商売熱心なこったな。いいか、もう一度言っておく。弟から連絡があったら、真っ先に電話、忘れるなよ」

ガマはそう言っておいて、岡田の方に顔を向けると慇懃《いんぎん》な調子で言った。

「それじゃまあ、お兄《あに》いさんにはごゆっくり。お邪魔さまで」

ガマはそう言うと、来た方角に再びガニ股で戻って行った。その様子では、今日の目当ては久美だったように思える。久美は肌が粟立《あわだ》つような嫌悪を感じた。

「失礼な人だね。誰ですか、あれは」

久美は、こうなったらもう、この岡田を信じてある程度の事情を話すしかないと思った。話を聞いて驚いて帰ってくれれば、そして自分を恋愛対象から外してくれるなら、それはそれで助かる面もある。ガマが現れたことで、そういう選択肢ができたのだ。

先ずは、久美の本名のことを話さなくてはならない。岡田が名乗ったのに、自分が源氏名で通すわけにはいかない。

「ごめんなさい。私的なことなんです。その前に、もう一度ごめんなさい。私の本名は早瀬久美といいます。日の下に十のほうの早い、川の浅瀬の瀬、久しいに美しいです。早瀬久美です。でも、お店では、どうぞ智恵子と呼んで下さい。お願いします」

前に岡田が自己紹介したと同じように、久美は自身の名前を解説した。

「は、早瀬久美さん……ですね。分かりました」

岡田が真剣な表情で言った。

それから久美は、数日前の事件の経過を少しずつ話した。岡田は眉根を寄せて、厳しい表情で話を聞いている。

「驚かれたでしょう。でも何かの間違いだと思うんです。刑事さんはアカだと言ってますけれど、弟がそんな悪いことをする人間だとは、私にはどうしても思えないんです。先日お話ししましたけれど、末の弟がいま師範学校に通っています。兄が、そんな疑いで警察に追われるようなことになっていると、弟にも影響があるのでしょうか。それも心配で……」

岡田はしばらく黙って下を向いていたが、何かを決意したように顔を上げて言った。

「本国からこんなに遠い、張家口の警察までが動いているとなると、内地の師範学校の学生である弟さんの所にも、当然特高警察の調べが行っていると見た方がいいですね。でもね、直接の関わりがなければ、今まで通り勉強は続けられると思いますよ」

「そうでしょうか。それなら安心ですけれど」

「それよりも聞かせてください。上の弟さんというのはどんな人だったのですか」

「ええ、とても優しい子で、昔から小さい子の面倒をよく見るので近所でも評判でした。孝治という名前なんですけれど、勉強もできて、貧乏だったのにいつも級長でしたし」

久美の胸に孝治の明るい笑顔が浮かんだ。よく笑う子だった。

「職工になってからも、真面目に働いている筈で……絶対に真面目に勤めている筈なんです。あの子は悪いことのできる人間じゃないんです……」

話しながら涙が溢れてきた。久美は孝治について、そんなありきたりなことしか言えないのが悔しかった。

「久美さんが、いえ、二人の間ではそう呼ばせて下さい。久美さんの言われるように、孝治君は、きっと信頼できる人なんでしょう……久美さんは覚えてくれていますか、この間話した、自分が小学校五年の時に教わった、女の先生のこと」

「え、ああ、きれいな優しい方で、思いやりとか何でしたっけ、かけがえがないという言葉を教えてくれたと……」

「ええ、河野美紀子先生というんです。その先生、急に辞めてしまったってあなたには言ったけど、本当は警察に捕まったらしいんです。『アカ』だって言われて」

久美は驚いて、しばらく言葉が出せなかった。

岡田が尊敬していたという先生も、アカと言われて警察に捕まった……そんな、まさか。それじゃ、「アカ」って一体何だろう。そう久美は思った。

何年か前に、大森かどこかの銀行に押し入った、覆面をしてピストルを持ったギャングが共産党だと報道された。久美は「アカ」というイメージを、その恐ろしい悪党たちに重ねていたのである。

「アカというのは、共産党のことで、私有財産を否定し、この国の国体を変えようとする恐ろしい集団だと、自分は教わってきました。だけど、その恐ろしい集団と、河野先生が、どうしても重ならない。そして今、孝治君の話を聞いて、同じなんだなと……」

久美はこの時、弟を信じなくてはならないと思った。どんなことがあっても信じなくてはならないと、岡田のその話を聞いて心を決めた。岡田が河野先生の記憶を大事にして、ずっとその先生を信じて生きているように、自分も何があっても孝治を信じていよう。そう心に決めたのだった。

その夜以降、ガマが時々店に顔を出すようになった。その都度必ず久美を指名したが、店の者たちの機転で相手をしなくて済んでいた。岡田誠三郎もまた、香本と一緒だったり、一人だったりで、よく店に現れるようになった。

岡田誠三郎が一人で店に来た時には、余程のことがない限り久美が相手をした。久美は弟の話を聞いてもらって以来、岡田誠三郎とは、これまで出逢った男たちに対するのとは全く違った感覚で向き合うようになっていた。それは恋愛に繋がる感情だと気付いていた。そして、そうと認めてしまってからは、それは自分自身ではどうにも押し留めようのない、気持ちの激しく強い流れとなっていったのだった。

しかしながら久美は、自分が女としての当たり前の幸せを求められる人間だとは、決して思っていなかった。あの十七、八歳の一年半あまり、久美はどれだけ絶望的で乱れきった暮らしに身を落としていたことか。考えてみれば、赤ん坊を産める体かどうかだって分かりはしないのだ。酒に浸り、死に向かって自分の体を虐待し続けた日々だった。久美は苦く苦く思い出す。久美はあの頃を思い出してしまうと、今でも反射的に死という言葉が口に上りそうになる。人がいない時は声になる。「死んだ方がいい、死になさい」と。

久美は上野以来ここまで、恋愛関係になるような男性との関わりを持とうとしなかった。たった一人だけ例外がいた。内地に妻子がいる商社勤務の初老の男だった。落ち着いた静かな人だった。地位があるらしく、実家が困っていた時に、ぽんとお金を融通してくれた。その人が内地に帰るという前の晩に男女の関係になった。恋愛というより、父のような包容力を求めてしまったと言った方がいいかも知れない。

今久美が岡田誠三郎に抱いているのは、それとは全く違う、女としての思いだった。二人の関わりが更に深くなってもいいと思う。ただ、自分の歩んできた過去が消せない以上、二人の関係は、この張家口という街で、彼と自分がここにいられる間だけのものでなくてはならないと考えていた。久美は、今の自分が、今の岡田誠三郎と、今という時に深く心をつなぎ合わせられればそれでいいと思っていたのだ。

こうして月日は流れゆき、久美は誠三郎との距離を急速に縮めていった。誠三郎は力一杯久美を求めてきた。深夜まで、寒い街路で待っていることもあった。久美の心の深い所がそれを受け容れるよう訴えていた。そして乾いた雪が舞う頃には、誠三郎が久美の部屋に泊まるようになるまで、二人の関係は進展していったのである。誠三郎の苦悩を久美が知ったのは、そんな頃のある一夜のことであった。

第九章　記　憶

季節外れの十一月の砂嵐が、張家口の街に吹き荒れた寒い日のことだった。その夜、久美は岡田誠三郎を部屋に泊めていた。ふたりの関係を香本は知っているという話だったが、こうした逢瀬は、軍の上司に知られてはならないもののようだった。久美と誠三郎は、深夜の街角で待ち合わせて部屋に入った。窓に吹き付けていた風の音は午前一時過ぎには収まった。久美が眠りに就いたのはその頃だった。室内はスチーム暖房で暖かだった。

久美は隣に眠る誠三郎の首まで掛布を引き上げ、いつものように弟たちの無事を祈ってから目を瞑った。

「ググググ……ウウウウ……」

寝入ってどの位経ったろうか。夢の中で久美は何かのうめき声を聞いた。

「ググググ……」

動物のうなり声のような低い声である。何度目かに目がしっかり覚め、その声が自分の隣から聞こえてくるものだと気付いた。久美は起き上がって、脇の誠三郎の体を揺すった。

「あなた、誠《せい》さん、どうしたの？　ねえ、しっかりして。苦しいの？」

久美のその言葉に反応して、誠三郎がいきなり「おおっ」と声を上げて、寝台に上半身を起こした。久美は急いで枕元の電灯を点けた。誠三郎の息は荒らく、首の辺りにそれと分かる程の寝汗をかいている。

「あなた、どうしたの、大丈夫？　悪い夢を見たのね。すごい汗だわ」

久美は寝台を下り、コップに水を汲んで誠三郎に手渡した。逞《たくま》しい両手が震えている。

「驚かせた。夜中に済まない。この部屋で寝た時はずっと大丈夫だった。そう思って安心して眠ったんだが、やっぱり駄目だった。ここでも出てしまった」

「出てしまったって……こんなことがよくあるの？」

誠三郎は水を飲み干して、コップを久美に返した。そして二の腕で口を拭うと、大きく息を吐いて言った。

「ああ、時々」

誠三郎は寝台に座った姿勢で俯いたまま、息を整えるかのように深い呼吸を繰り返している。久美は誠三郎の肩に手を置き、顔をのぞき込んで語りかけた。

「苦しかったみたいね。もう大丈夫よね。また横になってゆったりした方がいいわ、ね」

かぶりを振って、誠三郎は深呼吸を繰り返した。

「でもあなた、こんなふうに真夜中に一度起きてしまったら、あと眠れなくなってしまうでしょう？　そしたら睡眠不足になってしまう……ああっ、前に目の下に隈ができていたことあったわよね。もしかするとこれと関係あるんじゃないの。違う？」

「もういいんだ。こんなこと、他人に話すことじゃないんだよ……」

「他人て……そんな言い方は寂しい……所詮は他人でしょうけれど、今は違うと思いたいわ……」

「済まない。そういう意味じゃないんだ。自分で解決しなきゃならんことなのに、君を巻き込んだら……」

「そんなことは構わない。話して。いつ頃からなの？　病院には行ったの？」

誠三郎は観念したように、夜中に何が起こるのか、ぽつぽつと語り出した。

「死んだ部下たちが、俺の所に寄って来るんだよ。夢の中であいつら、死んだ時の姿なんだ。それで俺は謝り続けるんだ。だけど……そこで目が覚める」

久美はこの話を聞いて初めて、誠三郎が生死を分ける程の激しい戦闘を生き抜いてきたことを知った。

「謝るって、何か、部下の兵隊さんたちに、あなたが謝らなくてはならないようなことがあったの？」

誠三郎はふっと顔を上げて、目の前の空間を見つめるような表情をした。

「あいつらを死なせて……俺だけ生き残ってしまった……」

久美は一瞬その意味を掴みかねた。しかし、両手で顔を覆った誠三郎を見ているうち、彼が、部下の兵隊が何人も戦死してしまったのに、自分だけ生き残っていることを責めているのだと理解した。

「それ、それはあなたのせいなの？　そうじゃないと思うわ。それはもう仕方のないことでしょう。ねえ、そんなことで自分を責めないで……」

久美は誠三郎の肩を抱いてそう言った。

「久美、酒を、酒を一杯飲ませてくれないか。それで落ち着くから」

誠三郎は手を下ろし、目を瞑ったまま顔を上げた。久美が寝台を下りて、コップにウイスキーを入れて来て差し出すと、誠三郎は震える手で受け止め、それを一気にあおった。

「いつもこうするのね。体に良くないわ」

「ああ、分かってる。だがこうやると眠気が戻るんだ」

久美が柱時計を見ると、既に午前二時半を過ぎている。誠三郎はウイスキーをもう一杯所望して、それも一気にあおった。

「もういいでしょう。ほら横になって」

久美は誠三郎を横にならせた。そして自分も半身で横になると、誠三郎の首に手を回し、両腕で彼を包み込むようにした。

「今夜は、私が朝までこうしていてあげる」

「ああ、ありがとう」

誠三郎は、子どものように久美の胸に顔を寄せてきた。さらにそれから一時間程して、誠三郎は寝息を立て始めた。

久美は誠三郎を胸に抱きながら、ふと特高警察に追われて逃げ続けているであろう弟・孝治のことを思った。冷たい闇の中で、ひとりぼっちで震えているのではなかろうか。それとも、誰か優しい女に暖めてもらえているのだろうか……。

その夜からしばらくの間、誠三郎は店にも部屋にも顔を見せなかった。久美は心配だったが、どうにも仕方がなかった。連絡の取りようがないのだった。

寒さが一段と厳しくなった十二月の初めのある夜、久美は珍しい人の指名を受けた。香本である。久美は、誠三郎に何かあったのではないかという、不安な思いをもって香本のテーブルに出た。

「いらっしゃいませ。今日はお一人なんですの？」

久美の問いに香本は、くわえたキャメルに洒落たライターで火を点けながら言った。

「岡田君が一緒だとよかった？」

「えっ、ええ、はい。この頃ちっともお見えにならないから」

「そのことなのよ。あなたと何かあったでしょ。彼、少し前からおかしいのよ。あなた、何か知ってるんじゃない？　知ってるでしょ。ああ、安心して。私はあなたたちのことぜーんぶ彼から聞いてるし……全部ってことないか……そう、まあほとんど聞いているしね、最後まであなたたちの味方だから安心して。何を言っても大丈夫よ」

「少し前からおかしいって……岡田さん、どうされたんですか」

「普通だったら彼、夜は私と飲んだり、あなたの所に出かけたり、書き物をしたり、本を読んだりしているはずなんだけど、最近は一切それがないのよ」

香本はウイスキーを一口飲んでから続けた。

「夜中まで一人で外に出て、木刀の素振りをやったり、上半身裸で走ったりねえ。この寒いのによ。怖いような目つきでね。それにね、この街に来た頃から見ると、随分痩せちゃったような気がするのよ」

それで、何があったのか誠三郎に問いただしたが、全然要領を得ないので、思い切って智恵子さんを訪ねることにしたのだと香本は言った。誠三郎はまだ、久美の本名は香本に伝えていないようだった。

「最後に会ったのはいつ？　その日、何か特別なこと、なかった？」

久美は、あの夜のことを香本に話していいものかどうか一瞬迷った。香本はグラスを揺らして氷の音を立てた。

「大丈夫よ。信頼して。岡田君は、あなたが弟さんのことをどんなに心配しているか、そんなことまで私に話してるのよ。大丈夫、仲間なんだから」

「ええ、はい、それじゃお話しします。実はこの間の夜、岡田さん大変だったんです」

久美は、誠三郎が戦死者の夢を見て苦しんでいた様子を、できるだけ詳しく語った。

「宿舎でも時々出るんだと言っていました。そういう時はお酒を飲むらしいです。私の所でも、水も無しでウイスキーを二杯あおっていました。そうすると眠気が戻るんだそうです」

「そっか、それで分かった。ありがとう、話してくれて。そうだったのね」

そう言ったきり、香本は新しい煙草に火を点けると、遠くを見る目でずっと何か考えていた。話し掛けるのもはばかられる程、その表情は真剣だった。

やがて香本は、煙草を灰皿にもみ消して、向き合うように上半身を寄せて来た。

久美に上半身を寄せて来た。

「いい智恵子さん、よく聞いて。岡田君、ここで何とかしてあげないと、大変なことになるかも知れない。私、前にね、仕事で軍の欧州視察に付いて行ったの。その時にある病院でね、あの欧州大戦のひどい塹壕《ざんごう》戦で、心を壊してしまった兵隊を何人も見たのよ」

「心を壊した……」

久美にとっては初めて聞く話だ。

「そう、今あなたの言ったこと、その時聞いた話と似てるのよ。そっくり。砲弾の爆発や戦闘の恐怖で、人間の心は壊れるのよ。それだけじゃないの」

香本はゆっくりと話を続けた。

「大勢の部下を亡くしたことの衝撃で、心を壊してしまった将校もいたわ。自分を責めている岡田君と似ているでしょう？　そのまま元に戻らなくなった人もたくさんいるのよ。怖い話でしょう」

久美は、脂汗をかいて起き上がった誠三郎の、引きつった顔を思い出した。

「だからねえ、あなたが……いい？　智恵子さんがよ。彼の心の中にあるものを吐き出させてあげなさい。その夜みたいにね。引っかかっていることをみんな吐き出させる。それしかないような気がするわ。そしてそれは……いい？　あなたしかできない。そう思う」

いつも軽い雰囲気でいる香本が、その夜は怖いほど真剣な顔でそう言ったのだった。

岡田誠三郎が久美の部屋のドアを静かに叩いたのは、それから数日後の深夜のことだった。久美が仕事から帰り、寝る支度を済ませたところだった。時計は既に十二時を回っている。

「どなた」

「俺です。岡田誠三郎」

久美がドアを開けると、冷たい風と共に外套を着た誠三郎が入ってきた。

「いらっしゃい。寒かったでしょう」

「遅くにいつも済まない」

久美はドアを閉めると、黙って誠三郎の胸に身を寄せた。誠三郎は両腕を久美の背中に回し、強く抱きしめてきた。

「会いたかった」

誠三郎が静かに言った。

「来てくれれば良かったのに。ずっと待ってたのよ。さあ、寒かったでしょ」

部屋は一晩中暖房が利いていて暖かい。久美は外套を取って、誠三郎をテーブルに座らせた。

「香本さんと話したろう。あの人は、俺が恐ろしい病気だと言うんだ。このままほったらかしにしておくと、大変なことになるんだと」

誠三郎は両手を擦り合わせながらそう言った。

「私も、あなたから話を聞いてあげるように言われた」

顔色が悪いと、上司の少佐にまで指摘され、自身もこのままではいけないと思っていた時、香本に厳しく言われたのだと、誠三郎は訥々と話した。

「それで来たんだ。香本さんにビンタをとられた」

「ええっ」

「最初は、久美が余計なことをしゃべってと、俺は腹を立てた。そして、これは俺の気持ちの弱さの問題だから、自分で解決するしかないのだと、香本さんに少し強く言った」

「そしたら？」

「香本さんが、俺には普通の軍人にはない、柔らかい心があるんだと言った。それだから、心が壊れそうになってるんだと」

「柔らかい心……」

「うん。俺にはそんなことは分からんと言ったら、いきなりビンタをとられた」

「それから、何て」

「強ぶるんじゃない、と。夜は毎日やって来るんだ、そのうち心が壊れて昼間も外に出られなくなるんだと。それは堪えた。そうなりそうで恐ろしかったから……」

そこで誠三郎は息をついた。

「少し召し上がる？」

「ああ」

久美は、テーブルに二つのグラスをもってきてウイスキーを注いだ。誠三郎はグラスを手に取ったが、目を伏せていてなかなか口を付けなかった。琥珀《こはく》色の液体が明かりの下で揺れている。

「話すことを考えているの？」

「ああ、だが……やっぱり……これは無理だ……」

誠三郎は、苦しそうに顔を歪めて久美を見た。

「いいのよ。ゆっくりで。少し召し上がって」

誠三郎は促されてグラスを取り上げ、ウイスキーを少し口に含んだようだった。

「やっぱり……無理だ……」

久美はここまで、誠三郎がこれから話をするのは、あの夜聞いたことの続きだと思っていた。激戦で亡くなった部下たちが現れるという辛い夢について、じっくり聞いてあげるつもりだったのだ。

「誠《せい》さん、戦死されたあなたの部下の兵隊さんたちは、誠さんのこと、少しも恨んでなんかいない。私はそう思う」

誠三郎は、驚いたように顔を上げて久美を見た。

誠三郎はかぶりを振りながら俯いた。

「えっ、違うの？　違うって、どういうこと？　私に聞かせて。あなたの苦しみを私にも分けて、ねっ」

誠三郎は俯いたまま、しばらくの間動かなかった。そしておもむろに顔を上げると、ウイスキーを一息であおった。そしてゆっくりと話し出した。


「俺は……無抵抗の捕虜を……殺した。軍刀で……首を斬った。まだ……少年だった……その夢を見る」

誠三郎は、自分の言葉をねじ伏せるかのように、ひと言ひと言を苦しそうに口にのぼせた。

闇の奥から、その少年の目がじっと見つめている、そういう夢の中で、手の平に斬首の感覚がよみがえって、恐怖で目が覚めるのだという。

そこまで話し終えると、誠三郎はいっときほっとした様子になって、ウイスキーのお代わりを求めた。

「五原作戦という作戦の時のことだ。逃げ遅れた敵兵を捕虜にした……」

誠三郎は、その日のことを少しずつ話していった。

周りは見物の将兵で一杯だったという。自分の番が来て、見れば自分が斬る相手は、まだ少年と呼んだ方がいいような若者だった。全身が震えた。しかし失敗はできなかった。恥もかきたくなかった。中隊でも名を知られた優秀な下士官、そういう評価のままでいたかった。誠三郎はそれだけ言って、大きく息を吸い込んだ。胸が震えているのが久美にも分かった。

「やらなければならなかった。気持ちを落ち着けようと頑張った。だが、少年は『日本鬼子《リーベンクイズ》！』と叫んで、俺の足に痰を吐きかけた。それで俺はカーッとなった。頭に血が昇ってしまった。その怒りにまかせて刀を振り下ろした。だから……だから……」

　誠三郎はそこで頭を抱えた。

　久美は立ってテーブルの反対側に行って、誠三郎の腕の上から体を包み込むように抱いた。

「そんなことがあったのね。辛かったのね。よく話してくれたわ……」

　久美はそう言いながらも、なんて恐ろしい世界なのだと戦慄《せんりつ》する思いでいた。

　少ししてしゃくり上げながら誠三郎が顔を上げ、再び語りだした。彼は泣いていたのだ。

「教えられたことが、みんな頭から飛んでいた。お、俺の刀は、狙いが外れて……あいつの、あいつの……あ、顎の間に入ってしまった……」

　久美にはその光景を思い浮かべられなかった。それに気付く筈もなく誠三郎は話を続ける。

「あ、あいつは死にきれず……刃を耳の下でくわえたまま……何度か、ち、血の咳をした……血しぶきの咳……おおお……」

　久美にもだんだん意味が分かってきた。

「な、何て残酷な……」

　久美は思わず誠三郎から体を離した。

「そうだ……何て残酷な……だ」

　驚きの目を見張る久美をひしと見据えて、誠三郎はさらに語った。

「俺は突然自分の立場に気付いた。まわり中の将兵の目が、自分の手の先の一点に集まっているのが分かった。俺は早く片を付けようと焦った。刀をのこぎりのように使って……時間が掛かった……上顎からあいつの頭を斬り落とした……」

「もうっ、もうやめてっ、やめて頂戴っ。もういいでしょう」

　久美も両手で顔を覆った。そして、こんな体験をしていたら、心がどうにかならない方がおかしいと思った。

　久美は誠三郎と対面する椅子に戻った。

「ごめんなさい。急に様子が目の前に浮かんじゃったの……あなたの方がよほど辛いのにね。話してくれて……ありがとう」

誠三郎は、走り終えた長距離走者のように、放心したような目を中空に向けて、しばらく黙っていた。

久美は立って、コップに水を汲んで来た。そして誠三郎に寄り添い、その首に右手を回して片膝に座るような格好で、コップを差し出した。

「どうぞ」

「えっ、ああ、済まない」

誠三郎は水を一息で飲み干した。

「俺は強くて勇敢な兵隊になりたくて、いつでも必死に頑張った。頼りがいのある下士官になろうと毎日頑張ってきた」

誠三郎は何かを思い出すような、遠い目をして話していった。

「中隊史上最短で軍曹になる栄誉も、目の前だと言われていた。そんな強い軍人になってきていると、自分では思っていた。斬首の失敗も、あいつを殺したことも、だんだん忘れていけるとね。歴戦の下士官には、そんな経験者はいくらでもいる。だから俺も乗り越えられると……だが駄目だった。ここにきて俺の本性が暴かれてしまった。昼間はいいが、夜になれば、情けない臆病者の正体が現れる……」

誠三郎の表情には先程よりも安堵が見られたが、言い方は投げやりで感情的だった。久美はその言葉に違和感を覚えた。

臆病者だから、勇敢じゃないから、そういう夢に苦しむのだろうか。勇気のある人は、どんなに残酷なことをしても平然としていられるのだろうか。仲間がみんな死んでしまっても、平気でいられるのだろうか。

久美のそんな思いに関係なく誠三郎は続ける。

「軍人として生きるには、こんな臆病者じゃ駄目なんだ。もっと気持ちを強靭にしなくてはいけない。帝国軍人は、みなそういう強靭な精神を持っていなくてはならないのだ。そう思う」

久美はそれは何かが違うと思ったが、思いをうまく表現できそうもなかった。久美は誠三郎から体を離し、立ち上がった。

「でも……でもよ、もし誠《せい》さんが、そんなふうに若い人の命を奪ったことを、平気でいるような人だったら、私は悲しい。香本さんが、誠さんには柔らかい心があるって言ったこと、私にも分かる気がするわ。だから苦しんでるんでしょう。人としてそれは当たり前のことなんじゃないのかしら」

久美はそれだけを必死で言った。

それからの誠三郎は、俯いたままずっと黙っていた。そして突然顔を上げるよ吐き出すように言った。

「俺は、これからも人を殺すかも知れない。ここしばらく八路軍の攻勢続きで、上司や同僚を守るために銃を抜いたことも、一度や二度じゃない。臆病風に吹かれていたら、自分の命が危ない。俺は軍人なんだ」

誠三郎はそこで息を継いだ。

「だけど今夜、久美に自分が怯えていることを洗いざらい話して、何か一歩前に進めそうな気がしてきた。香本さんの言った通りだ。絶対誰にもしゃべれないと思っていたことを、久美には話せた」

誠三郎は胸の中を確かめるかのような仕草をした。

「いざ、こうやって口に出してみると、心の中にあった時よりも、ずっと恐ろしさが減って軽いものになることが、今分かった」

久美はその意味を掴みかねたが、何も言えなかった。臆病だから悪夢に苦しむというのは、何か違うような気がした。柔らかい心を押しつぶして、何も感じないように気持ちを強張らせる、それが強靱な精神なのか。それも違うと思う。でも、今の誠三郎の、苦しみを一つ乗り越えたような表情を見ると、久美の中には、これが解決に繋がって欲しいという思いが、強く湧き上がってくるのだった。

「話を聞くことしかできないけれど、こんなことで、あなたの心が少しでも軽くなってくれたら嬉しい」

「ああ、ありがとう。久美がいてくれなかったら、どうなってしまったか分からない」

誠三郎はそう言って久美の手をとると、立ち上がらせて、そのまま寝台に向かった。そしてゆっくりと、二人で抱き合ったまま、その上に倒れ込んだ。

しかし久美には、愛と官能の世界に入る前に、誠三郎に聞いておきたいことがあった。

「待って、一つ聞かせて。あなた、もしかすると今危険な仕事をしているんでしょう？　さっき銃を抜いたと言ってたわよね。教えて。毎日どんなことをしてるの？　駐蒙軍のあの建物でお仕事をしているとばかり思っていたのに……」

誠三郎は一度上半身を離すと、久美の顔を見つめて言った。

「心配させるような馬鹿なことを言ってしまった。そんなに危険なことはしていない。安心してくれ。ここだけの話として聞いて欲しい。俺はある人に付いて、蒙疆地区の、様々な物資の貿易を保護する仕事をしている。あちこち行くから、時々は八路軍《はちろぐん》や匪賊《ひぞく》みたいな奴も出てくるのだ」

誠三郎は、そこでまた安心してくれと言った。

久美には、「蒙疆」の物資と聞いてひらめいたことがあった。時々店に来る日本の紡績会社の社員たちの会話だ。関東軍と有名商社と銀行が、「蒙疆」の阿片を扱って莫大な利益を上げているというのだ。久美にもそれがどれ程表に出てはまずい、国際的な禁忌であるかということは分かって聞いていたのだった。

もしかしたら誠三郎は、その貿易に関わる仕事をしているのかもしれない。しかし、それは想像するだに、とてつもなく巨大な、御国《おくに》の政策にも関わるようなことだった。久美などにはのぞき見ることすらもできない世界だ。そう思った時、誠三郎の腕が動いて久美は強く抱きすくめられた。

第十章　大東亜

一九四〇（昭和十五）年の後半から翌年春まで、岡田誠三郎たちは八路軍の大攻勢の後始末に追われた。中国側で「百団大戦」と呼ぶこの攻勢は、河北省・山西省に攻撃の重点が置かれたが、山西省の北部を組み込んだ蒙古連合自治政府管下の「蒙疆」も、その攻撃対象となっていた。

鉄道を守備する小部隊があちこちで襲われ、橋やトンネルが破壊されて通信網が寸断された。その結果、石炭・鉄鉱石・羊毛・毛皮・穀物など、軍や自治政府関連物資の輸送に支障が出る事態となっていたのである。阿片も例外ではなかった。何よりその混乱した状況を利用して、阿片流通の正規ルートを破壊、私物化しようとする動きも出ていた。駐蒙軍は極秘裡にそうした策動を摘発し、関係者を処分した。

青井少佐と香本と誠三郎も、その活動の一端を担っていた。この数ヶ月間、間諜《かんちょう》と呼ばれるスパイからの通報があった場所や、既に軍の特務機関や憲兵隊が踏み込んだ現場にも幾度も出向いた。それは、張家口だけでなく、山西の大都市大同から、綏遠《すいえん》の平地泉《へいちせん》、厚和《こうわ》、そして誠三郎にとっては懐かしい、あの包頭《ぽうとう》にまで及んだ。

そういう現場での少佐は、現場指揮官を伴って見て回るだけで、一切手出しも関係者の取り調べもしない。そしてその後、その都市のあちこちに住む漢族や蒙古族の有力者たちに会って話をする。そこは裕福な邸宅もあれば、一癖も二癖もあるような人間たちがたむろする賭博場のような所もあった。それらは、ほとんどが誠三郎の持つ地図に、赤い星印で追記された「重要施設」だった。

相手は、例の「青幇《チンパン》」などの巨大な秘密結社に繋がる、この辺りの裏社会の大小の親分衆や商人たちなのだろう。彼らの中には、日本の軍や組織に利権を横取りされた恨みから、あわよくば日本人に復讐しようとする者も少なくない。そういう輩から少佐を守るのが、誠三郎のこの時期の任務になっていた。

少佐の動きは予測が付かず、突然張家口旧市街の自治政府要人に会いに行ったりもするし、興亜院蒙疆連絡部に一日中いることもあった。ともかく、そうした仕事が、祖国日本にとって小さくない意味を持つらしいことを、この時期誠三郎は香本から聞かされた。「蒙疆地域」の阿片の生産・収売・輸出量が、ここしばらくで驚くほど大きく伸張しているというのである。

そうした成果が生まれたのは、興亜院蒙疆連絡部に内地から派遣されて来た、大平正芳を始めとする優秀な官僚たちの優れた企画・運営力と共に、駐蒙軍の特務機関や、青井少佐と香本、誠三郎などの努力あればこそだというのである。それを聞いた誠三郎の脳裏には、大廟の戦闘で見た阿片中毒の老人の死体が浮かびかけたが、それはすぐに振り払った。

一九四一（昭和十六）年の夏の初め頃、少佐の仕事に一時的な変化が起きた。それは丁度、ソ満国境に七十数万の兵員を集めた、関東軍特種演習が行われている時期だった。その六月にはドイツ軍がソ連邦への攻撃を開始しており、四月に日ソ中立条約を締結したとはいえ、日本がソ連邦に対してどう出るかに世界の注目が集まっていた。

七月中頃、少佐は突然東京に出張になった。慌ただしく飛行機で出かけた少佐が張家口に帰って来たのは、その一週間後のことだった。その時期、内地では第二次近衛内閣が総辞職し、二日後に第三次近衛内閣が成立していた。ソ連邦侵攻を主張する松岡外相と、東南アジア資源地帯への南進を企図する近衛の対立がその原因らしい。誠三郎はそのことを、夜の集会室で時々出会う、事情通の将校から聞かされていた。

東京への出張から帰った日、執務室に戻った青井少佐はソファーにぐったりともたれ込んだ。

「個性の強い優秀な人ばかりが相手でね、今回はさすがに疲れたよ。おかげで方向は見えたがね」

前にいる香本に、ぼそっとそう言った。誠三郎に聞こえたのはそれだけだった。方向とは何だろう。

その数日後、誠三郎は突如命じられて、少佐や香本と共に、飛行機で上海に飛ぶことになった。一昨年から、蒙彊阿片が上海方面にまでも輸出されるようになったということは聞いていたから、その関係の任務なのではないかと思われた。

私服を着て二泊三日の旅支度をし、張家口郊外の飛行場から双発の輸送機に乗せられた。誠三郎は飛行機は初めてだった。上空で暖房がうまく働かずひどく寒かったが、飽かず窓の下を眺め続けた。感じたのはただただ、この大陸の広大さだった。

上海という都市を訪れるのは、誠三郎は初めてだった。仕事であっても小旅行のように興味関心が湧いた。そこは張家口とは比べものにならない大都会で、建物と人間の多さに誠三郎は目を見張った。

上海では現地の関係者が案内して、この地の裏社会に強力な伝手を持つと言われる、有力な日本人の住まいを訪ねた。虹口《ホンキュー》地区の、七階建て高級アパートの一室に住むその人には、少佐だけが会った。翌日は、前の日と同じ人の案内で、あちこちの「支那人」の所を回った。誠三郎はこの日も会見の場に入らなかった。ここでの誠三郎の主たる任務は、場所を移動する際の少佐の警護となった。市街地はやたらと人が多く、移動のたび誠三郎は神経をすり減らした。

一体少佐は、こんな時期にこんな所で誰と何の話をしているのか。この頃になると誠三郎も、共に面談相手の部屋に入った時はもちろん、少佐と香本の会話からだけでも、その時の用件をおおよそ推定できるようにはなっていた。しかし今回は全く分からなかった。関特演と呼ばれる関東軍の演習に関係があるのかとも思ったが、思考を進める材料がなかった。

上海の夜は二晩とも、現地日本商社の関係者による接待を、誠三郎も含めて受けた。その豪華さには驚かされた。一体全体これは何を意味しているのだろう。考えない方がいいとは思いながら、誠三郎の中で疑問は膨らんでいった。

三日目の朝、再び飛行機で張家口に向けて出発、帰着後少佐は、誠三郎たち二人を下ろしておいて、別の小型機でそのまま新京へ飛び立って行った。新京は「満州国」の首都である。

その日の夜、誠三郎はたまった疑問を晴らす意図を持って、香本を「カフェー日本」に誘った。しばらくは、久美も入れて三人で飲んでいたが、彼女が呼び出されて席を外した時、誠三郎は思いきって聞いてみた。

「少佐殿は、今回あちこち忙しく飛び回っておられますが、何か起きたんですか?」

すると香本は、穏やかな表情を変えずに、口調だけ厳しく言った。

「そういうことは詮索しないの。好奇心が強いのがあなたの難点。命取りになるわよ、それは」

そして煙草の煙を天井に吹き上げた。

「それは分かっとります。しかし、命を懸けてやっている仕事だから、その意味は、やはり知りたいです」

「ふふふ、またもやそうきたわね。あなたはいつでも命がけだし、苦労して、苦労して、ようやく忌まわしい病気からも脱出できそうなんだものね。少し話してあげようか……」

香本の言うように、誠三郎を悩ましていた悪夢は、その夢に繋がると思われる経験を、少しずつ久美に語っていくうちに次第に改善してきていた。しかしながら、久美に語りだして半年経った今も、全く意味の分からない悪夢に飛び起きることが、まだ時々あった。久美は長い目で見るしかないと言っている。そのことはまだ香本には伝えていない。

この夜香本は、誠三郎が全く知らなかった青井少佐の一面を語った。

「あの人、東京に強力な後ろ盾がいるの。だからこそでも特別扱いでしょ？」

　香本はそう言って煙草を灰皿に押しつぶした。

「相当なお偉いさんと繋がってるらしい。どこの部隊でも、役所でも自在に出入りするでしょう。興亜院のトップたちとの政策の立案にまで関わっているしね。私も全部知ってるわけじゃないけれど……」

　香本は、そこから顔を誠三郎に寄せて声を潜めた。

「他言無用で、これだけは教えてあげる」

　香本は続けた。

「お偉いさんていうのはねえ、満州国を設立して発展させてきた、軍の首脳や高級官僚といったところよ。ああ、そうだ。青井少佐、今度昇進するみたいよ。あなたも一緒よ、きっと」

「えっ、そんな話が……でも自分は別かも知れませんので……で、今回、少佐殿は上海でどういったことを」

「上海の商売相手は、世界の動きに神経質なのよ。ああいう商売やってれば、誰だってそう。生き死にが懸かっているからね。今回、関特演で大部隊が集まっているけれど、日本の上層部は、ソ満国境で対ソ戦を始めるつもりなのか。それとも、本当は南進を考えているのか。そしてその時期はいつか。ああいう物を扱う人たちにとって、そういう軍の裏情報をきちんと伝えてくれる人はすごく貴重なのよ。これもきれいごとじゃないけれど、一種の信頼関係かな」

「どえらい話ですね。で、今回はどんな情報を……」

「上海の関係者たちに、ってこと？」

「はい」

「今すぐの対ソ戦はない、ということだけは言ってたわね。少佐が東京に出張して掴んできた、参謀本部の作戦課辺りの感触なんでしょうね。彼らにはそれだけで十分なのよ。蒙疆の物資は今まで通り、十分供給されるということでしょ」

　それが少佐の言った「方向が見えた」ということなのか。誠三郎は、夜の集会室に現れる、話し好きの将校から関特演の話も聞いていた。関東軍は、ドイツ軍がソ連邦を蹂躙《じゆうりん》して弱体化し、熟柿が落ちるような頃を見計らってソ満国境から攻め込む、そのために大部隊を集めて関特演をやっているのだというのである。それに現実味があったので、香本の話は意外だった。

「はあ、そうなんですか。少佐殿には、そういう、雲の上の人たちとの接点があって、いろいろ判断されているんですね。すると南進の線が強いと……」

「それは想像に任せます。もういいでしょ。はい、これにてその話は終了」

話を切り上げようとした香本に、誠三郎はまだ食い下がった。アルコールが気持ちを強くしていた。

「あと、ひとつだけ、聞かせてください」

「まだあるの？」

「あのう、前に香本さん、この関係の取引は莫大な利益を生むって言ってました。その利益ですけど、それはどうやって、我が国の金庫に流れていくんですか？」

「あなた、そんなこと聞いてどうするのよ」

香本がきつい目をした。そしてグラスを上げて、通りかかった女給にオンザロックのお代わりを作らせた。

「はい、ありがとう」

女給が去ると香本は眉を曇らせて言った。

「そんなことは上の専門家に任せておけばいい。それを知ってどうするの？　どこかに発表でもする気？」

「は、いえ、ただ自分やかつての部下たちが、大陸の敵地の最前線で、生き死にを懸けて、それで獲得した土地の資源が、そのう、どうやって我が国を豊かにすることになるのか、それを知りたくて……商社や財閥とはどういう関係にあるんだろうかとか……」

誠三郎は、自分がいた騎兵連隊が、「北支」や「蒙疆」で国民党軍と激戦を交わしたのも、結局その一帯の石炭や鉄鉱石や穀物、そして阿片などの資源を、我が祖国日本の為に役立てるためだったということを、そこから離れてみて初めて実感していたのである。

前線の部隊を離れたからだけでなく、張家口に来て、青井少佐との新しい仕事を経験して、それでそう強く感じるようになった気がする。百団大戦と呼ばれる攻勢で、八路軍に全滅させられた小部隊の無残な有様も目にしたが、彼らが守っていたのは、奥地から様々な物資を輸送する鉄路なのであった。

誠三郎が騎兵連隊の機構に組み込まれ、毎日を演習・警備・討伐等に明け暮れていた頃には、この戦争の目的は敵に勝って凱旋することだと、単純にそう考えていた。それ以外思いつきもしなかった。

しかし今は違う。戦争には兵隊の命のやりとりだけではない、金を儲ける国家規模の複雑な仕組みがあることを知った。だから最近では、久美に自分の体験を語る時などに考え込んでしまうのだ。部下の佐伯や小菅は御国のために死んだと言ってきたけれど、それは一体どういう意味だったのか、と。

そして今回上海で、四井などの商社の豪勢な接待を受けて、誠三郎は、兵隊が戦闘して獲得した資源で大儲けしている人たちがいることを確信したのだ。貧困にあえぐ自分の実家などには、そのおこぼれも回ることはないだろう。だとしたら御国って何なのだ。

戦争と商社の関係を疑いだしたのには別のきっかけもある。誠三郎はそれを懸命に話していった。

「あのですね、自分が前にいた連隊が、自動車化される時、別の騎兵連隊の連中が、馬匹を受領に来たんです。その時、自分の戦友が、その隊の下士官と飲んで、そこで聞いてきた話なんです。その人の連隊が最前線を進んでいた時、倉庫に大量の牛皮があるのを見つけたんだっていうんです。それで、連隊長はその倉庫を封印しておいて、さらに前進した。自分たちの、傷んだ鞍を新調できると、みんなで喜んで……」

その話を誠三郎にしたのは、あの女川だった。

「しかしですね、戦闘を終えていざそこに戻ってみたら、倉庫は空っぽだったっていうんです。それで、近くにいたトラックの男を捕まえて聞くと、自分らは四井物産の者で、皮は全部持って行ったと言う。連隊長が激怒して抗議して、結局四井が謝罪したという話なんです。それで、それを話した下士官は、あんな最前線まで、商社の人間が物資集めに来ていたことに驚いたと、そう言っていたらしいんです」

誠三郎はようやく話し終えた。香本は煙草を取り出して、左手の親指の爪の上でとんとんと弾ませた。

「あなたは何が言いたいの？　もしかすると、上海で四井などの商社関係者に、大層ご馳走になった、そのことが気になってるんじゃないの？」

「え？　ああそうですね、確かに。なぜあんなに歓待されたのかと思います。自分は御国のために日々任務に励んでいる訳で、四井のためじゃないと……」

上海では、それぞれに日本人の女給が付いて、至れり尽くせりの二夜の晩餐《ばんさん》だった。どうしてあんなに歓待されたのか不思議だった。そのことが今でも気に掛かる。ご馳走になっておいて今更何を言っているのかと、誠三郎自身も思う。しかし不思議には思っても、たかが護衛の下士官にあの場で何ができよう。

帰りの飛行機の中で思い出したのは、五年前の二・二六事件のことだ。これもあの集会室の将校に聞いた話だが、蹶起《けっき》した青年将校たちは、貧困にあえぐ東北の農民の窮状を見かねて、また政治とつるんで肥え太る財閥に鉄槌《てっつい》を下す意図を持っていたという。今やっているこの戦争でも、兵隊の犠牲の上で、財閥系の商社が肥え太っているんじゃないのか。

香本は、銀色のライターで煙草に火を点けて言う。

「馬鹿ねえ。いいこと、御国っていうのはねえ、政府も軍隊も、銀行も商社も、労働者も農民も、山も川もみーんな天皇陛下を中心に束ねられてる、そのまるごと全部をいうのよ。だから、日本の軍隊が日本の商社を守ったって、そんなの当たり前でしょ。商社は守られてありがたいから、お礼もするわよ。商社は儲けるかも知れないけど、その分、事変国債をたくさん買ってくれてるのよ。だから軍艦作ったり大砲作ったりできるわけじゃないの。あの蒙疆銀行だって、もの凄くたくさん国債を買ってくれてるし、この辺りのあちこちの炭鉱や鉄山に融資して、資源開発に貢献している。駐蒙軍や私たちは、そこを守ってる訳でしょうが。みんな御国のためじゃないの。どう、分かった？」

違うと誠三郎は思った。だが何が違うのか、すぐに言えないのだ。昔からこうだ。悔しさがつのった。

「私の話、分かりやすかったでしょ。どうしたのよ、ぶすっとしちゃって」

瞬間、瞼に死傷した部下たちの姿が浮かんだ。

「自分らが、大きな儲けに繋がる人間だから、あんなに歓待されたんですよ。だったら、腕を失ったり目を潰されたり、命を無くした兵隊はどうなんです？　そういう兵隊が命がけで取った土地に、鉄や石炭や芥子畑があるんだ。それで死ぬのとそれで儲ける。正反対じゃないですか。さっきの、御国のためっていう香本さんの話は、雲の上から見た、雲の上の人の考えですよ。下っ端の自分には納得がいきません」

「ううん、そうか……正反対ね。確かにあなたの言うことには一理ある。危険思想一歩手前だけどね」

香本は意外にも、誠三郎が必死で主張したことを一切否定しなかった。それどころか何度も「そうか、そうね」と繰り返した。しかしながら、誠三郎は先程の香本の話で、やはりこの人は自分たちとは違う世界で育ち、これからもそちら側で生きていく人なのだと改めて感じていた。二人はしばらく口を開かなかった。

そこへ久美が戻ってきた。呼ばれて行った時と違って暗い顔をしている。

「お待たせしてしまいました。ちょっと立て込んだ話になってしまって……」

久美はそこまで言うと、俯いてお絞りで手を拭いた。

「どうしたのよ。顔色が良くないわ」

香本が顔をのぞき込んだ。

「はい、実は、内地の弟が……捕まったらしいんです」

「えっ、いつのことだい、それは」

隣に座る誠三郎は久美に膝を寄せて言った。久美は泣き出しそうな顔を上げた。

「領事館警察から、ここの店主の五十嵐さんに連絡があったんです。それを聞いて、私からも領事館に電話して確かめたんですけど、向こうも詳しい情報を持っている訳ではないらしくて、言い方が曖昧なんです。ただ、神奈川県警の特高課に逮捕されたということと、これから裁判にかけられるというのだけは、はっきり言ってました。ああ、それと弟が捕まった場所は朝鮮人部落の中だったと……」

「そうか……これから、どうしたらいいかな」

誠三郎は途方に暮れた。第一、逮捕された者に対して、家族はどういう援助が可能なのかもよく分からなかった。差し入れという言葉は知っていても、それがどういう手続きでできるのかも、自分には関係のないこととして、知らぬままに生きてきていた。

「そうね……心配よねえ」

香本もしばらく口をつぐんで考えていた。久美には、経済的な問題から帰国するという選択肢がないことは、香本にも伝わっていた。誠三郎は、思い浮かべても、自分の内地の係累にこういう場合に対応ができるような人間がいないのにも焦《じ》れた。

「はっきりとは約束できないけれど、私の知り合いに手紙を出してみるわ。状況位は分かるかも知れない。ただ、ことがことだけに、うまくいくかどうか分からないわよ。みんなその関係には触れたがらないからね」

香本はそう言って遠くを見る目をして、少ししてから再び口を開いた。

「そうね、今できることは、ご家族に手紙を出して様子を聞くことくらいじゃないかしらね。いろいろ大変になるかも知れないけど、頑張ってね。岡田君、今度はあなたが彼女の力になってあげる番よ」

そこでは、それ以上の対策を立てられる筈もなかった。その後誠三郎は、一度香本と宿舎に戻って、夜が更けてからあらためて久美の部屋を訪れた。

この夜誠三郎は、初めて久美との結婚ということを考えた。軍を除隊して別の仕事を探し、久美と家族のために必死で生きるのもいいかなという考えが、その日胸に浮かんだのだった。

その後しばらく、久美の弟に関する情報は届かなかった。同じ時期、国際情勢は不気味に推移していた。少佐の判断通り、日本軍はソ連邦と戦端を開くことをせず、その代わり南部仏印に軍を進駐させた。それに対して米国は、日本に対する石油輸出を全面的に禁止するという対抗措置をとった。対米開戦あるのみなどという議論が、誠三郎の周りでも聞こえだした。

十月になって、青井は中佐に、誠三郎も軍曹に昇進した。同じ月、かつて関東軍を率いて包頭までの「蒙疆」全域を占領した、あの東條英機陸軍大将に、天皇から組閣の命が下った。その閣僚には、商工大臣・岸信介、内閣書記官長・星野直樹と、満州国時代に東條と関わりの深かった二人の人物の名前も見られた。その中に青井中佐と繋がる「相当なお偉いさん」がいるのかどうか、香本は何も語ってくれなかった。

その頃になってようやく、久美の弟・孝治の情報が香本からもたらされた。あちこちの警察署をたらい回しにされているというのである。転向を拒む思想犯に特高警察がよくやることなのだそうだ。

「話によるとね、警察の留置場って、刑務所なんかよりもずっと設備も待遇も悪いんですって。そこに長く入れておいて、心身を参らせて調書をとるらしいわ」

久美には、孝治がまだ警察にいるらしいということは話したが、香本のこの話は伝えなかった。

少し遅れて父親から久美に手紙が来た。今は面会も差し入れもできないが、孝治が反省しさえすれば、すぐに拘置所送りになる。そうすれば面会もできるし、裁判も簡単に終わって、執行猶予がついて釈放されるだろうと書かれていた。病気をおして出掛けた父親に警察はそう言ったのだろう。

東條内閣が成立して以降、誠三郎たちの周囲では次々と新しい動きが始まった。先ず青井中佐が、頻繁に東京に出かけるようになった。誠三郎は、中佐が留守の間は、別の高官らの護衛と運転をすることになっていたが、一度もその命が下らぬまま、待機状態の勤務となった。おかげでその間、随分たくさんの本を読むことができた。

悪夢にはまだ時々苦しめられていた。不思議なことに、混沌とした恐怖の映像の中に、時として実家の母親が出てきた。実に冷たい目で誠三郎を見つめるのである。目覚めると、胸の中に氷のような恐怖と、底知れぬ寂しさが、長いこと居座った。

十二月八日、大本営が対米開戦を発表した。そのことを、誠三郎は軍に出勤して聞いた。その日の未明、陸軍がマレー半島に上陸し、海軍機によるハワイ真珠湾への奇襲攻撃が行われたのであった。

年が明けて、一九四二（昭和十七）年三月になると、興亜院の阿片政策の中心を担う、あの蒙疆銀行の総裁の首がすげ替えられた。それは、銀行に多少なりとも関係する張家口の日本人にとっては驚きの人事だった。

それまで蒙疆銀行総裁には、蒙古族の有力者が当てられ、その実権は「満州国」の日本人官僚ががっちりと握っていた。蒙古族と日本人、双方の銀行であるという建前なのであった。ところが東條内閣はその総裁ポストに、将来は日銀総裁か大蔵大臣かと噂される実力者、日本銀行の宗像久敬理事を当てたのである。そこに蒙古族を据えるといった、対外的配慮もかなぐり捨てたかのようだった。

この話を聞いた時、東條内閣がいかにこの地域を重視しているか、誠三郎はあらためて認識し直したのである。そして、この斬新な人事の陰には、青井中佐のもたらした情勢判断が大きな役割を果たした筈だとも思った。

対米英の戦争は「勝った、勝った」で進展していたが、七月の初めのこと、誠三郎は香本から大変な話を聞いた。六月に海軍の連合艦隊が、東太平洋の作戦で大損害を受けたというのだ。誠三郎はかつて香本から、ノモンハンが大負けだったという話をきいた。今では軍関係者はみな知っているが、当時そんなことを語る人はいなかった。今度も、香本は同じような所から、相当確実な情報を掴んでいるのだろう。

香本は、連合艦隊の虎の子の航空母艦が何隻も沈んだらしいと言った。事実としたら大変なことだ。ノモンハンでの負けいくさ、騎兵連隊の惨敗と併せて、誠三郎はこの戦争の行く末に暗い予感を持たざるを得なかった。自分も軍人でいる限り、また大廟のような地獄の戦場に赴かなくてはならないかも知れない。その可能性は、誠三郎の思いをさらに暗いものにした。

同じ一九四二（昭和十七）年十一月、またもや張家口の日本人を驚かすできごとが発表された。興亜院蒙疆連絡部がなくなるというのだ。東條内閣は興亜院を廃止し、この間新たに占領した東南アジア諸地域の資源も、総て含めて管轄する「大東亜省」を設立、そこにかつての興亜院の機能も併合したのである。

興亜院廃止に伴って、誠三郎が青井中佐を乗せて何度も通った興亜院蒙疆連絡部も別組織となった。政府の「大東亜省」が直接統治するという意味合いがあるのだろう、大日本帝国「駐支大使館」の「在張家口事務所」という形に大きく改編されたのである。

こうした一連の動きに対して、香本は驚くほど批判的だった。青井中佐の前では、さすがに何も言わないが、誠三郎と一緒の時には口を極めて批判した。

「駐支大使館というのはね、日本の後ろ盾で汪兆《おうちょう》銘《めい》が作った、南京国民政府の中華民国に置く大使館よ。その出張所が張家口に来たら、徳王さんの蒙古族国家設立の悲願は完全に潰《つい》え去ってしまう」

香本によれば、徳王は最初ジンギスカンの末裔として、外蒙古との境界に近い百霊廟《ひやくれいびよう》という所に首都を置いて国家を樹立したかったらしい。それが、後ろ盾となった関東軍の都合で、蒙古連盟自治政府はそれよりずっと南の厚和を首都とした。更に蒙古連合自治政府になった時は、北京のすぐ近くの、蒙古族の人口が僅か六百数十人というこの張家口に連れて来られたのだ。その上今度はこの仕打ちか、と香本は激した。

「名前だけ『蒙古自治邦』なんて変えてあげたって、いくら成紀七三七年なんてジンギスカン紀使わせたって、独立国じゃなくて、中華民国の一自治政府だという証明書をあげるようなものだわ。関東軍が彼をただうまく利用しただけってことじゃない。徳王さんたちに何て弁明するのよ」

昨年の夏に、蒙古連合自治政府は「蒙古自治邦」と名称を変えた。「邦」の一文字で、徳王悲願の蒙古族国家に近づけたとでもいうつもりかと香本は怒る。

香本の徳王についての話は、誠三郎に最近の日本人の横暴さの数々を思い起こさせた。蒙疆銀行の総裁人事にしろ、大使館事務所の問題にしろ、ここにきて日本がやろうとすることは、現地の他民族の人々の気持ちを乱暴に踏みにじっているように感じられるのだ。

最近、駐支大使館事務所を訪れた誠三郎は、以前は「経済第一課」と表記されていた阿片の担当部署の看板に、阿片吸烟の「烟《えん》」の字を使う「烟政」という露骨な表現を見つけて、近頃の日本の手法の粗暴さを強く感じたのだった。まるで「禁制品を扱ってどこが悪い」と開き直っているかのようではないか。

それは日本の役所ばかりではなかった。張家口の街に住む日本の民間人の、「支那人」に対する横暴、傲慢は、当地発行の日本語新聞がたびたび批判的に取り上げる程ひどくなっていた。街中で自分の飼い犬が「支那人」に噛みついたのを、笑って見ていた女性の話や、日本人の酔っ払いが、昼間から支那人に暴力をふるった話、日本の子どもが「支那人」に石をぶつけて遊んでいた話とか、誠三郎の目に付いた記事だけでも、気持ちが暗くなるような有様なのだ。

確かに、バスに乗っても、座席に座るのは日本人と決まっているかのように振る舞う者が、子どもを含めて多い。まるで日本人が王族で、「支那人」は召使いでもあるかのような雰囲気があった。誠三郎がそういう時に思い出すのは、あの大廟の三日間なのだった。

あの攻撃が始まるまでは、国民党軍など帝国陸軍の敵ではないと誰もが思っていた。あの騎兵連隊の多くの将兵の意識下には、「支那人」は劣等人種、指揮官は愚かで兵隊は弱い、そういう傲慢な認識が確かにあったように思う。真夜中まで酒盛りをした将校を、僅かな護衛を付けて自動車で送るなど、傲慢・慢心もそこに極まれりだ。しかも偵察も出さずに、大部隊を敵の包囲のど真ん中に集結させてしまうとは、敵を侮っていたとしか言いようがない。連隊はその傲りのしっぺ返しを喰らったのだ。

誠三郎も例外ではなかった。本気で周囲の丘が心配だったら、独断ででも自分の部下を偵察に差し向ければ良かったのだ。まさか「支那兵」が、包囲なんて高度なことはできまい。そういう意識がなかったとは言えないのだ。こんな傲慢な日本人は、いつか手痛いしっぺ返しを食うのではないか。誠三郎はそういう暗い予感を腹の底に沈めた。

「大東亜省」発足に伴う大幅な「蒙疆」の阿片政策転換は、誠三郎の生活にも大きな影響を与えることになった。この大改編が一段落した一九四二（昭和十七）年十一月末に、青井中佐が突然内地の参謀本部に転属になったのだ。これまでの働きが大きく評価されての、まれに見る栄転なのだという話だった。

それに伴って、誠三郎は司令部の庶務の仕事に移ることになった。自動車の配車や管理の責任者である。香本は通訳の仕事を別の高官と続けるという。

離任にあたり青井中佐は、誠三郎にモーゼル拳銃を贈与してくれ、同時にこれまでの任務で知り得たことに対する箝口令をあらためて厳しく言い渡した。とはいえ誠三郎には、青井中佐や阿片商人などの秘密を欲しがる元上司も、恩人も全くいないのである。青井中佐がわざわざ先輩の手を通じて、遠くの部隊から誠三郎を呼び寄せた理由があらためて納得できた。

誠三郎の新しい任務は、それなりにやりがいのあるものだった。自動車は好きだったし、若い整備兵たちともうまくやれそうだった。しかししばらくすると、中佐とあちこち移動したり、護衛として緊張して任務に就いたりということが、大層懐かしく感じられるようになった。まるで青井中佐に棄てられたかのような感覚さえあった。太平洋での激戦が伝えられる中、平凡に流れる日々が、ひどく物足りなく感じた。時々依頼される運転が数少ない気分転換となった。

そんなある日、誠三郎は特異な体験をすることになった。ある将校から乗用自動車を二台用意するよう要請があった。運転のできる者が一人しか空いていなかったので、誠三郎が別の一台の運転をすることになった。どうも特務機関の仕事のようで、軍服私服入り交じって二台に分乗、途中で幌付きトラックが合流して、治安の良くないことで知られる貧民街に向かった。青井中佐との仕事では来たことのない場所である。

街の広場に車を停めると、住民が湧き出すように出て来て車列を取り巻いた。特務たちは拳銃を抜いて、目の前の病院のような建物に飛び込んで行った。トラックから降りてきた兵隊が、銃剣を構えて車列の警備を始めたので、誠三郎も特務たちの後を追って中に入った。建物の内部は不快な匂いが漂っている。廊下の両脇に、入り口に幕が下りた小部屋が連なっている。特務たちの走る勢いで幕がまくれ上がる。中を見た誠三郎は、そこが阿片窟であることを知った。

誠三郎は立ち止まって幕の間から中を覗いた。しどけない姿の女と、寝台に横たわって太い煙管《きせる》をくわえる立派な服装の痩せた男。こうやって資産をつぎ込んで廃人になっていくのかと思った。その時、女が出てきて激しくののしりながら細い腕で誠三郎の胸を突いた。「見世物じゃないっ」と言っているようだった。凄まじい香水の匂いが残った。

特務たちの後を追うと、一番奥の大きな部屋に入って、そこの人間を壁際に立たせて一人ずつ尋問している。別のグループはその部屋から木箱を運び出している。木箱の隙間から、ゴムタイヤのような生《しよう》阿片《アヘン》が見える。木箱を運ぶのを手伝いながら聞くと、ここの誰かが正規ルートから盗み出した物らしい。自動車に戻っていると、「支那人」を尋問していた特務たちが、笑いながら風呂敷包みを担いできた。

「はい、軍曹殿、お土産です」

そう言って、助手席に乗ってきた太った特務が、アルミの弁当箱を誠三郎の膝の上に載せた。特務は弁当箱を生阿片の入れ物として使っている。

「もらってもいいのかね」

「どうぞ。危険手当ですよ。ひと月分の酒代と女代ぐらいにはなるでしょう。ふふ」

誠三郎の胸に瞬間、越えてはいけない一線を越えるような畏《おそ》れが湧いた。しかし考えてみれば、中佐との任務だって同じことじゃないか。そう別の自分が言う。葛藤は一瞬だった。持っているだけならいいだろう。誠三郎は礼を言ってそれを受け取った。

十二月、ソ連軍がスターリングラードで、ドイツ軍に対する大反撃を開始。明けて一九四三(昭和十八)年二月、スターリングラードのドイツ軍は降伏した。同じ頃、南太平洋では、激戦が伝えられていたガダルカナル島から日本軍が転進した。転進が撤退を意味することはすぐに分かった。その時期には、以前香本に聞いていた情報が伝わってきた。半年前、東太平洋のミッドウェー島近海で日本の空母四隻が沈められ、多くの飛行機と貴重な搭乗員を失ったというのだ。

そして四月、「連合艦隊司令長官山本五十六、ソロモン島上空で戦死」の報が流れた。誠三郎はこのニュースをラジオで聞いた時、自分自身の遠い破滅を予感した。それは、極寒の大廟の包囲の中で、凍えながら全滅の恐れを必死で否定していた時と同じ、あの暗い戦慄を背中に甦《よみがえ》らせていた。

第十一章　前夜

一九四四（昭和十九）年に入ると、戦況が日本軍に利あらずというのは、誰の目にも明らかになってきていた。久美にもそれはひしひしと伝わってきた。家族からの手紙の文章の表現に、戦時下の生活が厳しいことを隠そうとするのが感じられるようになった。

早瀬家の手紙は総て、特高の検閲を通ってきているのだろうが、孝治のせいで周囲から非国民の家族と非難されているらしいことも、その行間から読み取れた。賢三の師範学校での勉強はどうなったのか、こちらから問い合わせても答えがなく、久美は暗い予感に苦しめられた。海軍にいる兄は「曙」という駆逐艦に乗っている筈だが、ずっと前に一度「元気だ」という葉書が来ただけで、それ以降全く連絡がないらしい。

孝治は逮捕後一年二ヶ月にわたって、横浜近辺の警察署の留置場をたらい回しにされ、一九四二（昭和十七）年九月に起訴され、横浜拘置所の未決監に移った。川崎の青年組織の中心にいたらしく、取り調べは過酷だったと聞く。翌年の三月に懲役二年執行猶予三年の判決が出たが、その直前に喀血し、釈放と同時に横浜聖霊療養院という結核療養所に収容された。現在もそこで保護観察下の療養生活を送っているはずだ。

意外にも、これら孝治の情報は「カフェー日本」の五十嵐店主の、内地にいる友人から伝えられてきていた。聖霊療養院に入ることができたのも、その五十嵐の友人の力添えがあったからなのだ。ここにきて知ったのだが、五十嵐はクリスチャンで、友人には治安維持法違反で拘束された人もいるらしい。

五十嵐によれば、神奈川の特高の拷問は、「神奈川三月《みつき》」と言われていて、どんなに頑強な政治犯でも三月で口を割る程凄まじいのだそうだ。孝治はそれに耐えたのだが、一年二ヶ月のたらいまわしの後、結局「転向」を誓う手記を書かされて、執行猶予付きの判決を出されたのだという。

久美はどんな事情であっても、命が助かって良かったと思う。孝治にも会いたかったし、賢三がどうしているのかも知りたい。父の病気や母のことも心配だったが、どうすることもできない。戦況悪化で内地への渡航は命がけ、手紙が届くのにも随分時間が掛かるようになっていた。久美は、ラジオのニュースや店にある何日か前の新聞を読むことで、戦況を掴もうとしていた。大本営発表の中に、「総員壮烈なる戦死」という表現がよく使われるようになっていた。

去年、アッツ島という北の方の島の日本軍が全滅した時には、「玉砕《ぎよくさい》」という言葉が使われた。どう表現しようが、日本の兵隊さんが全員戦死して、アメリカ軍に負けたということなのだ。久美はそう思った。

この一九四四（昭和十九）年七月には、日本の民間人もたくさん移住しているサイパン島の守備隊が、「総員壮烈なる戦死」を遂げたという記事を見た。久美は、南の島の方から押し寄せて来ているアメリカ軍に、金色の蜂の大群のような印象を持っていた。その波に、いつか自分たちも呑み込まれるような恐怖があった。

内地では食糧不足、物品統制で生活が大変らしい。しかし「カフェー日本」はまだましだった。物資はやはり不足気味、時にもんぺをはかされたり、防空演習があったり、客足が減ったりということはあったが、戦火はまだまだ遠くの話だった。同じ七月の終わりには、東條内閣が総辞職した。

久美と誠三郎の関係は、その頃まで、一定の強い結びつきを維持したまま続いていた。久美は不思議な関係だと思う。もう三年くらいも前になるか、誠三郎から二人で所帯を持とうと強く言われた時期があった。久美も本気で誠三郎に愛情を感じていたから、その言葉は嬉しかった。

久美の、この街限りの付き合いという決意も揺れた。二人の暮らしを夢想もしてみた。新しく二人で小さな部屋を借りて、毎日一緒に暮らすのもいいかなと思った。女給を辞めて、誠《せい》さんの俸給で二人暮らせるかしら……そこまで想像して、だめだめ、何を夢みたいなことを考えているのだと思い返した。

両方の家への仕送りがあるではないか。そんなことより何より、私のような女は、そんな夢は見てはいけないのだ。久美はそう思った。久美には、口が裂けても他人に言えない過去がある。特に誠三郎には、あの十七、八の頃の忌まわしい日々のことは、どんなことがあっても知られたくない。二人で暮らす夢を持てるような女ではないのだ。

三年前のあの頃、誠三郎は久美に、繰り返し所帯を持とうと言ってきた。そして久美が返事を先延ばしにするごとに、気持ちを暗く沈ませていくように見えた。あの時期、まだ戦争は今のように切迫したものではなかった。除隊して内地に帰って必死で働くから一緒になってくれと、言葉を選びながら誠三郎は懸命に久美に訴えたものだった。

「いい返事をしてくれないのは、久美が俺のことを、本気で好いてくれてはいないという……」

「そんなこと言ってない。私はあなたを好きだし、誰よりも大切に思ってるわ」

「それじゃなぜ、いいと言ってくれないんだ」

「駄目なのよ。私のような女は、あなたのような人と所帯を持って、奥様になるなんて無理なのよ」

「意味が分からん。俺が久美がいいと言って、一緒になってくれと頼んでいる。どこが無理なんだ」

「ごめんなさい。何も言わないで、このままでいて欲しい……」

幾度こんな会話を繰り返しただろう。結局、ある時から誠三郎は、部屋にも店にもぱったりと顔を見せなくなった。久美はそれで良かったのだと、広げた心の翼をそっと閉じるような思いに静かに耐えた。

それからひと月以上が過ぎ、明日は誠三郎の使っていた箸と歯ブラシを片付けようと思っていた、その真夜中、懐かしい合図のノックがしたのだった。

それからの誠三郎は、結婚の話は一切しなくなった。以来三年近く、週に何日か、深夜に誠三郎が部屋に来て、二人で飲んで話して、抱き合って眠って、朝食を摂って紅茶を飲んで別れる、そんな不思議な関係が続いている。それは自分たちらしい愛の形であり、それでも二人の心は通じているのだと思う。

一九四四（昭和十九）年、十月最後の土曜日の深夜だった。やって来た誠三郎の顔は青白かった。寒気が強くなってはいたが、寒さのためだけではなさそうだった。椅子に掛けた誠三郎は、いきなり切り出した。

「海軍が、とうとうやった」

「えっ、海軍で何かあったの？」

「ラジオでは、言ってなかったか？　海軍の神風《しんぷう》特別攻撃隊が、フィリピンで、敵艦隊に体当たり攻撃を敢行して、大戦果を上げた。その後も、続々と出撃しているらしい」

　店では何も騒ぎになっていなかったから、誠三郎は一足早く、軍の関係者から情報を掴んだのだろう。

「しんぷうって神風《かみかぜ》のこと……」

「そうだ。爆弾抱えた飛行機で、敵艦に突っ込む」

「そんなことって……」

「神風が吹く」というような言葉を、最近ラジオで何度か聞いたが、具体的な内容は考えもしなかった。生きた人を乗せたまま敵の船にぶつかっていくなんて。

「それを聞いて頭をぶん殴られた気がした。最近の俺は、何とふやけた暮らしをしているか、何とだらけた暮らしをしているか、帝国軍人として恥ずかしくないかと、思い切りぶん殴られたような気がした」

　外套を脱いで、倒れるように椅子に座り込んだ誠三郎からは、酒の匂いがした。

「お水持って来ましょうか？」

「いや、いいから、そこに座ってくれ。俺の話を聞いて欲しい」

　以前から比べると、首から胸の辺りに肉が付いて、随分太った気がする。自動車の管理や配車のような仕事内容が影響しているのだろう。だがそれは、以前の尖った刃のような印象から、貫禄のある自信に満ちた男という雰囲気に誠三郎を変えていた。

　しかし、椅子に掛けた久美が聞いたのは、自信を失い、悲壮な高ぶりと焦燥の中にある男の言葉だった。

「少し飲んできた。実はな、久美にも話したことがあったろう、戦友の女川のこと。あいつが戦死した……」

「ええっ、いつも話していた、あの女川さんが……」

「ああ、それは先週、司令部に来たある人に聞いて分かった。女川が戦死したのは半月前だと。かつて俺たちが一緒にいた、あの包頭の騎兵連隊は、おととしの十月に解散して、機動歩兵連隊になった。そして、みんなは今、中支方面にいて、有力な敵と激戦を繰り広げているんだと……」

誠三郎の目から大粒の涙が溢れた。

「女川を偲んで……それから、特攻で散華した男たちを偲んで、そして……これから敵艦に突入する男たちを思って、ひとりで飲んできた……女川が戦死するほどの激戦に……かつての戦友や部下たちが命を張っている時、俺は……俺はまるで、腑抜けみたいに、安全地帯で……ぬくぬく暮らしていた。そのことが、今日、はっきりと分かった」

誠三郎は途切れ途切れにそう言うと、袖で目尻の涙を拭い、背筋を伸ばして居ずまいをただした。

「俺は今日、久美に白状する。さっき、香本さんにも話した。だらしないことだ。今の仕事の関係で、俺は特務機関の連中と知り合った。宿舎が前とは別の棟に移ったから、香本さんとよりも多くの時間、連中と付き合うようになった。そのうち、汚い金も懐に入れるようになったし、真っ当じゃない遊びにも手を染めるようになった。だが、もうやめだ。今日、神風《しんぷう》特攻隊の話を聞いて目が醒めた」

話す誠三郎の息が上がるようなので、久美は黙って立ってコップに水を汲んできた。

「ああ、済まない」

誠三郎は一息で水を飲み干した。

「数日前から、海軍の搭乗員たちが、その一つしかない命を、愛機と爆弾もろとも、敵艦に叩き付ける攻撃を続けている。祖国を国難から救うためにだ」

「飛行機ごと体当たりなんて、そんなことまでしなくてはならないなんて……」

久美は戦争が、恐ろしい段階に来ているのだと感じた。押し寄せる金色の蜂の大群の印象が、またも脳裏に浮かんだ。

「みんな、日本の優秀な若者たちだ……俺はだらしなかった。女川にもみんなにも……申し訳なかった」

誠三郎はそこで言葉を切り、しばらく俯いていた。そして顔を上げて言ったことの重大さに、久美は言葉を失った。

「俺は自分が恥ずかしい。俺は今日、上司に最前線の部隊への転属願いを出してきた」

「えっ、それは……」

「元はといえば、俺は、お釈迦様がたらした蜘蛛の糸に縋《すが》って、戦友たちを、地獄の戦場に置きざりにして逃げてきた人間だ。俺は、本来の自分がいるべき世界に、戻らなくてはならない」

久美はその話は前にも聞いていた。でもそれは、誠三郎の運命の巡り合わせであって、そんなことに罪の意識を持つのはおかしいと考えていた。ここしばらくその話はしなかったのに、どうしたというのか。

大事な戦友・女川が戦死し、かつての仲間たちが今も激戦の場にいるという事実で動揺し、今日の神風特攻隊の突入という報道で、蜘蛛の糸で助かったという罪の意識が一気に燃え上がったのだろうか。しかし、転属を願い出るってどういうことだろう。願いが受け入れられたらどうなるのだろうか。

「転属って、もしかしてあなたは、この街から出て行くってことなの？」

誠三郎は窓の外に目をやったまま黙ってうなずいた。

「そうなのね？」

「そうだ。どこの部隊かは分からない。どこでもいい、現に敵と戦火を交えている部隊に転属したいと、そう申し入れた」

「なんで？　どうしてなの？　自分からわざわざ危険な所に行くなんて、あなたの気持ちが分からない。私には全然理解できない」

久美は、いくつかの疑問に裏打ちされた強い怒りの感情に包まれていた。

「今、あなたが毎日働いているのだって、御国のためだと思う。人はそれぞれの場所で、それぞれにできることを、精一杯するしかないじゃないの。特攻隊の皆さんが、そんなにも悲しい戦死をなさったからって、誠《せい》さん、あなたまでがどうして突然、最前線の部隊なんかに転属しなくてはならないの？　そんなのおかしい……」

誠三郎は、空のコップを置いて顔を上げ、ひとことずつ噛みしめるように話していった。

「ここしばらく、俺は〝御国のため〟というのが、よく分からなくなっていた。今もあちこちで、兵隊が命を懸けて敵と戦っている。けれど、そのことは、結局昔の国盗りと同じで、土地や資源や物資の奪い合いだ……それで、しこたま儲けてる商社や、企業があることも、ここで俺は知った。兵隊は、商社の儲けのために命を懸けて戦っている訳じゃない、と思った」

誠三郎は大きく一つ息をついた。

「俺の連隊の、百三十九人もの将兵が、軍規の緩みと傲りが原因で死んでいった。それも〝御国のため〟だったっていうのか。〝御国のため〟って、一体何なんだと、俺はやりきれない気持ちになった。だけど、俺に何ができる？　俺はふて腐れて、考えるのを止めた。どうにでもなれと、思うようになった……」

誠三郎は言葉を区切り、遠くを見る目になった。

「だけど、特攻隊員の、壮絶な死の報道に接して、目が醒めた。この戦争は、いろんなおかしいこともあるけれど、やっぱり、日本民族の存亡を懸けた戦いなんだ。帝国軍人たるもの、先頭に立って戦わなくてはならんのだ。ふて腐れたり、臆病風に苦しんでなんかいられない。それは、分かってくれるだろう？」

久美は誠三郎が、回数は減ったとはいえ、まだ夜中に悪夢を見て飛び起きることがあるのを知っている。最近聞いたところでは、夢には誠三郎の母親が出て来ることもあるという。母親がどう繋がるのか分からないが、今でも恐怖に怯えて飛び起きているのである。それを誠三郎はまだ、軍人として恥ずべき怖じ気、臆病さだと考えているのだ。

「私には何も話してくれないで、そんな大事なことを決めてきてしまったの？　勝手に私と別れると決めて、この街を出て行くというの？」

誠三郎が、カタンと音をさせて、コップをテーブルに置いた。

「そんなことを言うけれど……久美は俺のもとには、最後の最後まで来てくれなかったじゃないか。俺は何度も何度も、本気で結婚を申し込んだのに……俺は訳が分からなくて、情けなくて、悔しくて苦しかった。朝が来て宿舎に戻る時、この部屋の、あのドアを出ると……腹の底から無性に悲しくなって……この、俺という人間に総ての原因があるんだろうって……」

久美の胸に高まっていた怒りが萎えた。返す言葉がなかった。誠三郎はずっと苦しんでいたのだ。そんなことに、どうして気が付かなかったのか。週一、二度の逢瀬で、心は通じている筈などと、思っていた自分が愚かだった。

今ここで誠三郎に、それは違う、それは私自身に原因があるのだと言わなければ、このまま二人は終わる。しかし、言葉は出てこなかった。

「ただ、こんなこと、勝手に決めたのは済まないと思っている。それで、久美にこれを受け取って欲しい」

誠三郎は、胸から分厚い茶封筒を取り出してテーブルの上に置いた。久美にはすぐにそれが紙幣の束であることが分かった。

「それ、どういうつもり？　そんなの受け取れない」

久美は立ち上がると、その封筒を持って誠三郎の胸に両手で押しつけた。訳の分からぬ涙が次から次へと溢れてきた。これで二人の関係が終わるということだけが分かった。

「これを持って、お願いだから帰って」

「これは、変な意味じゃないんだ。弟さんにも何もできなかったし、君にだって世話になりっぱなしで、ご両親や弟さんたちのために、少しでも役立ててもらえたらと思って……」

久美は涙も拭わず入り口まで歩きドアを開けた。

「帰ってください。お願いだから、これを持って帰ってください」

誠三郎は久美の手から封筒を受け取った。

「分かった。ごめんよ。今まで長いことありがとう。じゃ帰るから。さようなら、元気でな」

外套を腕に抱えて誠三郎は出て行った。

久美は黙ってドアを背中で閉めた。そのまま、久美は冷たい床に座り込んだ。涙がまた止めどなく流れた。悲しみと絶望が綯《な》いまぜになった涙だった。自分の一つの時代が今終わったと思った。

数日後、店主の五十嵐から呼ばれて行くと、テーブルに見覚えのある封筒が置かれていた。五十嵐は立ったまま紅茶を淹《い》れている。

「不器用な男だね、あの彼は。ただ誠実ではあるんだよ。これから先の我々の大変さを、彼は予想しているんだ。だから、これはもらっておきなさい」

これから先の大変さという言葉に、久美は引っかかった。自分が敢えて口にしない不安と重なったからだ。香りの高い紅茶が目の前に出された。

「これから先の大変さ……といいますと」

「まずはさあ、お上がりなさい」

「はい、ああ、いい香りです。いただきます」

「この街の日本人で、戦争の行く末を真剣に案じている人は少ない。彼はその少ない一人だと、話してみて分かったよ。多くの日本人は、神風が吹くだの、無敵の関東軍だのと威勢がいい。そしてひどく享楽的だ。だけど、それは不安の裏返しさ」

五十嵐は紅茶をうまそうに飲んでカップを皿に戻した。品のいい花柄のカップだ。

「どうなっても驚かないように、心の準備はしておくことだ。店の女の子たちの前でこんなことを言えば、非国民呼ばわりされちゃう。だからここだけの話だよ。もうすぐ戦争は終わる。これは彼が、あなたのその後の大変さを考えて準備したものだ。精一杯の好意の印だと思って、もらっておきなさい」

「はい」

五十嵐にはそう答え、その封筒はバッグに収めたが、部屋に戻るとすぐに久美は、机の一番下の引き出しにそれを放り込んでしまった。涙がまたあふれた。

十二月の中頃、全く久しぶりに香本が店に現れた。三人連れだった。遠くから久美を見つけて近寄ってきて、立ち話で、ほんの短い時間言葉を交わした。聞きたいことはたくさんあったが、その気持ちを強く抑えた。香本は、近いうちに帰国することになったのだと言った。

香本は優しい目で久美を見た。

「色々事情があってね、急に帰ることになったのよ」

「寂しくなります」

「それとね、岡田君とのことは諦めなさい。純粋というか単純というか、馬鹿というか、あきれる程の頑固者だわね。今はあなた、とても辛いだろうけれど、時が解決するわ。がんばりなさいね」

「はい」

「余計なこと言っちゃったわね。ごめんなさい。あそうそう、内地に帰って何か困ったことがあったら、ここに寄って。何か力になれるかも知れないから」

香本は、東京の住所が書かれた洒落《しゃれ》た文字の名刺をくれた。

「今内地は、アメリカ軍の空襲が始まって大変らしい。しばらくはこっちにいた方がいいわよ。じゃ私はもう行くわね、お元気でね」

香本はそう言って右手を差し出した。

「ありがとうございます。香本さんも、お元気で」

久美は香本の手を握った。温かく柔らかな手だった。涙が溢れて香本の顔が見られなくなった。これで、誠三郎に繋がる糸は完全に切れたと思った。


一九四五（昭和二十）年八月九日早朝、久美は激しくドアを叩く音で目が覚めた。いつかの、二人の刑事が踏み込んで来た悪夢のような過去が一瞬で甦った。またあいつらが来たのだ。時計の針は午前四時を指している。

「開けろ、いるのは分かっている」

「早く開けろ」

ドアは激しく叩かれ続ける。久美は緊急避難の可能性があるという五十嵐の指示で、もんぺにブラウス姿で寝ていた。それだけは良かったと思いながら、靴を履きドアに近寄った。

ここ数日、奥地に住んでいた日本人が、大荷物を持って続々と張家口市街に流れ込んで来ていた。ソ連軍が数日中に侵攻して来るのではないかという噂がしきりだった。既に五十嵐は、八日の段階で店の関係者を集め、万が一の時は店の者全員一緒に避難する、最低必要な物を背負えるように荷造りしておく、公共施設が満員になったら避難民を受け入れ、みんなで面倒をみる、などの方針を伝えていた。そんな折に、まさか刑事が来るとは思いも寄らなかった。

「はい、今開けます」

鍵を開けた途端に、久美の腕を荒々しく掴んだのは、あのガマ刑事だった。

「早瀬久美、領事館警察まで来てもらう。おい、拘束しろ」

「何をするんですか。私が何をしたというんですか」

久美の抗議を無視して、顔を見たことのない痩せた若い刑事が、久美の両手に手錠を掛け腰縄を打った。ガマもこの間に部下を使う立場に出世したらしい。

「不穏過激分子の係累はなあ、緊急時には逮捕できることになってるんだ」

やはり、五十嵐が警戒していた緊急事態が起こっているのだと久美は思った。引き摺り出されるように部屋の外に出ると、いくつかのドアの隙間から同僚たちが見ていた。警察に着いたらガマの上役に、弟は既に執行猶予で釈放され、横浜で療養中だと説明すれば分かってくれる筈だと考えながら、久美は自動車に押し込められた。

警察では、下着にされて全身の身体検査をされ、紐の類いは総て取り上げられ、久美はもんぺの前を押さえたまま、地下の薄暗い留置場に放り込まれた。その様子を、ガマが薄ら笑いしながらずっと見ていた。

何時間か経ったが、取り調べは一向に始まらなかった。留置場には男が数人いるようだったが、女は久美一人らしかった。猫の餌のような食事が出されたが、久美は手を付けなかった。

時間がただ過ぎていく。カビの匂いがして蒸し暑かった。次第に体のあちこちがかゆくなってきた。蚤《のみ》や南京虫がいるのだろう。久美は我慢ならなくなった。

「お願いします。話を聞いて下さい。どなたか。いらっしゃいませんか」

留置場の入り口に警官が座っているのを、入ってくる時久美は見ていた。その人に向かって必死で問いかけた。

「お願いします。どなたか、責任者の方を……」

「黙れ。呼ばれるまで静かに待たんか。これ以上騒ぐと全身を拘束するぞ」

裸電球の下から警官が顔だけ見せて言った。ここでは全身を拘束されることもあるのだ。いつか雑誌で見た、全身を縛り上げられた女の卑猥な写真を思い出した。久美は黙った。

「おい、ねえちゃん、こんな所に珍しいなあ。もっとこっちに来いよ、いいことしようぜ。なあ……」

別の房から潰れたような男の声がそう言った。背筋を戦慄が走った。地下室全体が薄気味悪かった。

薄暗さが増し、外の日が暮れていくのが分かった。やがて久美は、自分が捕まったのは、取り調べが目的ではないのかも知れないと思い始めた。もし何か調べたいのであれば、緊急事態が起きている今、一刻も早く取りかかるのが当然だろう。丸一日放ったらかしておくのは、何か別の目的があるのではないか。それは何だろう。久美には見当もつかなかった。

長丁場になるのを覚悟しなくてはならない。まどろみもせずに翌日の朝を迎えた久美は、そう判断せざるを得なかった。としたら、少しでも食べて体力を維持し、ここを出されるのを待つしかないと思った。五十嵐が何とか手を尽くしてくれているのではないか。それだけが希望だった。

久美は、どこからか漏れてくる外の光と、食事の回数で、逮捕後何日経ったか数えた。日が経つにつれ、警察署の中が騒がしくなっていった。そして捕まって十日が過ぎた時、久美以外の留置者が、突然外に連れ出された。三人の浮浪者のような男たちだった。

久美も出られるかと一瞬期待したが、警官たちは前を素通りした。彼らの会話が聞こえた。

「あの女……権田課長が直接……するそうだ」

権田とはガマ刑事の苗字である。あばたの気味悪い顔が思い浮かんだ。あいつが直接、私をどうしようっていうのだ。それを想像してまた戦慄が走った。

その時から、入り口の警官がいなくなった。そして食事が出されなくなった。水もなくなった。さらにその夜は、かつてなく署内が静まりかえった。

久美には、自分を激しく憎む者がいて、こういう苦しみを与えているとしか思えなかった。ガマ刑事だろうか。だが、こちらが恨むことはあっても、向こうから恨まれる筋合いなどない。

このままこの気味悪い留置場で、たった一人で死ぬのだろうか。こんな形で、私はなぜ命を終えなくてはならないのか。なぜこんなことが許されるのだ。久美は空腹の中で考えた。いつか、誠三郎のことを恨むような気分になっていた。それは不思議なことだった。

久美の記憶では、その日は八月二十一日の筈だった。体力の衰えを感じつつ朝の排泄を済ませた時、慌ただしい靴音と鍵束の音が聞こえた。

「早瀬久美、まだ生きていたか。今、出してやるからな。待ってろ」

格子戸の鍵を苦労して開けているのは、久美を拘束した、あの痩せた刑事だった。

「さあ、早く。急げ。最後の汽車が出る。間に合わなかったらおしまいだ。急ぐんだ」

久美は立ち上がったが、ふらついて歩けなかった。刑事が肩を貸してくれて、階段を上り一階に出た。警察署内には人影がなく、書類が散乱していた。

「駅まで急ぐ。ここに乗れ」

　久美は、裏庭でエンジンを掛けたまま停められているサイドカーの脇の座席に、抱え上げられて押し込まれた。脇では焦げた書類の山がくすぶっていた。

　走り出た街には、日本人らしい人の姿が全くなく、大勢の「支那人」たちが道に繰り出して、久美たちの通るのを見物している。家の外に荷物が山積みになっている所に「支那人」たちが集まっている。逮捕される時に見た穏やかな景色とはまったく違っていた。

　サイドカーはやがて、見慣れた駅の前の広場に滑り込んだ。数人の男女が走り寄ってきた。

「智恵子姐さんっ、よかった」

「体、大丈夫？　どこも怪我してないかい？」

　お店の同僚のみどりと妙子の二人だった。みどりが泣きながら久美に手を差し伸べてきた。二人の手を借りて、久美は座席から外に出た。

　たくさんの日本人が何事かと近くに寄って来た。汚れきったブラウスと、ずり落ちそうなもんぺが恥ずかしかった。振り返ると、五十嵐が痩せた刑事と何か真剣な顔で話している。やはり五十嵐が救いの手を回してくれたのに違いなかった。

　二人が久美を支えて駅舎の片隅に連れて行ってくれ、用意しておいてくれた衣類に着替えさせてくれた。気がつけば、すごい数の人たちが駅の周りに集まっている。みんな避難民のようだった。

「最初はね、一時避難だから、最低限の物しか持つなって言われたのよ。だから自分たちの物しか持ち出さなかったの。それで、こういうことになりそうだっていうんで、みどりと二人であんたの部屋に戻ったのさ。それで、この着物や履き物や、持ち出し用のリュックを持って来ておいたってわけ。住まいが近くてよかったよ。とにかく無事で何よりだったねえ」

　妙子がそう言いながら水を飲ませてくれた。

　みどりは握り飯を出してくれた。ありがたくて涙が出た。握り飯はなかなかのどを通らなかったが、久美は泣きながら、必死に飯粒を噛み続けた。

　その場所には、子どもを連れた女たちが十数人集まっていた。妙子が説明するには、避難民たちの中でも遅れて着いた一団で、奥地から子連れで逃げてきた女性たちらしい。お店のみんなは昨日の汽車で一足先に避難したのだが、五十嵐とこの二人が残って、その女性と子どもたちを一晩面倒見て、今朝方ここまで連れて来たのだという。

「何が起こったの？　ソ連軍が？」

久美がそう聞いた時、大きな音がして、あのサイドカーが広場から出て行った。

「え？　そうか、姐さんまだ何も知らないんですね え。日本は戦争に負けたんです。無条件降伏ですって。だから、日本人は急いで内地に帰らなくてはならないんです。もうあちこちで、日本人の家財の略奪が始まっているって……」

みどりがそこまで言うと、今度は妙子が説明し始めた。

「ソ連軍は、九日に国境を越えて侵攻して来たんだけどさ、駐蒙軍の部隊が、今も降伏せずに戦ってくれているらしいのさ。張家口にいる私たち日本人を逃がすためだって。考えると涙が出るわね」

日本が戦争に負けた。内地に帰る。ソ連軍が侵攻してきている。駐蒙軍の部隊が迎え撃っている。誠三郎がそこで戦っているような気がしたが、その思いはすぐに振り払った。


何もかもが夢の中のようだった。そこに五十嵐が戻ってきた。

「いや、大変だったねえ。もっと早く出してあげたかったんだが、なかなかうまくいかなくてねえ、可哀想なことになってしまった」

「いえ、ありがとうございました。あのまま死んでしまうのかなと思っていました。手を尽くしていただいて感謝しています」

「いや、当然のことだ。今の刑事の言いぶりでは、総てがあの権田とかいう刑事、さっきの奴は課長って呼んでたが、どうもそいつが個人的に仕組んだことのようだなあ」

「あのガマ刑事でしょ。いけ好かない奴よ」

妙子が顔をしかめた。

夏の日差しの下から戻った五十嵐は、鳥打ち帽子を脱いで禿頭の汗を拭った。久美はその五十嵐の様子がたまらなく懐かしかった。有り難かった。

「私が思うに、あの権田という奴は、釈放を条件に智恵子さんを自分のものにする気だったんだろうな」

逮捕から今日までのことを考えて、多分五十嵐の想像が当たっていると久美は思った。五十嵐が続ける。

「突然のソ連軍の侵攻のどさくさをうまく利用して、智恵子さんを我が物にしようとしたが、計算違いは日本の無条件降伏だった。ソ連軍の侵攻の速さにも驚いたんだろう。権田は、その計画をほったらかして逃げ出したんだ。さっきの刑事ははっきりとは言わなかったが、私がそう言うのを否定しなかったからね」

それを聞いても久美には、あのガマと呼ばれる刑事のことを憎む力も湧いてこなかった。気持ちの張りが緩み、座り込んで息をしているだけで精一杯だった。

「あの若い刑事もね、智恵子さんはとっくに権田が連れ出したものと思っていたそうだ。『ひでえなあ』と、権田のことを怒っていたよ。ともかく、あの刑事と連絡が付いて良かった。彼によれば、権田は避難民受け入れの準備のためと称して、一昨日の汽車でまっ先に天津に行ってしまったんだそうだ」

妙子が、聞くに堪えないという調子で言った。

「ひどいねえ全く、権田という奴は、うちらのことを一体何だと思ってやがるんだ」

「本当よねえ。人を馬鹿にしてます」

みどりが応じた。

権田という人間からすれば、たかが女給の久美など、留置場にほったらかして苦しもうが死のうが痛くもかゆくもないのだろう。そして、もし日本が降伏していなかったら、本当にあいつに手籠《てご》めにされていたかも知れなかったのだ。ほっとして力が抜けてきた。

「とにかく、ろくなものはないけれど、一所懸命食べて、体を休めて、早く元気になってくださいよ」

五十嵐はそう言って優しく久美の肩に手を置いた。

助かってよかった。心からそう思った。なぜか分からないが涙が次から次へと溢れた。

その時だった。汽笛が鳴って、遠くで待機していた蒸気機関車が、煙を吐き蒸気の音を立てながら、たくさんの無蓋貨車を引いてゆっくりと駅の構内に入って来た。多くの人々が立ち上がり、赤ん坊が激しく泣き出した。群衆の波が動き始めた。

第十二章　太原北方

岡田誠三郎が最前線部隊への転属を願い出たのは、戦友女川の戦死と、神風特別攻撃隊の出撃、さらに「中支」で戦う戦友たちの情報に強い衝撃を受けたからだった。自らの死をも覚悟して、本来の自分が居るべき場所に戻る決意を固めたのである。

当然のこと、久美にも別れを告げた。そのくらい本気で求めた転属なのであった。しかしながら、その転属願いは、実に呆気なく却下されてしまった。軍隊は下士官・兵の希望などでは決して動かない、総て上層部の都合なのだ。そんなこと百も承知ではなかったのかと、誠三郎は歯噛みする思いだった。

いっときは、張家口の北部にある、張北という街を守備する部隊への転属という話が出てはいた。だが、すぐ立ち消えになったのは、騎兵科から来た司令部付きの軍曹などという、いかにも扱いにくそうな人間は、敢えて採らないということだったのだと思う。

しばらく気持ちは腐っていたが、年が変わって一九四五（昭和二十）年、硫黄島守備隊全滅、米軍沖縄上陸などという事態を前にして、誠三郎は気持ちを切り替えて、今の任務に力を尽くそうと決意せざるを得なくなった。この時期、張家口の周辺でも八路軍の動きが頻繁に報告され、市街地での発砲事件も伝えられていたのである。

久美にはもはや合わせる顔はなかった。深夜に悪夢に苦しむことが、まだ時々あるのだが、それにも一人で耐えるしかなかった。それは以前のように、激しい恐怖感に脂汗をかいて飛び起きるというようなものではないのだが、苦しさは変わらなかった。夢では誰かが冷たい視線で自分を見ており、胸が凍り付くような思いを抱いて目覚めることが多かった。

最近はその誰かが、母親やあの河野先生だったりする。ただじっと悲しそうな目で誠三郎を見つめている女性が、いつの間にか母や河野先生になっている。目覚めると枕が涙で濡れており、胸の中を冷たい風が吹き抜けているような思いがしばらく続く。

宿舎は以前のような個室ではなく、四人部屋の下士官室を経理の軍曹と二人で使っていた。だから夜は気を遣わなくてはならなかった。しかしその軍曹は酒好きで、酔って眠ってしまうと、夜中にほとんど起きることがなかった。一度「悪い夢でも見たか」と聞かれたことがあったが、「子どもの頃から時々ある」と言い逃れると、それ以降尋ねなくなった。

一九四五年の六月になって、驚いたことに青井中佐が一時帰任することが決まり、着任次第その護衛兼運転手を、またもや仰せつかることとなった。実際に中佐がやって来たのは六月末だった。指示されて誠三郎が飛行場まで迎えに出た。

飛行機から降りてきたのは青井中佐一人ではなく、佐藤という得体の知れぬ民間人が一緒だった。中佐がその名字しか紹介しなかった時、誠三郎は佐藤は偽名だと直感した。きざな黒縁のメガネをして、人を鼻であしらうような雰囲気を持っている。ちょっと嫌な気がしたが、そこは任務なので気持ちを抑えた。

誠三郎の勤務場所は庶務の時のままで、中佐に与えられた部屋には佐藤が入った。翌日からは、各地にある蒙古自治邦政府関連機関、中でも阿片取引の中心である清査署、それに蒙疆銀行などを自動車で回った。

誠三郎は三年前には、中佐のその時々の行動の意味をほぼ推測できていた。しかし、今回の二人の動きはその頃とは全く違うのだ。ひと月程行動を共にするうちに誠三郎は、近々日本が敗戦を迎えるのかも知れないと感じ始めていた。彼等の動きは、戦争終結にそなえた手立てを講じているように見えるのである。

ドイツは既に無条件降伏しており、最近の報道によれば、内地の多くの都市が空襲に遭い、沖縄も米軍に占領されたという。本土決戦が声高に叫ばれていたが、敗色が濃いことは誰の目にも明らかだった。

青井中佐と佐藤は、以前の任務でよく行った、「支那人」や蒙古人の有力者の所は全く訪問しなかった。行くのは、各地に点在する日本と自治邦政府側の役所や出先機関ばかりだったのだ。あくまで誠三郎の想像なのだが、二人は戦争終結時における書類等の処置、資産の本国への事前移動などについて指示して回っているように思えるのである。佐藤という民間人は、そのために派遣された大東亜省の関係者なのではないか。

　彼らの仕事は順調に進んでいるようで、自動車の中での二人だけの会話には、八月の半ばには内地へ帰還などという話も出ていた。近ごろの日本近海は、米軍潜水艦が跋扈《ばっこ》し、船舶での帰国など文字通り命がけだった。海路でなければ飛行機だ。二人の会話に「新司偵」「百式司偵」という言葉が出たのが聞こえた。そういえば今年の春、新聞に「二機の百式司令部偵察機が、北京から東京までを三時間強で飛行」という記事があったのを覚えている。

　青井中佐たちは、そんな高性能の軍用機を自在に使えるらしい。それに乗って彼らはじきに内地に帰って行くのだ。やはりこの連中も雲の上の人間なんだと、誠三郎は喉の奥で苦い物を噛みつぶした。

　八月九日未明に、ソ連軍が満州から「蒙疆」に至る国境線を越えて侵攻して来ると、事態は大きく動き始めた。あちこちの親日的だった有力者が反旗を翻し、八路軍の動きが一層活発になった。小さな武力衝突が至る所で発生した。

　十五日には日本が無条件降伏し、その数日後各部隊に降伏と武装解除に関する命令が来た。誠三郎は、予想はしていたものの、祖国の勝利を信じて死んでいった自分の戦友たちや特攻隊員のことを思うと、暗澹《あんたん》たる気持ちであった。一体何のために自分は命がけで戦い、何のために彼らは死んだのか。

　降伏命令の内容は、国民党軍に全面協力して武装解除を受けよというもので、それまでの間、延安系、即ち共産党系の八路軍などが武装解除を要求してきたら、断固反撃すべしという内容だった。

　その時期、誠三郎は青井中佐と佐藤と共に大同に来ていた。敗戦の報に、大同に駐屯する警備部隊の本部は騒然とし始めた。一体これから日本は、自分たちはどうなってしまうのか。周囲の混乱の中、誠三郎は結論を得られぬ堂々巡りの思考を続けるしかなかった。

　ところが、青井中佐たち二人は、ソ連参戦の報には驚きを見せたが、敗戦の報には全く動揺しなかった。このようになることを、はっきりと予想していたもののようだった。そしてその事件は、降伏と武装解除の命令の数日後に起こった。

　最初のうち、誠三郎は何が始まったのか全く分からなかった。中佐が無線室に入りきりになり、佐藤はあちこちに電話を掛けまくっていた。そのうち誠三郎は中佐から呼び出され、急な任務を与えられた。そこには一人の黒い便衣を着た男がいて、その人の指示に従って軍のトラックを運転せよというのだ。

誠三郎は、その人の指示であちこち回り、幌付きの荷台に人を乗せた。助手席で指示するその人は立派な顎髭をはやしている。その人が誠三郎に言った。

「相手は自治邦の政府軍に組み込まれていた漢族の地方軍閥らしいね。沿線の守備隊も襲われたようだ」

重要物資を積んだ貨物列車が行方不明なのだという。重要物資とは何だろう。

関東軍の肝いりで蒙古連合自治政府ができた時、同時に結成されたのが自治政府軍である。内蒙軍とも呼ばれ、日本軍の中古の兵器で武装している。陰では典型的な傀儡《かいらい》軍などと言う人もいる。地方軍閥の寄せ集めだから、統制は取れないし、いつ寝返るかも分からないなどとも言われていた。日本降伏という事態に、おいしい物資をかすめ取ろうという動きが一部に出たのかも知れない。誠三郎に分かるのはそれくらいだ。

トラックに乗せた男たちは、誰もみな髭の人と同じような黒っぽい便衣を着ている。癖のありそうな人間ばかりである。特務機関員だろうと誠三郎は思ったが、その中に顔見知りはいなかった。指示されて回った最後の場所では、様々な大きさの木箱が積まれた。間違いなく武器・弾薬の箱だった。

同じその日の日没前、また命令が出て、「くろがね四起」に燃料を満載し、青井中佐と佐藤とを乗せて移動することになった。もう大同には戻らぬものか、出張用の私物も持参するように指示された。中佐と佐藤の私物も載せた。誠三郎も含めて三人とも私服である。

「進路はその都度指示する。とりあえず発進せよ」

助手席の青井中佐が地図を広げながら言った。

それ以降、青井中佐は助手席で、小型の懐中電灯を使って地図を確認しつつ、指示を出してきた。

「その先のトの字交叉を右へ。その先しばらく直進」

「トの字を右、その先直進します」

誠三郎には目的地はもちろん、用件も知らされていなかった。月もない暗闇である。何度も自動車を運転したことのある大同の街だが、たちまち現在地がどの辺りか分からなくなった。市街を出ると途端に悪路となった。揺れと騒音が激しい。指示も復唱も大声を出さなくては聞こえない。

「この先の十字路左折っ」

「十字路左折しますっ」

幹線道路ではないためか、他の自動車とは全く出遭わない。時刻は夜の九時を過ぎている。

しばらく直進が続いて指示が途切れた時、佐藤が中佐に大きな声で話しかけた。

「よりによって、あれを狙うとは驚きましたなあ」

「うむ。しかし安心しておってください。大丈夫、あの間諜からの情報は確かですから」

誠三郎はこの時、髭の人が言っていた重要物資は、佐藤と中佐に関係の深いものなのだと理解した。

暗闇を、前照灯を減光した状態で走るのには大層神経を使った。進行方向は定かではなかったが、運転している誠三郎には、南の方角に進んでいるような感覚があった。それに、車に乗り込む時に耳に入った中佐と佐藤のやりとりの中に、有名な閻錫山《えんしやくざん》という名前があったのだ。

閻錫山は国民党軍の司令官で、今は山西省の南西部の都市にいると聞いている。もっとも、名前が出たからと言って、その人がいる方向に向かうとは限らない。北に進んでいるのかも知れないのだ。誠三郎は方角の確信のないまま運転を続けた。

道路はやや広くなり、でこぼこも少なくなった。昼間自分がトラックで運んだ黒っぽい便衣の男たちは、どうしているのだろう。この二人とは別行動なのだろうか。何もかも誠三郎には分からない。

「広い溜め池にぶつかるまでこのまま直進」

「溜め池まで直進します」

「溜め池に沿った道を左折、土手の上まで行け」

「池に沿った道を左折、土手の上に行きます」

中佐が懐中電灯で地図を見ながら出す指示通りに、緊張する夜間走行を三時間弱続けて、ようやく目的地らしい場所に着いた。

「よし、ここで停車。エンジンを切れ」

一九四五（昭和二十）年八月下旬の深夜である。室内灯を点灯した中佐は、静かに誠三郎に言った。

「岡田軍曹、これからのことだが、多少のドンパチがあることを覚悟せい。ただ、君は何もせずともよい。この自動車を確実に守っておれ。終わったら、すぐにある場所まで急行するのでな。被弾して動かなくなったら一大事だ。いいな」

「はっ、自分は自動車を守っております」

ここで今から武器を使った何かが始まるのだ。

中佐が室内灯を消して、目が闇に慣れると前方に低い切り通しがあり、その真ん中に線路が通っているのが見えた。何が起こるのだろう。

中佐と佐藤が自動車の外に出た。誠三郎も後に続いて車外に出て、思い切り腰と背筋を伸ばした。

「ああ、連中、もう着いてますな」

佐藤が言うのが聞こえた。

「どれどれ、ああ、確かに彼らだ。さすがに早い」

中佐の声に北側の切り通しの上を見ると、時々人影がよぎっている。

人影は、昼間トラックで集めた便衣の男たちだろうか。もし彼らが特務機関員だとすれば、ここ数日はそれぞれ撤収に向けて、書類の処分等の動きを始めていたはずだ。その彼らを、中佐たちが急遽《きゆうきよ》呼び集めたということになる。混乱の中、短時間に何十人もが結集してきたのは、このまま敗戦を受け入れたくないという思いの者が多かったからかも知れない。

確かに日本の無条件降伏は伝わったが、中国各地には、武装したままの日本軍の部隊がまだまだ多数駐屯している。その力を結集して、大陸に大日本帝国を再建しようと、少なからぬ軍人や大陸浪人が動き出しているらしい。天皇陛下を大陸に呼ぼうという勢力もあるそうだ。

そして、その中心都市は、師団規模の戦闘的な日本軍部隊が集結しており、親日的な閻錫山の根拠地でもある山西省の太原《たいげん》になるだろうという。大同の警備部隊の情報通がもっともらしく語った話だ。誠三郎は、この事態に何を信じていいのか、どう行動すべきか、気持ちが定まらないまま、ただ命令に従ってこの場所にやって来たのだった。

誠三郎たちはしばらくの間、土手の上の藪《やぶ》の陰に停めた、軍用乗用車「くろがね四起」の中で過ごした。ここから北の方は、低い切り通しの上から線路をやや下に見下ろすような地形が続いている。この場所は、大きな溜め池に近く、待ち合わせるのに分かりやすいので選ばれたのだろう。大陸ではめずらしく湿度が高い。車内に入り込んだしつこい蚊にも悩まされた。ここは一体どの辺りなのだろうか。その時、闇の中からあの髭の人が現れた。外に出た中佐と話す中に「太原」という言葉が聞こえた。

それから小一時間経った頃、線路の遥か彼方から、減光されているらしい灯火が近づいて来た。

「おお来た。やはり間違いなかったね」

「そうですな。ほっとしました。さすが青井さんだ」

「本番はこれからですよ」

「ええ」

そう話をしながら、中佐と佐藤は自動車を降りて行った。青井中佐の手には拳銃が握られていた。

誠三郎も運転席に置いていたモーゼル拳銃を握ると車外に出た。機関車の吐き出す蒸気音がゆっくり近づいてくる。車の陰から覗くと、機関車の前照灯が、先ほど人影がよぎっていた辺りに差し掛かった。

この時期、ほとんどの列車は夜間に走行していた。終戦以前は、重慶辺りの飛行場から米軍機が飛んできて機銃掃射や爆撃を加えるため、昼間の走行は危険きわまりなかった。大分前から、制空権は完全に米軍に握られていたのだ。そして終戦ののちは、今度は八路軍の攻撃を避けるため、武装した強力な護衛がつく場合の他は、夜間に運行しなくてはならなかったのだ。

八路軍は、あらゆる方法で日本の列車運行を妨害しようとしていた。つい最近では、北京と包頭を結ぶ京包線の鉄橋が落とされて、大同から張家口に行く路線が不通になってしまった。レールが外されたり、障害物が置かれていることはしょっちゅうなのである。

そのため夜間といえども、列車はカバーを掛けて減光した前照灯の明かりと、見張りの乗務員の視力をたよりに、闇の中をいつでも停止できるようにゆっくりと進むのである。誠三郎が自動車の陰から見ている前照灯も、実にのんびりと近づいていた。

突然誰かの叫び声が上がった。機関車の見張りが、障害物を発見して立てた声のようだった。同時に機関車に急ブレーキが掛けられ、鉄と鉄の擦れ合う悲鳴のような音が辺りに満ちた。その直後何か重い物がぶつかるにぶい音がして、機関車は激しく蒸気を噴き出しながら停まった。切り通しの真ん中である。

　機関車は無蓋貨車を一輛と、その後ろに有蓋貨車を三輛しか引いていなかった。停車した途端、前の無蓋貨車が轟音と共に爆発して、ばらばらになった破片が激しく吹き上がった。いくつかの人体が飛ばされるのも見えた。護衛の兵員が乗っていたらしい。

　すぐさま凄まじい銃声が起こって、あちこちで火花が散った。闇の中から人影がわらわらと湧き出して列車に駆け寄った。銃声が続けざまに聞こえて、一瞬あとに静寂が戻った。機関車のシューシューという蒸気の音だけが聞こえてくる。

　誠三郎は驚きを持ってこの一つ一つの流れを見つめていた。線路に枕木か何かの障害物を置いて機関車を停止させ、護衛の乗る車輛だけを爆破して、物資を載せた肝心の有蓋貨車は無傷のまま残している。護衛の無蓋貨車には爆弾を放り込むか何かしたのだろう。おそらく鉄路は少しも傷ついていない筈だ。今後も日本軍が利用する筈の鉄道路線を傷めることなく、奪われた物資を取り戻したのだ。この連中はこの手の破壊工作の相当な熟達者のようだ。

　闇の中に貨車の扉が開く音が響いた。続いて切り通しの上に、減光したトラックの前照灯が幾つか現れ、貨車から木箱が運び出され始めた。あれが重要物資なのだろう。人が列になって木箱を手渡しで運び出している。ものの十分もしないうちに作業は完了し、トラックは全員を乗せて静かに走り去った。その手際の良さに心底驚きながら、誠三郎は車列を見送った。

　その時横からいきなり声をかけられた。

「おい岡田軍曹、何を悠長に眺めているんだ。これを積んでただちに出発だ」

　息を切らせた青井中佐が、重そうな金属製のトランクを一つ下げて歩いて来た。誠三郎が急いでドアを開け、後部シートの一つにそれを置こうとトランクに手を出すと、一緒に戻って来た佐藤がそれを振り払うようにした。そして、自分でトランクを抱えて後部座席に入った。

　誠三郎は嫌な気分になった。そんなに自分を信用できないのかと悔しかった。彼は誠三郎を呼ぶ時にも名前や階級でなく、ただ「おい」と言うのである。人間の価値が下だと思っているのだろう。中佐が助手席に乗り込んだ。誠三郎も急いで運転席に入った。

「よし、出せ」

「はっ、出発します」

佐藤と一緒にいるからという訳ではあるまいが、青井中佐も随分自分への対応が冷たいと感じる。初めて会った時は学者のような印象で、顎の線の細さに上品そうな感じを受けたものだが、今それは容赦のない冷酷さを表すように感じられる。言葉遣いも、どことなく前の穏やかさがなくなった。

「指示するまでこの道を直進」

「指示まで直進します」

今度もまた、地図を見る中佐の指示通りに自動車を進める。途中、軍隊らしい車列と鉢合わせしそうになったが、脇道に避けてやり過ごした。それが敵か味方かも分からない。

二時間以上走ったろうか。空が僅かに白み始めた。空が白んでいる方向からすると、やはり自動車は南に向かって進んでいたようだ。太原の方向なのだろうか。しかし、意図的に幹線道路から外れて走っているようで、周り中一面の畑だったり、集落が出てきても名前も分からない。自分のいる場所の見当を付ける何ものもないのだった。


「よし、その橋を渡って右に行った所、以前教育隊が使っていた飛行場がある筈だ。そこに停めろ」

「はっ、右折して停車します」

停車した「くろがね四起」の前照灯に浮かび上がったのは、飛行場というよりもだだっ広い草原だった。草も膝下くらいの丈に伸びている。ここに飛行機が迎えに来るというのか。

「よし、ここで停めてしばらく待機しておれ」

中佐はそう言って自動車の外に出た。トランクを持った佐藤がそれに続く。二人で空を見上げている。

東の空が大分明るんで来た。二人ともしきりと時計を気にしている。誠三郎も窓を開けて耳を澄ませた。

そこに着いて一時間ほど経った頃、明るさを増した空に微かな飛行機の爆音が聞こえだした。

「岡田、前照灯を付けろっ。点滅」

そう言って中佐は、前照灯の減光用の遮蔽板を外した。まだ地上は薄暗く、前照灯は前の草原にはっきりと光の帯を投げた。

まもなく単発の小さな高翼単葉機が、光の帯を目指すように前方から降下してきた。それを確認してから、中佐が運転席の窓の外に立った。

「前照灯を消灯してよし。ちょっと外に出てくれ」

誠三郎は運転席から出て、中佐の前に立った。

青井中佐は軽い咳払いをしてから言った。

「岡田軍曹、長い間ご苦労だった。あれはデハビランド・プスモスという三人乗りの飛行機だ。操縦士以外二人しか乗れぬ。君には済まぬが、ここからこの自動車で単独行動してくれ。南方の太原に行くのがいいと思う。張家口は遠いし、おそらくもうソ連軍と八路軍に占領されとるだろう。太原にはまだ、師団規模の日本軍が頑張っておるからな。地図と磁石を助手席に置いておいた」

「はっ、岡田軍曹は、これより単独にて行動いたします。青井中佐殿もお元気で」

「ああ、君もな。幸運を祈る」

中佐との挨拶を終えた時、佐藤が着陸した飛行機の中に、例のトランクを積み込んだのが見えた。

機体を離れて戻ってきた佐藤は、遠くから誠三郎の顔を見つけて、露骨に不快な顔になった。そして、飛行機に向かう中佐に、咎めるような視線を向けながら何か言った。中佐は首を横に振って、そのまま飛行機に乗り込んだ。佐藤が不機嫌そうに後に続いた。

デハビランド・プスモスという名の小さな飛行機は、着陸時の数十倍かと思われる爆音を立てて、ふらふらと離陸していった。どこかの飛行場で、「新司偵」とかいう高速機に乗り換えるのだろう。

あの頑丈な金属のトランクの中には何が入っていたのか。貨車から男たちが運び出したのが生阿片だとすれば、トランクの中はそれで得た儲けなのではないか。だが金塊ほどは重くなさそうだった。

前に上海に行ったとき、現地の日本人に小袋に詰まった粒ダイヤを見せてもらった。それだけで豪邸が建つなどと冗談を言っていたが、紙幣と違って確実な交換価値があるのだそうだ。あくまで想像だが、そんなものが詰め込まれていたのかも知れない。

誠三郎はもう一つ、佐藤の先程の表情から、計画では自分はここで殺される筈だったのではないかと感じていた。ここまでの運転が済めば、もう自分は用なしということだったのか。中佐の腹の虫の居所が、偶然良かったので助けられたような気もする。あるいは、こんな場所から内地まで無事辿り着けるはずがないと踏んだから、敢えて殺さなかったのではないか。そんな疑念が湧いた。しかし誠三郎は、中佐が長く一緒に苦労してきた自分を殺すことができなかったのだと思いたかった。誠三郎は飛行機が飛び去った空をもう一度見上げた。

目を地上に戻すと、この辺りの農民らしい人影が、あちこちに立って誠三郎と自動車を見ている。しばらく聞かなかった飛行機の爆音に驚いたのだろう。当然この辺りの敵には連絡が行ったと見なくてはならない。この地域にまで浸透しているのは、おそらく八路軍だと思われる。国民党軍の主力は、重慶などかなり奥地に根拠地を移していたからだ。

誠三郎は運転席に乗り込み、ともかく自動車を発車させてその場を離れた。そして、夜明け前にやって来た北の方角に自動車を走らせ、コーリャン畑の中の道を十分程進んだ。細い別れ道があり、その奥に疎らな樹を見つけてその陰に停車した。

誠三郎は、助手席に磁石と小型懐中電灯と共に置かれていた地図を開いてみた。中佐が書き込んだのだろう、万年筆の筆跡で丸く囲われ「飛」と書かれている所がある。さっきまで誠三郎がいた飛行場跡だろう。中佐自身の覚え書きなのか、自分への好意なのか分からないが、この情報はありがたかった。

地図を大きく広げてみると、ここはやはり太原の北方にあたることが分かった。昨晩の便衣の連中が、鉄道を破壊することなく列車の物資を取り戻した理由がはっきりした。あの鉄路は、地図によれば大同と太原を結ぶ北同《きたどう》蒲線《ほせん》という重要な鉄道に間違いなかった。

大同の警備隊の下士官から聞いた話では、大同には五千人以上の日本の民間人がいて、北京・天津方面に避難する準備をしているらしい。ところが、一番の近道である、大同から張家口に出て北京へ向かう京包線が不通になっているのだ。破壊された鉄橋の修復の見通しが立たないのだそうだ。

その下士官が言うには、ものすごく遠回りだが大同から一度北同蒲線を南下して太原に出て、そこから石家荘《せっかそう》、保定《ほてい》を通る鉄道で北京・天津に向かうしかないというのだ。もしも昨晩、あの連中が鉄道を破壊してしまったら、ますます大同の民間人は苦境に立たされることになった筈だ。気味の悪い連中だったが、そういう配慮をしたのだということが今分かった。

誠三郎は地図上の「飛」の文字から太原までを指でなぞった。ここからどこへ向かうべきだろうか。南の太原か、北の大同方面か。燃料は限られている。移動は昼間か夜間か。昼はこちらも走りやすいが、敵に見つかる可能性が極めて高い。

こんな日本の軍用車に乗って移動するなら、夜間がいいのは当然だ。しかし、土地勘も全くないこんな場所を、どこに向かってどう進めばいいのか。

ふと、張家口が既に占領されているだろうという中佐の話を思い出した。久美はどうしただろう。五十嵐たちと無事脱出できただろうか。どこかで難儀をしているのではないか。そう考えると、南にある太原ではなく、いくら遠くても、久美のいる方角に向かいたいという強い思いが湧いた。

確実に生き残りたいなら、日本軍が集結しているという太原に行くべきだろう。しかし、久美に会おうとすれば方角は逆だ。張家口方面の邦人が脱出するのは、北京・天津方面しか考えられない。磁石を地図に当ててみると、天津は真東、北京は東北東である。

誠三郎は決意した。目的地は、日本の避難民が集結すると思われる天津とする。その辺りまで直線距離で三百五十キロ程ある。曲がりくねった道路を辿れば四百キロ以上になるだろうか。自動車の燃料は、タンク半分しかない。

周り中が八路軍に協力する敵地であることを考えれば、いずれ自動車は棄てざるを得ないだろう。夜中に可能な限り東に向けて走り、燃料が切れたところで自動車を棄て、あとは歩くか馬を調達しよう。生か死かの困難な旅になるだろう。

しかし何としても天津に辿り着く。そこまで決意した誠三郎は、思いついて後ろの座席から、自分のトランクを引っ張り出した。そして衣類の底から三つのアルミの弁当箱を取り出した。張家口で、特務機関員からもらっては貯めておいた生阿片である。

周り中敵だらけの異国の田舎で、唯一役に立ちそうなものがこれだった。苦力《クーリー》と呼ばれる支那人の肉体労働者を雇ったり、食糧や牛馬を調達したりするのに、紙幣などより生阿片が一番だと言われている。長距離行軍をする時に、それを持たされた部隊も少なくなかったとも聞いていた。

万が一にと思ってトランクに入れておいたのだが、今となってはこれだけが頼りだった。トランクから背負い袋を取り出し、その底に弁当箱を入れ、上に新しい褌と手拭いと花紙、それに中隊長の形見の漢和辞典や万年筆などを包んだ風呂敷、いつも持つ常備薬袋と携帯口糧などを入れて口を縛った。

背負い袋は水筒と一緒に助手席に置き、いざという時にすぐに持ち出せるようにした。持っている唯一の武器はモーゼル拳銃である。それを脇の下のサックに収めながら誠三郎は、中隊長から無期貸与されていた軍刀のことを思った。私服での出張だったから、それは宿舎に置いてきたのだ。嫌な記憶も染みついていたし、中隊長には申し訳ないが、ソ連兵の土産にでもなるだろうことに未練はなかった。

準備を終えて、誠三郎は一度車外へ出てみた。昼前の日は高く日差しも強い。しかし林の中は涼しかった。林の奥の小高くなっている場所に登ってみた。周囲は見渡す限りコーリャン畑である。

風に吹かれながら誠三郎は久美のことを思った。あんなことを言って別れてはみたが、離れれば離れる程、久美への愛しさは増すばかりなのだった。無事でいて欲しい。俺は必ず生きて天津に辿り着く。そして久美を見つけ出す。

「俺は生きて久美と再会する。俺は……」

誠三郎は本当に久しぶりに、深く吸った息を吐きながら、願いを口に出して三度唱えた。

天津行きを決意した誠三郎は、そこで日の暮れるまで休むことにした。帽子を顔にのせて目を瞑ると、一睡もしていない身はたちまち深い眠りに落ちた。

夢を見ていた。夢の中でこれは夢だと分かっている、そんな妙な夢だった。夢の中に母親がいた。微笑みもせず、じっと誠三郎を見ていた。誠三郎は思わず、「そんな目で見ないでくれっ」と叫んでいた。その瞬間誠三郎は目覚めた。叫んだのは夢の中だったのか、本当に叫び声を上げたのかよく分からなかった。ただ、胸の中に凍えるような寂しさだけが残っている。

なぜ母親は自分をこんな思いにさせるのだろう。母親に何かあったのだろうか。いや、河野先生も夢に出ることがある。河野先生も寂しそうに俺を見つめていた。なぜだ。なぜなんだ。ああ、まだ自分の臆病心は完全に治っていない。息を整えながら、誠三郎は寂しくそれを認めなくてはならなかった。

周囲は既に暗くなっていた。誠三郎は、もう一度林の高みに登って周囲を見渡した。明かりは全く見えない。しばらくすると、遠く北の方角で、時折だが二本の光が雲に当たったり消えたりするのが見えた。自動車の前照灯に違いなかった。地図によれば、その辺りに東西に走る幹線道路があるはずなのだ。とりあえずその道まで出てみようと決めて、誠三郎は自動車のエンジンを掛け、あらためて前照灯に減光板を取り付け直して出発した。

中佐の指示で昨晩南下してきた筈の、大同からの道に出合いたかったのだが、どうしても見つからない。ここらの畑作地帯は、日本では想像も付かない広大さだ。行き止まりの細道に入ってしまい、ずっと後進で戻ったり、橋が落ちていて干上がった川底を渡ったりと、なかなか距離は稼げなかった。

しかし真夜中過ぎ、突然目指す幹線道路とおぼしき、西から東方向に走る道路に飛び出した。他に自動車の灯火が全く見えないのを確認して、一路その道を東へ走り出す。しかし、一度ひどくぬかるんだ路面が、轍《わだち》をそのままにかちかちに乾いて固まっており、走りにくいことこの上ない。内臓が激しく揺さぶられて、気分が悪くなる程だ。

しばらく行くと、遥か前方にこちらに向かって来る前照灯の光芒《こうぼう》が見えた。急いでこちらの前照灯を消し、草地を見つけて道路を外れる。エンジンも切ってじっとしていてやり過ごした。

道路を走り過ぎて行ったのは、どこのものか分からない幌のかかったトラックだった。闇に目が慣れると、自動車の両側には何かを収穫し終わった畑が広がっていて、土が掘り返されている。

畑と道路の間には木が植えられていた。枝が手の届く所にあり、見るとそこには何かの実が付いている。誠三郎は室内灯を点灯し、手をかざしてそれを確かめた。梅の実ほどの大きさの赤い実である。なりは小さいが形はリンゴに間違いない。

誠三郎は夕べから、僅かな乾パンと金平糖しか口にしていない。急に激しい空腹を感じた。試しに窓から手を伸ばして一つもぐと、上着で擦ってかじってみた。もの凄く酸っぱいが、食べられなくはない。もう一口かじると、顎が痛くなるほど唾が出る。しかしそれは喉を潤してくれそうだし、少しばかり腹の足しにはなる。自動車から降りて急いで十個ほどもいで、背負い袋に入れた。

誠三郎は再び深夜の悪路に自動車を出した。東へ東へと、ただひた走る。道路脇に次々と人家が現れ、その向こうに立派な城壁に囲まれた街が見え出したのは、東の空が明るみだした頃だった。眠気が一気に覚めた。

その街道に沿って、幅百メートル程の川がある。運良く少し走ると、街道の左側に川床へ下る細道があった。そこに自動車を乗り入れて停車させた。そうしておいて誠三郎は、街道に戻って木陰から様子を見た。街の入り口の城門の辺りに人が動いている。検問所のような小屋もある。兵隊らしい人影も見える。服装からすると八路軍のようだ。

迂回路を探すか、ここで自動車を棄てるか。燃料計は既に最低の目盛りを指していた。どこかで給油することさえできれば、もちろん自動車を使いたい。速さは徒歩と比較にならない。誠三郎は迷った。この街なら、どこかに民間の給油所くらいあるかも知れない。

その時、誠三郎のそんな迷いを吹き飛ばすように、遠くから聞いたことのない太鼓のような波のような、腹に響く音が聞こえてきた。草に伏せると、目の前の街道の少し先から、車体に赤十字を描いた旧式のバスが、のろのろと進んで来るのが見えた。その後ろには、数えきれない程の兵士が、荷車やラバやトラックと共に、遥か彼方まで繋がって進んできているではないか。音はそこから来ていたのだ。誠三郎は、これこそが話に聞く八路軍の大移動だと思った。

八路軍の部隊と接触した時点で誠三郎は、この先を日本の軍用自動車で行くのは不可能だと判断せざるを得なかった。昨晩、この隊列と出合わなかったのは、全く運が良かったに過ぎないのだ。

誠三郎は地図と磁石を上着にいれ、背負い袋と水筒を肩に、自動車を棄てて川沿いに歩き始めた。最後の数粒の乾パンを食べながら歩いた。この街を避けてどこかの農家を見つけ、ともかく食べ物を確保する必要があった。それと、できたら馬を手に入れたい。

昇りだした太陽光が両岸の木々を黄金色に染めている、その川床を誠三郎はゆっくりと歩いた。ずっと下流まで人の姿はない。水は干上がっていて、所々黒い大きな水たまりが残っている。水面上には夥しい数の羽虫が舞っている。とても飲めるような水ではない。

　以前大同に出張して来た時、桑乾河《そうかんが》という川を見たことがあった。北京や天津の近郊を流れる永定河《えいていが》の支流で、桑の実が出来る頃には干上がるのでそういう名前が付いたと聞いた。この辺りの川も夏は干上がるものなのか、それとも特に今年の降雨が少なかったものか。

　蚊やブユのような羽虫を帽子で追い払いながら二時間ほど歩いた。誠三郎は見通しのきく開けた場所で足を止め、地図と磁石を出した。あの大きな街は地図上のどの都市なのか、これは何という川なのか、誠三郎はあれこれ当たりを付けてみたが、定かな答えがなかなか出せなかった。

　磁石で方角を確かめると、ここまで東に向かっていた川は、この辺りで大きく北の方角に流れを変えるようだった。誠三郎は仕方なく、人目がなく安全な川床から離れ、右手の傾斜の緩やかな場所をよじ登って崖の上に出た。途端に猛烈な日差しと熱気が襲ってきた。目の前は草原で、少し先からはずっとコーリャン畑が広がっていた。

　喉の渇きと空腹で目が回った。背負い袋から、リンゴの最後の一粒を取り出して口に入れた。こんな時だからだろう、強い酸味が玉露のように喉を潤した。そして再び元気を振り絞って、磁石が東を示す方向に歩みを進めた。しかしながら、歩いても歩いても集落や人家には巡りあえなかった。

　コーリャンの間や草原をさらに進んだ。何時間歩いただろう。次第に日が暮れてきた。誠三郎は、このまま行き倒れるのだけは避けたかった。

　行き倒れになる前に、休んで力を取り戻そう。誠三郎は、コーリャン畑の中で一晩過ごすことにした。その夜は空腹と渇きに苦しんだ。大廟の戦いを思い出した。上着を被って蚊の襲撃に耐え、少しうとうとしては目覚めることを繰り返した。

　翌日はまだ暗いうちから歩き始めた。この日も雲一つない晴天だった。歩くうちに次第に日差しが強くなってきた。上着を日よけにしたが、喉の渇きと飢えは辛抱できない程になっていた。休息のため座り込もうとしたその時、遥か遠方の陽炎《かげろう》の中に、土壁の家が何軒かかたまっているのが見えた。誠三郎は最後の力を振り絞ってその集落を目指して足を進めた。

　近づくにつれ、農民のものらしいその集落の家屋が、ひどく破壊されていることに気付いた。この辺りも激戦地だったのかも知れない。土壁の家は五つまで数えられたが、屋根が落ち、中には壁が崩れている家もある。完全に破壊された家もあるようだ。

　誠三郎は脇の下から拳銃を抜き出し、安全装置を外した。そして弾痕が残る壁伝いに、ゆっくりと真ん中の広場に入った。そこには井戸らしきものがあった。古びた石積みの上にアンペラで蓋《ふた》がしてあり、麻縄が結びつけられたブリキのバケツが脇に置いてある。誰かが住んでいるのだ。助かったと思った。

　誠三郎は大急ぎで井戸の蓋を剥がして中を覗いた。とても深い井戸だが、確かに水の匂いがする。干上がってはいない。震える手でバケツを水面に落とす。遠くで水音がしたのを聞いて、誠三郎は必死で麻縄をたぐり寄せた。バケツには冷たい水が半分程入っていた。ちょっと鉄の匂いがした。

　すぐに顔を付けて飲みたかったが思いとどまった。誠三郎には以前、井戸の生水を飲んで腹を下し、大変苦しい思いをした体験があったのだ。背負い袋の中の薬袋から征露丸の小瓶を取り出して、その五粒を震える手の平に載せた。浄水用の錠剤があればいいのだが、そんなことを言ってはいられない。征露丸と水を一緒に飲み下した。

　人心地付いて周りを見回すと、つい先ほどまでこの辺りに人がいたような、そんな雰囲気があった。乾いた土には水を流した跡があった。家にはきっちり戸が立てられているが、人の気配がするし、どこかで鶏の鳴き声もする。この集落に今は自分に敵対する人間はいないと誠三郎は判断した。

　誠三郎は広場のどこからでも見えるように、脇の下のサックを外してモーゼル拳銃を収めた。そしてそれを背負い袋の一番底に入れて袋の口を縛った。

「ニイハオ」

　誠三郎は立ち上がって鳥打ち帽を取り、できるだけ穏やかな表情を作りながら言ってみた。返事はない。少しすると、もの音がして左の方の壊れた壁の陰から、小さな人影が黒い服を引き摺るようにして現れた。

　小さな人影は、低い声で何か言いながらこちらに歩いて来る。老婆のようだ。裸足で、黒い衣服の前が割れて裸の上半身がのぞく。しなびた乳房が見えた。その一瞬誠三郎の脳裏に、いつの頃か見た、畑仕事から戻った母親の胸をはだけた姿が浮かんだ。老婆は近づいては来るが、その白く濁った目は侵入者の方ではなく、あらぬ方角に向けられている。

その時誠三郎は、老婆の口から茶褐色の粘土のような物が溢れているのに気付いた。ぎょっとして後ずさりしかけた時、前の家の戸が開いて子どもが二人飛び出してきた。日本なら尋常六年くらいの坊主頭の少年と、もう少し小さい女の子だ。二人は誠三郎には目もくれず、老婆に飛びつくとあっという間に手を引いて家の中に連れて入ってしまった。

あっけにとられている誠三郎の前に、一人の小柄な老人が立った。顎には山羊のような白い髭をたくわえており、片方の目はやはり白く濁っていた。

「ニイハオ」

誠三郎はできるだけ穏やかにそう言った。そして、知っている「支那語」を精一杯操って、自分が危険な人間でないこと、天津に行きたいこと、何か食べるものが欲しいことを、身振り手振りを交えて伝えた。

老人は全く表情を変えずに、静かに立って誠三郎を見つめている。表情から、老人は自分が日本人であることを分かっているのだと思った。拳銃を構えているのを見られたのかも知れないし、汚れてはいても、開襟《かいきん》のシャツとズボンに革靴でこんな所を歩いていれば、誰でもそう思うだろう。この時誠三郎は、老人の後ろの戸の隙間から、いくつもの目がこちらを見ているのに気付いた。

少しすると老人は、黙ったまま表情だけで誠三郎を左手の、先程老婆が出て来た壁の方にいざなった。老人は壁の裏側で立ち止まって、付いて行った誠三郎に壁の裏側の地面を指差した。

老人は地面を指差して何か話し出したが、張家口辺りとは随分違う発音で、意味が良く取れない。誠三郎は中佐との仕事を通じて、「支那語」についてはしゃべるのは余りうまくないが、聞き取りはかなりのところまでできる自信があった。それなのに、この老人の言葉はその多くを聞き分けられない。この地方の方言なのかも知れなかった。

誠三郎は分かった言葉を頼りに、老人が言いたいだろうことを自分の「支那語」で言い換えた。その繰り返しで話が次第に理解できてきた。何ヶ月か前に、この部落に突然日本軍が来て、村を破壊し、食糧の大半を奪い、女たちを犯した。その時、連れ去られようとする自分の妹を守ろうとして、一人の若者が銃剣で突き殺された。身振りを交えて老人はそう伝えていた。

「それがこの場所だ。ここだ。ここに倒れた」

老人は地面を指差しながらそう続けた。

「妹も殺された。まだ子どもだった。分かるか。あの気のふれた女は、その兄妹の母親だ」

そういう意味のことを、老人は語った。

「分かるか日本人《リーベンレン》。母親の悲しみが。分かるか日本人、その悲しさが」

そう強く、だが静かに、老人は誠三郎に言った。その言葉だけはよく意味が分かった。

「息子の若い血が、この場所にあふれた。正気を失った母親は、その血にまみれた土を食べた。母親の髪は一晩で白くなった。姿は老婆のようになった。今も土を食べる」

老人が語っていたのは確かにそういう意味のことだった。

誠三郎は、悲しみの余り血まみれの土を食べたという事実に、強い衝撃を受けた。その少女にも、彼女を助けようとした兄にも母親がいることは、当たり前のことで、それは誰にだって分かる。だけれど、少女を手籠めにし、邪魔する兄を突き殺した日本兵は、そんなことは思いつきもしなかっただろう。

それは同じ兵隊としてよく分かる。まして、殺した兄妹の母親が、どんなに悲しんだかなどということは、その時もその後も一切考えないまま、兵隊たちは今もどこかで平然と生きているだろう。戦争ってのはそんなものさと……そこまで考えた時、白昼にも拘わらず、突然誠三郎の脳裏にあの目が現れた。斬首したあの少年の尖った目だった。

脳裏に少年の目が鮮やかに浮かびあがった。もしかするともうこの時、誠三郎は朦朧《もうろう》としていて、夢を見ているような状態だったのかも知れない。

憎しみに燃えた少年の目に見据えられながら、耳の奥で誰かの声がする。お前だって同じじゃないか、母親の悲しみなんて、お前だって思いつきもしなかったじゃないか。考えようともしなかったじゃないか。あいつの母ちゃんだって、気がふれるほど悲しんだのだ。血の土を食うほど悲しんだのだ。

　その時の誠三郎は、凄まじい喉の渇きからは解放されたものの、空腹は限界に達し、全身の活力の元が総て枯渇したような感覚の中にあった。そういう身体状況だからこそ起きた、異常な精神の動きだったのか、誠三郎の瞼の裏には、今度は自分が斬首に失敗し、鋸挽《のこぎりび》きのようにして無残に若者を殺した光景が浮かんだ。そして、彼の母親の悲しみが、まるで自分自身の感情ででもあるかのように、胸の中で激しく渦巻きだした。

「おおおお……」

　あの若者のおっかあも、血まみれの泥を食う程悲しんだに違いない。この時初めて、誠三郎の腹の底から、あの時自身のしたことを悔い、詫びる思いが強烈に湧き上がった。誠三郎は地面に両膝をついた。

「おおおお……」

　いつ意識を失ったのかは分からない。気が付いた時は、屋根の下で粗末な木の寝台に寝かされていた。もう日は暮れている。老人が枕元に座っている。

「シェーシェー」

　誠三郎は礼を言って体を起こした。腕時計を見ると、もう午後八時だ。出掛けなくてはならない。ここで世話になる訳にはいかない。

　背負い袋が足元に置いてある。助けてくれたばかりか、荷物に手も付けなかったのだ。殺されて荷物を奪われても不思議ではない状況だったのにである。誠三郎は老人にもう一度感謝を言って、寝台から降りようとした。しかし空腹で体に力が入らず、立ち上がるのも大変だった。

　すると老人は寝台に座っているように言い、立って木の器を持ってきた。食べるようにと差し出してくれたのは、コーリャンのお粥《かゆ》と、焼いた大根だった。誠三郎は夢中で食べた。うまかった。こんなうまいものを食べたことはないと思った。食べ終わって家の中を見回した。狭い粗末な住まいである。

　木の寝台が並べられ、真ん中に古いテーブル、台所らしい場所も、かまどと水瓶と鍋があるだけだ。

　その家には、子どもが四人とその母親らしい女と老人がいて、それに昼間の老婆が隅の寝台で寝ているようだった。貧しい貧しい暮らしの中から、見ず知らずの、しかも、かつてひどい目に遭わされた日本人に、貴重な食べ物を分け与えてくれたのだ。

　感謝の言葉もないと思った。老人は寝台に横になるように強く言った。誠三郎は従わざるを得なかった。体が言うことを聞かなかったのだ。すぐに激しい睡魔に襲われ深い眠りに落ちた。

　寝台から体を起こしたのは翌朝、明るくなってからだった。枕がびっしょり涙で濡れていた。だが嫌な夢を見たからではなかった。明け方に目を覚ました誠三郎は、自分が斬首して殺した少年、その母親、兄妹を殺され土を口にする母親、それらみんなの悲しみを思って、何度も何度も涙を流したのだった。

　もうみんな起きて動き回っていた。誠三郎が起き上がって寝台から降りると、老人が昨日と同じお粥と大根を持ってきてくれた。ありがたくご馳走になった。涙が出た。そして出かける支度を済ませた誠三郎は、背負い袋の中から弁当箱を一つ取り出した。そしてそれを黙ってテーブルの上に置き、受け取って欲しい旨「支那語」で伝え、丁寧に感謝の挨拶を述べてから、ゆっくりと家を出た。

　弁当箱をまるごと一つというのも、誠三郎としては、日本兵である自分の精一杯の謝罪と礼の印として、当然の対価だと感じていた。途中で枯れ木を拾って杖とし、また東の方角に近いと思われる道を歩き始めた。

　十分も歩いた頃、後ろの方で、掠《かす》れた悲鳴のような驢《ろ》馬《ば》の声がしだした。振り返ると、少年が驢馬に横座りに乗って、細い鞭を尻に当てている。見れば老人の家にいたあの坊主頭の少年だった。

　誠三郎の前に来ると少年は驢馬から飛び降りて、身振りで乗れと言う。ふらつく足を励ましていた誠三郎にとっては、願ってもないことだった。坊主頭の少年は、誠三郎を乗せた驢馬を引いて、鞭で周りの草を払いながらゆっくり進んだ。道は北の方向に向かっていた。次第に植物が少なくなり、道は黒い岩の間を行くようになった。

　一体どこに連れて行かれるのか。誠三郎は、もう自分の運命を、この少年に任せるしかないと思った。

　二時間程で着いたのは石炭の集積場のような場所だった。大きな傾いたトタン屋根の下で数人の男たちが、石炭の山を崩して籠に入れ、それを一台の古ぼけたトラックに積み込んでいた。少年は誠三郎に驢馬から降りるように促した。ここが目的地なのだ。

少年は男たちの所に走って行きしばらく話をして、肩に掛けたずだ袋から何かを出して渡した。男たちと話が付いたらしく、少年は彼らに手を上げて挨拶して驢馬の所に戻って来た。そして鞭を拾い上げると、サーカスのように身軽に驢馬にまたがった。そして横座りに座り直して、誠三郎を見てにやっと笑った。

「シェーシェー」

誠三郎は心を込めて少年に礼を言った。少年は誠三郎に手を振り、驢馬の尻に鞭を当てて元来た方に勢いよく帰って行った。悲鳴のような驢馬の鳴き声が遠ざかって行った。

そこに、炭塵《たんじん》で真っ黒に汚れた、太っているが敏《びん》捷《しょう》そうな、目つきの鋭い男が歩いてきた。手には誠三郎が老人に礼として渡した、あの生阿片入りの弁当箱があった。男は誠三郎に向かって、「天津？」と野太い声で確認するように言った。誠三郎は頷いた。

「八路《パーロ》のじいさんからな、事情は知らねえが、日本人のあんたを天津まで無事に送るように頼まれた。あの人の頼みじゃ無下に断る訳にはいかねえやな。それと、この豪勢なブツはあんたからだってなあ」

男はそのような意味のことを言って、アルミの弁当箱の蓋を取って匂いを嗅いだ。男の「八路のじいさん」という呼び方には、どこか尊敬の念がこもっているように感じられた。八路軍は民衆の中に深く根を張っているとは聞いていたが、こういうことなのかと、誠三郎は新しい発見をした思いだった。

老人は不思議な人だった。生阿片を換金すれば随分な生活の足しになっただろうに、それをこんな形であっけなく手放した。無欲なのか、清廉潔白の士なのか。何より、なぜこうまでして自分のような者を助けようとするのか。日本兵だとは思わなかったのだろうか。日本軍にあんなひどいことをされたというのに。

老人が何を考えていたのかは分からなかった。ただ、今確かなことは、誠三郎の耳の奥に「分かるか日本人。母親の悲しみが。分かるか日本人、その悲しさが」と静かに語る老人の声が、消えずに響き続けているということだけである。

第十三章　再会

　岡田誠三郎は、トラックの荷台の狭い空間で、舞い上がる炭塵を吸い込まないように、鼻と口を手拭いで覆面のように蔽《おお》って揺れに耐えていた。誠三郎がうずくまっているのは、積み込んだ石炭の山と運転台の間に据えられた木枠の中だ。途中に検問があるかも知れないからと、男たちがこしらえてくれたのだ。

　彼らの頭目はあの小太りの男で、皆から「リュウ」と呼ばれていた。日本軍が出て行って「初めて俺たち自身のために働いているんだ」と言っていた。まだ日本の敗戦から何日も経っていないのに、協力して働き商売を始めているのだ。この国の人々の逞しさとしたたかさを感じた。

　少年が驢馬で送ってくれた日の夕方だった。リュウと運転手と助手の三人が運転台に乗り込み、誠三郎は荷台の木枠の中に入るよう言われ、トラックは天津に向け出発した。リュウは走り出してから二、三時間おきに停車して、排尿させてくれ、水分と炒り豆やお焼きなどを摂らせてくれた。弁当箱の威力だと思った。停車している時には、男たちがしきりと誠三郎の背負い袋を気にしているのが分かった。まだ他に弁当箱を持っているかと探っているようなのだ。

　狭い木枠での暗闇の時間、誠三郎の脳裏には様々なことが浮かんだ。血だまりの土を食べた母親の姿が思い出された。昨日から今朝にかけての、老人の住むあの集落での体験は、一体何だったのだろう。あの激しい感情の高ぶりと今朝の強い悲しみは、思い返すと何か不可思議な精神の動きだったと感じられる。

　トラックの荷台は、激しい騒音と揺れである。それなのに、心はものすごく静かなのだ。まるで大雨に洗われた大気のように、総ての穢《けが》れが流れ去ったような感覚があった。帝国軍人らしい強靱さを求めていた誠三郎の心の一番奥底には、臆病さや弱さが小さくなって震えていた。それがあの時、激しい悲しみに姿を変えて一気に表に噴き出した、そんな感覚だった。

そして、今の誠三郎の心には、静かなそして重い贖罪《しょくざい》の気持ちだけが残されていた。このことを分かってくれる人間は久美だけだと思う。久美に、昨日から今日にかけてのことを聞いてもらいたいと強く思った。

トラックは夜中じゅう悪路を走り続け、翌日の明け方に、天津郊外らしい場所に到着した。まだ治安を統制する勢力が確定せず、無政府状態なのだろうか。心配していた途中の検問などは一切なかった。

最初にリュウたちは、トラックを商売相手のものらしい倉庫のような建物に回した。そこにも大勢の働く「支那人」の姿があった。石炭を総て下ろしてしまい、そこで給油を受けてから、リュウが今度は弁当箱を売りに行くと言って、市街の方向に車を走らせた。

誠三郎は、木枠だけになった荷台でうずくまっていた。石炭を下ろしたからだろう、振動は一層凄まじく、体が床から何度も跳び上がった。そのうち道の両脇にみすぼらしい家々が密集する地帯に入った。貧民街である。トラックはそこを凄い勢いで通り抜ける。

日本では見たことのない、廃物を寄せ集めたような住まいが延々と続く。この国の貧富の差には凄まじいものがあると、あらためて感じさせられた。やがて、けばけばしい飾りのついた煉瓦造りの飲食店などが増えてきて、あちこち目つきの良くない男たちがたむろする、歓楽街らしき街路に出た。

誠三郎は、リュウたちが弁当箱を換金する場所にまで一緒に行く気はなかった。十字路でトラックの速度が落ちた時、背負い袋を抱えて道路に飛び降りた。そして、リュウたちの進行方向に直角の、右方向に延びる道路を一目散に走った。すぐに歓楽街は尽きて、また貧民街に出た。誠三郎はほっと一息ついた。

ここには土壁のみすぼらしい家が続いており、道は次第に狭くなっている。天津には青井中佐と一緒に、出張で何度か来たことはあったが、この辺りの街路も、それから遠景にも、誠三郎には見覚えがなかった。帰国を待つ日本人がいるのはどの辺りなのか、見当すらもつかない。

通りで息づかい荒く立ち止まっている薄汚れた男

に、住民たちは怪訝《けげん》な視線を送ってくる。こうなれば、ただ前に向かって歩き出すしかなかった。五、六人の子どもたちが、わいわい言いながら付いて来た。追い払っても、追い払っても面白がって付いて来る。人数がどんどん増えていく。

誠三郎は思いついて、その中で一番大きい男の子に狙いを付けて、振り向きざまに捕まえた。そして「汽車の来る停車場はどっちだ」と「支那語」で尋ねた。その子は最初目を丸くして驚いていたが、すぐに意味を分かって、誠三郎がやって来た方向を指差した。信用できそうだ。反対方向に歩いてきていたのだ。この成り行きに驚いた子どもたちは、反対方向に走り出した誠三郎をもう追っては来なかった。

誠三郎はトラックから飛び降りた十字路まで戻り、そこから更に先に進んで行った。少し行った辺りで便意を催したため、人家が少ない所を見つけて道を外れ、どぶ川のほとりの藪の陰で排便した。かなりひどい下痢だった。きちんとした食事をしていないし、生水も飲んだのだからやむを得ない。腹痛がひどい。

後始末して、ほっとして立ち上がり、藪の方角を振り返った誠三郎は驚愕した。藪のすぐ向こうに半分崩れた土塀に囲われた、十間（約十八メートル）四方程の庭があって、そこに人の死体がずらりと並べられていたのだ。ひどい死臭が漂っている。

排便にしゃがんだ時妙な臭いがすると思っていたのだが、これが原因だった。誠三郎は石炭で汚れた手拭いを出して口に当て、その庭に近づいた。死体はどれも全裸であばら骨が浮き、一様に浅黒く痩せこけている。骸骨が皮を被ったような死体もある。

庭の奥には煉瓦造りの建物の裏口が見えている。一般家庭ではない。何の建物か。そう思いながら土塀に近寄った時、日本の大八車のような荷車を引いて、二人の「支那人」が庭に入って来た。色の黒い老人と痩せた青年だった。

覗いている誠三郎に気付くと、老人の方が「見せもんじゃねえっ」とでも言うように、手を振り回しながら何か怒鳴った。そうして彼らは新しい死体を荷車から降ろし出した。誠三郎は思い切って支那語で、この人たちは一体どうしたのかと老人に尋ねた。

老人の不機嫌そうな答えは、誠三郎の予想を裏付けていた。これらの死体は、阿片中毒で死んだ者たちなのだ。単なる行き倒れもいないわけではないが、殆どが路上で糞尿にまみれて野垂れ死んだ、阿片中毒者だというのである。老人は彼らを軽蔑するように「癮《いん》」と呼んだ。大廟で見た老人を思い出した。

誠三郎は、天津や大連には「癮」が多く、裏通りにそういう人たちの死体が転がっているのも珍しくないという噂はよく聞いた。しかし目にしたのは初めてだった。若い方が、今し方降ろした死体の口の中をあらためている。金歯でも探しているのか。おぞましいと思ったが、それが彼らの暮らしなのだろう。彼らの仕事は公のものなのか、それとも宗教的なものか、あるいは慈善団体がやっていることなのか、それを尋ねようとしたが果たせなかった。丁度そこに、スコップやツルハシを持った別の男たちが入って来たのだ。

死体をこの辺りのどこかに土葬する仕事をしている人たちなのだろう。見ている誠三郎に気付くと、その男らは立ち止まって、疑いと敵意に満ちた目を向けてきた。急に険悪な雰囲気になった。

日本でも死体を扱う人たちは、「隠亡」などと言われて差別されている。この国でも世間一般の人間と区別され、心に憤懣《ふんまん》を持つ人たちなのかも知れなかった。彼らの異常に攻撃的な視線を感じ、誠三郎は急いでその場を離れた。

青井中佐と仕事をしていた頃、八路軍が作った日本の阿片政策を糾弾するビラに、「日本軍占領地での阿片中毒患者は三千万人」と書かれていたのを見た。まさかと思ったものだが、こうして全く偶然に、中毒患者の死体処理に出くわすということは、その数はまんざら誇張でもなかったのかも知れない。

一度阿片中毒になると、阿片を手に入れるためには、全財産をつぎ込むどころか、妻や子どもまで売り飛ばすようになるという。道端で倒れた中毒患者の衣類をはぎ取って、それを売って阿片を手にする者もいるらしい。その挙げ句があの姿なのだ。

あの死体の一つひとつに、斬首した少年と同じく母親がいて、妻や子がいて家庭があったのだろう。何年もの間、中佐のお供をして、人間をあのようにしてしまう阿片を、大量に流通させてきたという事実が、誠三郎の胸を衝いた。

あんな人たちに禁制の阿片を与えて巻き上げた、そんな汚い金で日本は戦争をしていたというのか。

その商売の先頭に立っていたのが自分だというのか。何ということだ。

「支那人」から見れば、そして八路軍から見れば、いや阿片に寛容な国民党軍から見たとしても、中佐だけじゃない、自分もまた禁制品を売りまくった完璧な犯罪者ではないか。あんな惨めな死人を生み出した張本人ではないか。

誠三郎は少年を斬首したことのほかに、ここでも重い罪を背負わなくてはならないのだと思った。命令されてやっただけだ、戦争だから仕方なかった、自分だけじゃない、そんな内側の声に縋《すが》りたい思いもあった。だがたった今見た死者の印象がそれを阻んだ。

誠三郎は、自分は「支那」の人々からすれば、決して許すことのできない人間だということを、「癮」の死者たちによって一層はっきりと自覚させられたのだ。

「支那」の官憲か軍隊に逮捕されれば、確実に有罪とされ、死刑は免れないだろう。それくらいの罪を犯したのだ。「癮」の死者たちに出会わなかったら、そんなことには気付かなかったに違いない。

誠三郎は死体置き場から少し行った所で振り返り、そこに並べられていた死者たちに向かって手を合わせた。自分の深い罪を胸に落とすと、死者に合掌して詫びる思いになったのだ。そしてまた、どぶ川に沿ってゆっくりと歩き出した。

誠三郎は昨日から今日にかけての出来事を思い返した。血だまりの土を食う母親の記憶が胸を締め付けた。老人の「分かるか日本人、この悲しみが」という言葉がまた耳朶《じだ》に甦った。まるで地獄の入り口で、自分の犯してきた罪業を、一つずつあからさまにされてきたような気持ちだった。

背中の背負い袋の重みを感じた。弁当箱があと二つある。ここに来るまで、いざという時はこれを使おうと、当たり前のように考えていた。だが、この阿片の行く先は、さっきのように野垂れ死ぬ中毒患者か、その予備軍なのだ。

誠三郎は背負い袋を下ろし、ずっしり重い弁当箱を二つ取り出した。その時思い当たった。あの老人が八路軍の関係者だとすれば、こんな物を差し出しても受け取る筈がなかったのだ。何と愚かなことをしたことか。誠三郎は「えいっ」と声を上げて、弁当箱を一つずつどぶ川に放り投げた。汚水をはね上げて箱が沈んだあとに、黒いどぶ泥と泡が湧き上がってきた。

自分の罪は償わなくてはならない。だが誠三郎は、どうしても生きて久美に会いたかった。自分のことを許してくれたら、一緒になって二人で人生を生きたかった。誠三郎の若い魂は、死をもってする贖罪でなく、生きて愛する方向に熱く突き進もうとしていた。

誠三郎は再び通りに出た。とにかく捕まらずに久美に会い、何とか二人で故国の土を踏みたい。その思いだけだった。国民党軍は重慶など、「大後方」と呼ばれる奥地にいたため、まだ天津には入ってない筈だ。共産系の部隊には反撃せよという命令なのだから、国民党軍が来るまでの治安の維持は、日本軍によってなされている筈だ。今なら久美を探せる。

武装した日本軍が治安を掌握する一方で、既に八路軍や国民党軍の関係者が、罪を犯した日本人を捜索するため、密かに市街地に潜入してきている可能性がある。誠三郎も狙われているかも知れなかった。

誠三郎は、阿片流通に関わる人間たちによく顔を知られていた。中佐を襲おうとした者を撃ったのも、一度や二度ではない。そのうち何人かは死んだかも知れない。それに恨みを持った親分衆の手の者が、復讐に動き出しているかも知れなかった。市街地では、周囲に常に警戒の目を光らせなくてはならない。

通りに戻って小一時間歩くと、建物が密集してきて人通りが多くなった。そして、明らかに日本人らしい通行人も目に入ってきた。駅舎が見えてきた所で、すれ違った国民服に巻脚絆《まききゃはん》の二人連れに声を掛けた。中年の背の高い男と、もう一人は老人である。

「あのう、お聞きしたいのですが、張家口から来た人たちが、どこに泊まっているか分かりますか」

丸眼鏡を掛けた中年の男が、怪訝そうな顔で言った。

「あんた、日本人かね。どこからおいでなすった」

「ええ、太原の北の方から避難して来ました。でも住まいは張家口でしたので……」

「そうかね、その格好を見ると、そっちも大変だったようだね。聞くところによると、張家口はほとんど無事に避難できたらしいよ。独立混成第二旅団、いわゆる駐蒙軍の響《ひびき》兵団だがね、終戦の後も、張家口在住の邦人を脱出させるために、独断で対ソ戦をやったんだそうだ。えらい噂になってるよ」

丸眼鏡の男は誠三郎が駐蒙軍の軍人だとも知らずに、唇に泡を立てながら言った。

「そうでしたか。それで、その張家口の人たちが今どの辺にいるか、分かりますか。知り合いがいるものですから」

二人は薬品卸業で、ずっと天津在住だったということだ。当然地理に明るかった。老人の方が地面に棒で地図を書いて、道順を説明してくれた。張家口からの避難民は、日本人学校などに避難しているらしい。

「何でも、張家口からは三万とか四万とかの人たちが避難してきているっていうから、お知り合いがどの梯団で来たのか分からないと、探すのは難しいだろうね。その辺りに行ってから聞いてみるしかないね」

二人も帰国の準備はしているが、船に乗るまでには何ヶ月もかかりそうだという。

誠三郎は礼を言って二人連れと別れた。二人が薬品卸業者だと聞いた時誠三郎は、この人たちも、もしかすると阿片がらみの仕事をしていたのかなと思った。

阿片は膏薬《こうやく》状にしたものをパイプに詰め、煙草のように吸うだけでなく、生阿片を精製加工したモルヒネやヘロインとして、手軽な注射や丸剤《がんざい》で摂取する場合も多いのだ。

かつて天津に出張で来た時、香本が話していたのだが、天津には生阿片を精製加工する日本の業者が「それこそごまんといる」のだそうだ。その話を思い出しながら二人の背中を見送った。

それから誠三郎は、強い日差しの下をとぼとぼ歩いた。しばらく行くと、教えられたとおり学校らしい建物が見えてきた。正門は日本人らしい人たちがひっきりなしに出入りしており、それを遠巻きに現地の「支那人」たちが見ている。やはりまだ治安はいいのだ。

誠三郎は建物の中に入り、避難民を世話している人に片っ端から当たって、情報を収集した。それによれば、四万人からいた張家口の日本人居留民は、響兵団がソ連軍と戦闘している間に脱出を完了し、ほぼ天津に到着している。一部の人がまだ北京にいるものの、まもなくこちらに到着するだろうということだ。

「カフェー日本」の女給たちは、ここことは別の国民学校に入ったらしい。今はその程度の情報しか得られなかった。天津には芙蓉、淡路、大和などの国民学校があるのだという。明日はそこを片端から当たらなくてはならない。ここでは天津の居留民団による炊き出しも始まっていて、僅かながらコーリャンまじりの野菜のごった煮を食べることができた。

響兵団を含む駐蒙軍は北京近郊に集結しており、この先、国民党軍によって武装解除を受けるとのことだった。誠三郎がもし司令部に復帰すれば、その武装解除の際に中佐の部下として拘束されるだろう。

誠三郎は、しばらくはこのまま民間人として久美を探すことにした。軍からすれば原隊復帰せず行方不明ということになろうが、ああいう極秘任務で、上司から「単独行動」という形で放り出された訳だから、この判断も許されるだろうと思った。

誠三郎は、天津に着くまで、日本人居留民の帰国ということを深く考えてはいなかった。しかしここに来て、それがどれ程大変なことかを思い知らされた。

この国民学校に暮らす夥しい数の避難民を見て、誠三郎はこれ程多くの人たちを、本当に無事に帰国させられるのだろうかと、疑問を持たざるを得なかった。幾人もの痩せこけた赤ん坊を見た。病気の子どもがいた。横たわる年寄りも見た。病人も、松葉杖の怪我人もいた。みんな日本に帰るしか生きる道はないのだ。だが、いつ頃どうやって帰国できるのか。それまでどうやってみんなで食べていくのか。

そして何より、こうした避難民がいるのは天津だけではないのだ。上海にも、青島にも、大連にも大勢が集まって来ているに違いない。まるで新天地でもあるかのように、内地の日本人が続々と大陸に渡って来たのは、ついこの間のことだ。主人のように「支那人」に威張り散らしていた人間も少なくないだろう。そういう連中には当然の報いとも言えるが、赤ん坊や子どもには何の罪もない。

どうにもならない暗い気持ちを抱いて、その夜は校舎の隅の小部屋に潜り込んで横になった。少しうとうとした頃、部屋に二人の男が入って来て、暗闇の中で酒を酌み交わし始めた。話を聞いていると、この二人の家族は先に国に帰らせたらしい。そういう手が打てる役所に勤めていた連中なのだ。

彼らは、隅でゴザを被っている誠三郎に気付いているのかいないのか、声は潜めていたが、驚くような情報をやりとりし出した。二人の男の話は例えば、大使館の関係者が、貨車二両に生阿片を満載して持ってきていて、邦人全員が引き揚げ船に乗るまでの、数ヶ月間の生活費用にするらしいというような内容だった。ここまできてもまだ阿片なのだ。十分あり得る話だと思った。

この夜、こうして男たちの話を聞けたことは、この事情に疎《うと》い誠三郎にとっては幸運だった。二人は話し続けた。

「今日ここで二人引っ張られたよ。相手は便衣だったけど、国民党軍の特務じゃないかな。警備の日本兵も手を出さなかったからね。捕まったのは奥地にいた憲兵らしい。二人とも私服だったけれど、特務の連中には分かるんだろうね。そっちはどうだったね」

「私の方でも一人連れて行かれた。相手はやはり便衣だったが、軍人かも知れない。目つきの鋭い、明らかに日本人じゃない連中が、随分うろついているよね」

やはり誠三郎の予想した通りだった。

二人の男は声を潜めて話し続けた。

「避難民の中に、脛《すね》に傷持つ連中が相当数紛れ込んでいるってことだろう。憲兵とか特務機関の連中とか。かなりひどいことをしたらしいからね」

「そうだろう。蒋介石は八月十四日のラジオ放送で、『徳を以て怨みに報いる』という寛大政策を発表したけれどね、それは『無辜《むこ》の日本人に屈辱を与えるな』ということであってね、『一罰百戒』とも言ってるんだ。一罰はきちんと与えるとね。拷問、虐殺、略奪、強姦、麻薬等に関わった日本人は、民間人軍人を問わず、厳しく罰すると宣言している。上の連中の話で、戦争犯罪、戦犯って言葉を何度も聞いたよ」

「そうなのか。アメリカ軍の船で国民党軍が到着すると聞いたが、そしたら捜索と検挙が本格的におこなわれるんだろうな」

「米《べい》さんの進駐は数日中らしいね」

「そうか、連中が進駐してくると、街の雰囲気も変わるだろうね。ところで、最初の引き揚げ船が出るのはいつ頃になるんだろう」

「うまくいってひと月、もっとかかるかも……」

誠三郎の耳に「戦犯」という言葉が焼き付いた。明日からの行動は、相当制約されたものになるだろう。

国民党軍の特務かも知れないと言われている便衣の男たちは、顔写真で探しているのか、それとも民間人に化けた日本軍関係者だと見抜いて引っ張るのか、いずれにしろ誠三郎には嫌な状況だ。

翌日から三日間、人混みに紛れて市街を歩き回ったが、別の国民学校に辿り着くのさえも容易でなかった。四日目の朝、街を歩いていると、向こうから中年の男が少年を連れて歩いて来た。その男の顔に見覚えがあった。久美と別れた日に、突っ返された封筒を店長に預かってもらったのだが、その時、同じ部屋にいた男で、確か店の板長だった。

「もし、あなた、『カフェー日本』の板長さんでは……」

「えっ、はあ、その通りですが、あなたは……」

「はあ、自分は、いつぞや五十嵐さんの部屋でお目にかかった、司令部の岡田ですが……」

「ああ、あの時の、智恵子さんのお知り合いの。いやあ、髭を生やされているので、ついお見それしました」

「いや、それは失礼しました。いろいろありまして、このような見苦しい格好をしております」

誠三郎は顎の髭を手でなでながら言った。

実は無条件降伏以来のごたごたで、髭を剃る間がなかったのだ。ここに来てからも、狙われているかも知れぬ身としては、このまま生やしておいた方が安全だと考えて剃らずにいたのだ。

「智恵子さんを探しておられますか」

板前が誠三郎に尋ねた。

「え、ええ。ご存じでしょうか。無事でおりますか」

「ええ、無事に避難して来ていますよ。いろいろ大変なこともあったようですがね。今も多分あそこにいると思います。あっしもこいつを探しに北京まで戻りましてね、今その場所に帰るところなんですよ。こいつ、途中ではぐれちまいましてね」

その板前の弟子の少年は、用足しに行っている間に汽車が出てしまい、みんなから離れてしまったのだという。誠三郎は何よりも、久美が無事らしいことに心から安堵した。こうしてこの板前が、久美たちがいるという国民学校に案内してくれることになった。

　歩きながら板前は、降伏を拒否してソ連軍を迎え撃ち、張家口在住の自分たちを避難させてくれたと言って、響兵団への感謝をしきりと口にした。誠三郎がその部隊で戦っていたと勘違いしているらしかった。しかし誠三郎は、敢えて訂正はしなかった。すれ違う人たちの中に不審な者がいないか、絶えず神経を使っていなくてはならなかったからだ。

「カフェー日本」の人たちが避難している国民学校は、誠三郎のいる所よりもずっと広く、収容者も多いようだった。案内された教室に入ると、店主の五十嵐がすぐに気付いて立って来て握手で迎えてくれた。

「ようこそいらっしゃいました。よくまあご無事で。お陰様で張家口の日本人は、みんな無事に脱出することができました」

　五十嵐もまた、誠三郎が響兵団に加わって、邦人を救うためにソ連軍と戦っていたと思っているらしかった。近くにいる女給たちも、そう勘違いしている様子が見えた。

「いいえ、実は自分は……」

　事情を説明しようとしたが、その間に五十嵐は別の話を始めた。

「実は残念ですが、彼女はここにいません。ちょっとこちらに」

　五十嵐はそう言って教室の隅に誠三郎をいざない、訓導用らしい机を挟んで二つの椅子を置いた。

　五十嵐は椅子に腰を下ろしながら言った。

「どうぞお掛けください。実はここに来る途中で、みどりという娘の具合が悪くなりましてね、久美さんがつききりで看病していたのですが、ここに着いてから久美さんも具合が悪くなり、私の知り合いの医者に診せたところ、二人とも赤痢だというのですよ」

　五十嵐はハンカチで額を拭って続けた。

「それで、面倒見のいい妙子という者を付けて、今二人はそこに入院中なんです」

久美がかつて見習い看護婦をしていたのも、五十嵐の知り合いのその医師の所なのだろうと、この時誠三郎は思った。

「赤痢ですか。それは大変ですねえ。具合はどうなんでしょう」

「みどりは快方に向かっているようですが、久美さんはまだ熱も高く大変なようです。軍から衛生兵が来てこの辺りも消毒していきましたが、伝染しますから厄介でしてねえ」

「そうですか。しばらくは会えませんね」

「ええ、完治したら連絡しますよ。一応場所だけはお教えしておきましょう」

　五十嵐は机上に天津市街の地図を開いて、その医院の場所を教えてくれた。日本租界の一角に、加藤という名の医師が開いている医院だという。誠三郎は頭の中に、その住所と地図上の位置を焼き付けた。

「岡田さん、いろいろ難しい事情がありそうですね」

「えっ、どうして……」

「私服なので、どうされたのかと……」

「はあ、実は……」

　誠三郎は自分の薄汚れたシャツをあらためて見てから、正直におおよそのこれまでの経過を話した。短い付き合いだったが、久美から聞いた話で、五十嵐は、そういう話をしても大丈夫な人間だという信頼があったのだ。

　誠三郎は青井中佐と自分の任務にも触れ、戦争犯罪者として訴追される恐れについても話した。五十嵐はすぐにそのことを理解してくれた。

「そういう事情ですと、当分軍の方には戻られない方がいいでしょう。こんな混乱した時代です。一般避難民に混じって引き揚げて、帰国してから軍に復命ということも可能でしょう」

　五十嵐はそう言った。

　五十嵐が、軍に復帰しない方がいいと助言してくれたことで、誠三郎は自分の判断に少しの自信を得た。「支那」の人々に対する贖罪の思いは胸の奥にあったが、それでも何とか生きて故国に帰りたかったのだ。

　五十嵐を訪ねてから二週間、誠三郎は息を潜めて、最初に泊まった校舎の小部屋で暮らした。酒を酌み交わしていたあの二人の男はそれ以来姿を見せず、代わりに少年二人と父親がそこで暮らすことになった。赤痢の久美に会いに行く訳にはいかなかったが、一度だけ加藤医院の場所を確認に出掛け、焦がれる思いを抱いて周囲を一巡してみた。その後はできるだけ外出を控えていた。

誠三郎は便所の汲み取りなどの使役に呼ばれる以外、昼間は辞書を繰って漢字の読み書きをして過ごした。最近は日記も付けるようになっていた。食糧不足は深刻で空腹が続いたが、栄養失調で幼児が亡くなったというような話をきけば、耐えることは大人の義務だと思った。

その頃、米軍が海路で国民党軍の部隊を運んで来たという情報が流れた。二人の男たちの話の通りだった。やがて、国民学校の一つを米軍に空け渡すよう命令が出たとかで、そこにいた避難民たちが誠三郎のいた収容所に流れ込んできた。

この頃から「支那人」の日本人に対する態度が変わってきた。占領時代の恨みを晴らそうとでもするかのように、あちこちで日本人に対する暴行や略奪が起こった。国民党軍の特務と思われる男たちの人数も増えた。彼らは至る所で目を光らせており、一度は誠三郎も捕まる寸前の危ない目に遭った。

避難民の幼い子どもが亡くなって、その遺骸を埋葬する使役に出ていた時のことだった。誠三郎を遠くからじっと見ている男がいて、作業が終わると後を付けてきた。誠三郎はわざと自分のねぐらと反対方向に歩き、裏門を出て通りの人混みの中に走り込んだ。何とか助かったが、危機一髪だった。

九月も終わる頃になって、ようやく船の調達ができはじめ、子どものいる家族から優先的に帰国の船に乗せるという話が出てきていた。誠三郎のもとを五十嵐が尋ねて来たのは、丁度そんな時のことだった。五十嵐はみどりが退院したことや久美も次第に体力が戻っているらしいことを伝えてくれた。看護に当たっていた妙子も、既に仲間の元に戻ったという。

五十嵐がわざわざ来てくれたのは、久美の完治を知らせることもあったが、もう一つ、「カフェー日本」の関係者のいるあの収容所に、駐蒙軍の特務機関員だった男が訪ねてきて、誠三郎の居所をしつこく聞いたということを伝えるためでもあった。

「ですから、久美さんが私たちの所に戻っても、あなたは来ない方がいい。あの男は身を売って、国民党軍の手先になっていると見て間違いないでしょう」

そして、五十嵐は予想もしなかった提案をしてきたのである。

「あなたは、大変な苦労をして久美さんの所に戻って来たようですが、彼女と結婚して所帯を持つおつもりなのかな。もちろん彼女が承諾すればの話だけれどね。どうなんですか、その辺りは」

意表を突かれた誠三郎は、総てのことを、久美が自分を許してくれるかどうか、彼女が自分を選ぶかどうかで決めようと思うと応えた。その言葉に偽りはなかったものの、誠三郎には、どんなことがあっても久美と一緒になりたいという強い願望があった。

「岡田さんの気持ちは分かりました。久美さんの退院は一週間程先になるでしょう。それまでにあなたは久美さんに会って、彼女の気持ちを確かめなさい」

五十嵐はそこで話を区切ると、国民服の胸から一通の封書を取り出した。

「もし彼女が承諾して、あなたたち二人が一緒になるとしたら、この手紙をその医院の加藤という院長に渡しなさい。今後のことをその院長と相談し、少し長い見通しをもって帰国の機会を探ることです。もしも彼女が承諾しなかったら、この手紙は破り棄ててください。彼女は私たちが迎えに行きます。あなたは、私たちの所には来ない方がいい。特務の男だけじゃありません。別の駐蒙軍関係者も顔を見せていますからね」

誠三郎はその話を聞いて、駐蒙軍の軍人との接触さえも、敢えて避けなくてはならないという、自分の位置の不安定さを実感した。

「いろいろご心配くださって、ありがとうございます。この手紙、確かにお預かりいたします」

「加藤医師は私の学生時代からの友人です。安心して相談しなさい。私がこんなことをするのは、はっきり言うが、あなたのためではありません。久美さんのためです。もし久美さんと一緒になるとしたら、あなたは彼女を必ず幸せにする義務があります。そのことだけは忘れないでください。いいですね」

誠三郎は頷いた。そしてこの時初めて、五十嵐が久美に特別の気持ちを抱いていたのだということに気付いたのだった。

こうして、その日の午後、誠三郎は心を決めて、久美が入院している医院に出掛けることにした。五十嵐が帰ったあと、誠三郎は背負い袋の常備薬の袋から、油紙で包んだ安全カミソリを取り出した。そして、流し場にあった洗濯石鹸のかけらを水筒の水でこすりつけて、時間を掛けて髭を剃った。素顔になるのは危険かも知れなかったが、久美にはさっぱりした顔で会いたかったのである。

誠三郎は大同以来の薄汚れた上着をはおり、鳥打ち帽子を目深にかぶった。そして総ての持ち物を入れた背負い袋を背負って市街に出た。

途中嫌なものを見た。泥棒市場と呼ばれている場所の入り口で、日本人らしい男が土下座をしており、周りの「支那人」たちが殴ったり蹴ったりしている。立ち止まって見ていた日本人の中年の男が小声で言った。

「粉ミルクの缶を買って帰ってみたら、中身が粉石鹸だったんだそうだ。それに文句を付けに来たらあのざまですよ。助けようもない。戦争に負けるってこういうことなんだよね」

見れば土下座する男の前の地面に、缶が転がり白い粉がぶちまけられている。こういうことがこれからますます増えるかも知れない。かつての日本人の横暴が、こういう形で今の日本人に降りかかっている。誠三郎は、張家口の日本語新聞で読んだ、日本人の「支那人」に対する差別・侮辱・暴行などの記事を思い出した。

初めて会う加藤医師は、痩せて背の高い、豊かな髪を七三に分けた穏やかな雰囲気の人だった。久美は応接間にいるということで、加藤がじきじきに案内してくれた。その日、診療はしていないようだった。

応接間は診察室のある母屋の建物と廊下でつながった、多角形の部屋で窓が多く明るかった。二つのベッドが置かれており、久美はその一つの上に起き上がって本を読んでいた。

「久美さん、岡田誠三郎さんが見えています」

顔を上げて誠三郎と視線が合った時、久美は大きく目を見開いた。まるで目の前にあるものが信じられないかのように、誠三郎の目をひたと見つめてきた。やがてその両のまなこから大粒の涙が溢れだした。

「じゃ、私はこれで、どうぞごゆっくり」

そう言って加藤が出て行った後、しばらくの間二人は黙って見つめ合っていた。久美は流れる涙を拭おうともせずに誠三郎を見つめていた。

やはりすっかり痩せてしまっていたが、久美の顔色は悪くはなかった。

「具合はどう」

「大分いいわ」

「いろいろ済まなかった」

「いいの。生きていてくれて良かった」

二人は黙って手を取り合い、そして抱き合った。その瞬間、誠三郎の全身を、生きていることへの歓喜が電撃のように貫いた。

この日誠三郎は、自分でも驚く程多弁になった。太原北方から天津に向かう苦しい旅の中で、自身の過去の行為の意味をあらためて突きつけられたことを語った。斬首した若者にも母親がおり、彼女がどれ程悲しんだかを思い知らされたことを話した。何とも思わず阿片を流通させていたが、そのもたらした悲惨を目の当たりにしたことも語った。


この罪は一生背負って生きなくてはならないのだと、この時あらためて強く思いそれを言葉にした。具体的にどのように罪を贖《あがな》ったらいいのか、それは分からなかったが、その思いに嘘はなかった。

誠三郎が久美にあらためて求婚したのは、その日の夕刻であった。久美は苦悩の表情を浮かべてしばらく目を伏せていたが、意を決したように語り出した。

まだ十七の頃、勤めていた工場の工場長に強姦され、恋人に去られ、自棄になって家を出たこと、そして荒みきった生活の果てに、決意して単身大陸に渡り看護婦見習いになったが、その夢も破れて「蒙疆」の地に流れついた女であること、そして若い頃の無茶で健康な子どもを産めない体であるかもしれないこと、だから誠三郎の妻になどなる資格はないと思い、ずっと求婚を受け容れられなかったのだということを語った。

「これで全部。あなたが所帯を持とうと言ってくれたのは本当に嬉しかった。でも私はそういう資格のない女だということ、よくお分かりでしょう」

誠三郎は、そういう久美にどう言っていいか分からなかった。しばらく何も言えず、久美の目を見つめるだけだった。そして腹の底から絞り出すように言った。

「辛いこと、よく話してくれた。過去はもういい。これからだ。これから二人で幸せになろうや、なあ」

久美の目から涙が溢れた。誠三郎は両腕で彼女を優しく包んだ。そして、体を離すと、加藤医師に渡す手紙を、背負い袋から取り出した。

第十四章　故国

一九四五（昭和二十）年十二月、久美と誠三郎は、加藤医師夫妻の仲立ちで結婚した。引き揚げにあたって、二人を夫婦として租界の居留民団に届ける必要があったのだ。結婚と言っても加藤夫妻の前で宣誓し、固めの杯を酌み交わしただけのことである。

久美たち二人は、当分の間加藤医院の応接室に住まわせてもらうことになっており、久美は白衣を着て加藤夫妻の診療の助手を務めていた。今ここの看護婦は加藤の妻由美子一人で、てんてこ舞いの忙しさだったのである。ずっとここで働いていた看護婦は、子どもがいたために引き揚げ順が優先され、一ヶ月前の十一月の船で帰国していたのだ。

加藤医師の掴んだ情報では、燃料と船舶の不足で停滞していた引き揚げ事業は、米軍のＬＳＴ（戦車揚陸艦）などが加わり、次第に加速してきていると いうことだった。国民党軍と共産党軍の内戦の激化が予想され、米軍としては足手まといになる日本の軍人や民間人を、なるべく早く帰国させる方針なのだという。久美たち張家口在留邦人を安全に避難させるため、ソ連軍と独断で戦闘したという、あの「響」兵団など駐蒙軍の引き揚げも始まったらしい。

　しかしまだ夥しい数の日本人が、収容所で帰国船の割り当てを待っているのだ。「カフェー日本」の妙子やみどりも、まだ帰れないでいた。この時期、貴金属を下着に隠して帰国しようとした女性が、全裸で市中を引き回されたなどという怖い噂も流れていた。

　加藤医師は以前から日本人だけでなく、現地の「支那人」の子どもも受け入れ、両者を区別することなく診療していた。受診に来れば大人の患者も診た。その姿は久美にとって驚きだった。どんなに貧しい「支那人」でも、きちんと診察して薬を処方するのである。加藤医院のそうした姿勢は、以前から噂となって地域に流れていたため、患者数は増えるばかりなのだった。

　当然医薬品の不足に悩んでいたが、患者の関係者に国民党軍の高官がいて、ある時期からアメリカの物資が定期的に届くようになった。「こうなると帰国しづらくなる」などと苦笑いしながら、加藤医師は淡々と診療を続けていた。久美は加藤のその姿勢を崇高なものと感じていた。

　誠三郎はといえば、医院の雑事をこなし、市場へ出掛けて食糧や燃料を調達してくるなど、何かと加藤夫妻の役に立とうとしているのが見てとれた。

　久美は自分たち二人が難民収容所でなく、加藤医師夫妻のもとで安穏に暮らしていることで、女給仲間たちへの申し訳なさを感じていた。しかし誠三郎の身の安全を思えば、この選択以外には考えられなかった。そして、これもみな五十嵐の采配なのであった。

　領事館警察の留置場から、絶えかけた命を救ってくれ、さらにここまでしてくれる五十嵐に、久美は自分に対する特別な好意を感じざるを得なかった。思い当たることは多々あった。だが、自分は誠三郎との人生を選んだ。久美は五十嵐の穏やかなまなざしを思い出しながら、ただただ感謝の思いを抱くのだった。

　加藤医院で一緒に暮らすようになって、久美は誠三郎が夜中に叫び声を上げたり、飛び起きたりすることが全くなくなっていることに気付いた。それを誠三郎に伝えると、彼もしばらく前からうなされるような夢を見なくなっていると言った。

久美が聞きただしていくと、それは誠三郎が太原北方からの逃避行の途上、「八路の老人」の村で一晩過ごした時以来らしいのだ。久美は、その村で泥を食べる母親を見た誠三郎の心の中に、何か大きな変化が起きたのではないかと感じている。心を壊す程の母親の悲しみと恨みを目の当たりにして、自分のしたことの重い意味に向き合い始めたのかも知れない。

もう一つ、敗戦ということもあったのではないか。帝国軍人は臆病であってはならないなどという、以前久美が疑問に感じた、あの強張《こわば》った気持ちを持つ必要もなくなったのではないか。いずれにしろ久美にはそのことが嬉しかった。

しかし、新しい年一九四六（昭和二十一）年に入ると、誠三郎が何か別のことで心を悩ませているらしい様子が見えるようになった。朝早く起きて深刻な顔で書きものをしたり、部屋で暗い表情で考え事をしていることが増えた。いつもの誠三郎らしい覇気が感じられず、仕事の最中に動作を止めてじっと遠くの空を見ているような姿も気になった。

明るいうちは、便所や煙突や下水の掃除、石炭運びなど、きつい汚れ仕事を見つけ出してきてはただ黙々と働いていた。日がな一日一人で労働するその姿は、久美には自分を痛め付けているようにさえ見えた。ある夜、久美は寝台に入ってから誠三郎に尋ねた。

「誠《せい》さん、今心に引っかかってることがあるでしょう。最近いつも何を考えてるの？」

腕枕していた誠三郎が顔を上げた。

「え？　どうしてだい」

「時々何か考えて、遠くを見てたりしているでしょう。見えてるのよ、私には。何を考えてるの？」

久美はそれだけ言って、あとは黙って誠三郎を見つめた。すると彼は、もぞもぞと起き上がって話し始めた。今夜は少し酒を飲んでいた。

「何を考えてるって……それは、いろいろさ」

「たとえばどんなこと？」

「群越《ぐんこし》のこととかね」

「群越って、あなたの騎兵時代の愛馬ね」

「ああ、あいつと別れてから、もう六年近く経つ。もう戦闘で死んだか、それとも輓馬にでもなって生きているか……生きていたって、故郷にはもう永久に帰れないだろう。人間が乗って帰る船もないんだからな。何万、何十万という日本の馬が、遠い大陸に連れて来られて、人間のために苦労させられて、挙げ句ここに放ったらかしにされる……」

「そうなの。悲しいね。悲劇は人間だけじゃないのね」

　久美には、騎兵の愛馬への思いを実感はできなかったが、誠三郎の悲しみは受け止められた。

「考えていたのはそのことだけ？」

「いや、内藤中隊長殿や女川、小菅、佐伯たち、戦死した上官や戦友たちのことも考えてたのさ。何のためにみんな死ななきゃならなかったのかってね。何で俺はこうやって生きてるのかって……最近になって、もう連中とは会うことも話をすることもできないってことを、妙に生々しく実感するんだよ」

「そうなの……みんな誠さんの大事な大事な人たちだったのね……」

　誠三郎はその話題を振りきるように言った。

「それからさ、河野美紀子先生のことも考える。帰国しても、先生に合わせる顔はないよなって。分かるだろう？　この十年間俺がやってきたことを知ったら、先生どんな顔をするか……ああ、あとお袋のことも考えた。あの少年をああやって殺したことだけは、お袋には……口が裂けても言えないなって……」

　誠三郎は涙ぐんでいた。久美はそばに寄って、彼の頭を優しく抱いた。

「誠さんの誠は、誠実の誠だったのよね……」

　久美の腕の中で誠三郎はくぐもった声で言った。

「俺たちは一体何をやってたんだろうなあ」

　その夜、誠三郎は最後にこう言った。

「帝国軍人として生きていくため、命令に従って俺はあの少年を、ああやって殺した。戦争に勝たなくてはならないから、御国のためだからと、俺は任務として阿片流通の仕事をやってきた。だが、戦争に負けてみれば、そんなものは殺した理由にも、『癮』の廃人をごまんと生み出した理由にも、全くなりゃしない。俺自身の罪が問われるんだ。現にこういう格好をして帰るしかないんだから……」

誠三郎はそう言って顎髭を撫でた。引き揚げの時に見つからないよう、少し前から髪と髭を伸ばしていたのだ。それに眼鏡を掛けて、名字も久美の早瀬にして船に乗るという計画だった。

「罪は、俺自身が背負って生きていくしかないと思ってる。命令されたから仕方なく殺したとか、任務として仕方なく阿片に関わったなどとは絶対に言いたくない。だけど、じゃあどうすればいいんだ？」

誠三郎はそこで息をついた。

「たとえ万が一無事に家に帰れたとして、そういう俺のような人間は、どう生きていけばいい。普通のまともな人たちには、話すこともできないような、おぞましい戦争犯罪の過去を抱えて、一体何を目当てにどう生きていけばいいんだ……そんなことを考えて、ぐるぐると堂々巡りしているんだよ」

誠三郎はそう言って目を伏せた。

その夜は、それで話を終わらせるしかなかった。

久美は誠三郎に共感はするものの、ではどうしたらいいのか、何も解決は思いつかなかった。何より、帰国する日本がこれからどういう国になるのか、そこでどうやって暮らしていくのかさえも定かではないのだ。

数日後、思いきって久美は、加藤夫妻に誠三郎についてこれまでの総ての経過を語り、今後のことを相談したのだった。加藤夫妻が酒瓶とお盆を持って応接室にやって来たのは、それからさらに何日か経った頃だった。雪の降る静かな夜だった。

「ウイスキーもチーズも貰い物だが、私らだけではもったいなくてね。ずっとしまってあった」

そう言って加藤医師はテーブルにつき、高級そうなウイスキーをグラスに注いだ。

久美は由美子と自分用に紅茶を淹れてきた。加藤夫妻は、誠三郎にどんな話をしてくれるのだろうか。誠三郎はすっかり恐縮してかしこまっていた。

「何から何までお世話になった上に、こんな上等なものまでご馳走になって、本当に恐れ入ります」

そう言う誠三郎のグラスに、加藤医師はにこやかに自分のグラスを合わせた。久美と由美子も一緒にカップを上げる仕草をした。

「いやいや、久美さんにもあなたにもよく働いてもらって本当に助かっています。ところで岡田君、あなたはどう思いますか……」

　加藤医師はグラスを置くと、いきなり切り出した。隣で由美子が柔らかな笑みを浮かべて聞いている。五十嵐と加藤が同年代で四十代後半、由美子はそれより少し下のはずだ。彼女は飾らないのだが、何か華やかさを感じさせる魅力を持った女性だった。

「この戦争で日本人は、この国の人たちに大層な迷惑を掛けました。たくさんの家を焼き、街を壊し、多くの人を殺し、富を奪った。迷惑なんてもんじゃない。大罪を犯したという方が正確ですね」

　誠三郎が居住まいを正した。

「軍人の君なら、直接の体験すらあるかも知れない。もちろん日本兵も随分戦死しましたが、この国の人から見れば侵略者です。この国の民衆の犠牲と比べられるものじゃない。ではこれから私たちは、この国の人たちにどう償いをしていけばいいのだろう。そのことを岡田君、君はどう思いますか」

「はい、自分も日々それを考えております……」

「そうらしいね。久美さんから聞きました。実はね、私の付き合いがあった軍人たち、まあ、殆どの軍人たちは、という言い方をしておきましょう。彼らは階級の高低に関係なく、戦争でこの国に大きな被害を与えたことに全く反省がありません。考えているのは無事帰国することだけです。これは驚くべきことですよ。君みたいに考える日本の軍人は本当にめずらしい。実はね、五十嵐から聞いているかも知れないが、私たちはクリスチャンなのですよ……」

　加藤の視線を受けて由美子も微笑んだ。久美は五十嵐がクリスチャンであることは、前に本人から聞いていた。孝治の釈放後の療養先の説明を受けた時である。その折に、加藤夫妻も同じ信仰を持っているのではないかと感じた。看護婦見習いの時は気付かなかったが、「無私」と呼びたくなるような、他人に対しての献身の姿勢が似ていたのだ。その加藤夫妻は、これからどう生きていくのか。久美は話に耳を傾けた。

　加藤医師の口調はゆっくりとしていた。

「私たちはこれから先、この街の人たちが私たちを必要とする限り、ここに残って診療を続けようと決めました。それが、神が私たちに与えた試練だと思うからです。そのことは同時に、私たちなりのこの国の人々への罪滅ぼしにもなるかなと思っています」

加藤医師はそういいながら、妻の由美子に穏やかな目を向けた。由美子も微笑んだ。

「ところで岡田君、君のこれからの人生には、私たちとはまた違う罪の償い方があると思いますよ。祖国日本では、これから連合国軍が、日本の戦争責任と戦争犯罪を厳しく追及するでしょう。ドイツと同じようにね。当然大元帥である天皇も訴追される筈です。大日本帝国は解体されます。そしてそのあとには、日本人自身が新しい国を作らなくてはならない」

加藤医師は一区切りして続けた。

「二度とこんな戦争をしない、信仰や思想で人間を差別し弾圧するようなことのない、新しい日本を、日本人自身の手で作らなくてはなりません。そういう仕事は、戦争を反省もせず、自分の罪に頬っ被りするような人間にはできない。できないだろうし、絶対にさせてはなりません。分かりますか？」

誠三郎は食い入るように加藤の顔を見つめている。

「それは、君のように、自分の犯した罪に向き合い、償おうと苦しんでいる人にこそやって欲しい仕事です。自分たちがやってきた戦争を深く反省して、新しい日本を作ること。考えてみれば、それがこの国の人に対しても、一番の償いになるのじゃないでしょうか」

久美は五十嵐には、治安維持法で捕まった友人がいると聞いたことがある。加藤や五十嵐は、戦前の内地で信仰を理由に迫害されていたのではないか。二人が大陸に来たことも、絆の強さもそれなら分かる。

その時、誠三郎がうめくような声を出した。

「新しい日本を作る……雲を掴むようです」

「そうでしょうね。一人のちっぽけな人間に何ができるかと……でもね、そのちっぽけな一人ひとりが、自分のこととして真剣に戦争を反省し、これからの国の形を考え、声を出していかないとね。君の生まれる前になるのかな、日本にはそういう運動があったのです。デモクラシーなどと呼んでね。また必ずそういう運動が始まります。ちっぽけな一人として何ができるか、それを君自身が考えるのです」

加藤医師の話を聞いた誠三郎の心の中に、その時何が起こったのか、それは久美には分からなかった。しかし、翌朝早起きして石炭を運んでいる彼の表情に、久美は久しぶりに誠三郎らしい覇気のようなものを感じたのだった。

その二日後、突然五十嵐が医院を訪ねてきた。「カフェー日本」の従業員たちが帰国できることになったのだという。診療中ではあったが、加藤は患者を待たせて由美子と久美と一緒に表に出た。五十嵐は時間がないと言って中に入らなかった。彼は久美にはみどりからの手紙を手渡し、誠三郎には、内地での連絡先が書き込まれた名刺を差し出した。

「岡田さん、帰国して何か困ったことでもあったらここへ連絡してください。力になれるかも知れません。久美さん、結婚おめでとう。お幸せにね」

「ありがとうございました。何から何まで……それからも、五十嵐さんもどうかお気を付けて……」

久美は涙が溢れて、そう言うのが精一杯だった。

五十嵐は今度は加藤の方を向いた。二人は何も言わず固い握手を交わした。由美子も同じようにした。それだけで、五十嵐は耳の隠れる毛糸の帽子を目深に被ると、きびすを返し、急ぎ足で去って行った。

その後ろ姿に誠三郎が深々と長い間頭を下げていた。

久美と誠三郎が引き揚げのLSTに乗船できたのは、さらにそれから半年後、一九四六（昭和二十一）年六月初めのことであった。最後の晩、加藤夫妻は心づくしの、天津風の蒸し餃子で久美たちをもてなしてくれた。宴の最後に加藤医師が言った。

「試練の先には、道が用意されています。お互いに希望をもって生きていきましょう」

翌朝、久美と誠三郎は、加藤夫妻に厚く礼を言って出発した。いよいよ引き揚げ者の集団に加わるのだ。天津居留民団の人の指示で、大荷物を持って、先ず芙蓉という名の小学校に行き、そこにいた天津租界の人たちの一団に入った。そこから塘沽《タンクー》の貨物廠までトラックで移動し、そこで乗船を待った。

天津からの引き揚げ者には、三十キログラムまでの、自力携行できる生活必需品と当面の食糧、それと一人当たり千円の現金を持ち出すことが許可されていた。久美と誠三郎は、内地の食糧事情の悪さを聞いていたので、荷物の中に手に入るだけの、米や麦や大豆など保存の利く食糧を入れてきていた。

乗船前の国民党軍の数回にわたる検査では、荷物は総てひっくり返され、奢侈品《しゃし》だとして腕時計や万年筆、金縁眼鏡まで取り上げられると聞いていた。だから久美は、自分の腕時計や持ち帰った若干の装飾品は、誠三郎の拳銃と一緒に加藤医院に置いてきた。

誠三郎はといえば、中隊長の形見の万年筆を、腕に巻いた汚れた包帯の中に隠して持ち出した。彼はそれと漢和辞典を何より大事にしていた。乗船前に受けた体中を撫で回される検査でも、その万年筆は見つけられずに済んだ。

ＬＳＴの乗組員は日本人だった。米兵の乗組員に女性がひどい目に遭わされたという噂も聞いていたので、ひと安心だった。ＬＳＴというのは、戦車を揚陸する巨大な上陸用舟艇で、引き揚げ者は鉄板の上に敷かれたむしろの上に、携行してきた毛布や蒲団を敷いて、荷物で作ったそれぞれの区画で寝起きした。

およそ一週間の揺れる船旅だった。久美は全く平気だったが、誠三郎は最初のうち船酔いがひどく、横になってばかりいた。食事は居留民団の手配なのか、コーリャンの粥や雑炊や水団《すいとん》が、大きな鍋から支給された。大人はそれで何とかなったが、赤ん坊のいる家族は大変で、ろうそくでミルクを温めていた。

久美たちの隣の壁際にも、赤ん坊連れの夫婦と祖父の四人家族がいた。最初の夜、久美は赤ん坊にミルクを飲ませている母親に言葉をかけた。

「赤ちゃん連れでは難儀ですね。お手伝いすることがあったらおっしゃってください」

「ご親切にありがとうございます。今のところは大丈夫ですので……」

日本人形のような上品な顔立ちの若い母親は、そう言って目を赤ん坊に落とした。声は聞こえた筈だが、父親と祖父は横になったままだった。久美はこの家族に何か、妙な取っつきにくさを感じた。

二千人近くを乗せたこの船の両脇の甲板には、木材と帆布で便所が特設されていた。足を載せる板の間からは海面が見える。波の荒い時や夜間には、怖くてとても使えたものではない。久美たちの近くにいた産婆だという女性が声を掛けて、女たちは数人でまとまって便所に行くことになった。そこに行くのが嫌で、水も食べ物も我慢している女性がいたたからだ。

その誘いを受けた時、久美はその産婆から、隣の赤ん坊のいる家族のことで嫌な話を聞いた。

産婆は久美の耳に口を寄せて言った。船の発動機の出す騒音のために、お互いに耳に口を近づけて話さなくてはならないのだ。

「お宅のお隣の、ほら赤ちゃん連れの四人家族の、祖父のような顔してるあの年配の男、あの人は赤ん坊のおじいちゃんなんかじゃないわよ」

「えっ」

「天津の憲兵隊のお偉いさんよ。軍関係にいた人がそう言ってるんだから間違いない。戦犯逃れね」

産婆は、いかにも重要な情報を伝えたとでもいうように、目配せして自分の区画に戻った。

久美は隣の区画にいるその男への興味より、誠三郎のことが心配になった。この中に顔を知っている人がいるかも知れない。立場はその男と同じなのだ。

久美は横になっている誠三郎に産婆の話を伝えた。

「そうか、天津の憲兵隊の幹部だったのか。軍人だとは知っていたけれどな」

「えっ」

「朝方便所に行った時、甲板で会ったらいきなり話しかけてきた。ひと目で軍人だと分かったそうだ」

誠三郎が、騒音の中で少しずつ話してくれたところによれば、二人の間には身を隠す軍人同士の独特のやりとりがあったらしい。年配の男は言ったそうだ。

「おぬしはどこの部隊じゃ」

「は、部隊といいますと……」

「隠さんでもいい。わしも同じ身の上じゃ」

「は、駐蒙軍であります」

「そうか、御国《みくに》のため身命を賭した挙げ句、このざまではのう、ご苦労なことじゃ」

「は」

「除隊と復員の手続きは故郷に帰ってからにせい。港には米軍がおるらしいからのう」

「は」

「おぬしは若い。十年雌伏《しふく》して、この雪辱を果たしてくれい。頼むぞ」

そう言われて、よく考えもせずに反射的に「は」と返事をしてしまったと、誠三郎は悔やんでいた。

「雪辱を果たすって、あの人の言う意味は、大日本帝国の敗北の恥をそそいでくれということだ。加藤先生の言ったことと正反対じゃないか……当たり前かも知れないけど、まだ俺は、骨の髄まで帝国軍人だ……」

誠三郎は苦々しい顔でそう言った。

憲兵隊の人たちは、支那人にひどく恨まれているから、ああやって帰国するしかないのだろう。そこで久美はふと、領事館警察のガマ刑事のことを思った。あの男も、憲兵隊の偉い人のように、正体を隠して帰国するのだろうか。今でも久美には、あの刑事を絶対に許せないという思いがある。まるでその気持ちが伝わり移ったかのように誠三郎が言った。

「久美をひどい目に遭わせた、あの権田とかいう刑事はどうしただろう。無事帰国して、内地でまた警官にでもなろうとしていたら許せんよなあ」

留置場で殺されそうになったことを話した時、そんな奴が警察官なのかと怒り、青ざめていた誠三郎を思い出す。加藤医師が話していたように、新しい日本を作ると言っても、そこには戦争でひどいことをした人間も、何食わぬ顔で生き続けるのだろうと、久美はあらためて思ったのだった。


船旅の途上では死人も出た。連れの人と乗組員で水葬すると聞いた。波が穏やかな日で、船はその海面を一周して汽笛を鳴らした。その音に久美は目を瞑って手を合わせた。

出港から一週間の後、ＬＳＴは佐世保の浦頭《うらがしら》に接岸した。上陸した板敷きの桟橋には、ＭＰと書かれた鉄兜《てつかぶと》を被った、背の高い米軍の憲兵が立っていた。そして桟橋近くの検疫所で、白衣の日本人係官に、筒状の噴霧器で頭から首から袖口から、白い粉を大量に掛けられた。「消毒薬だから大丈夫」と係官が大声で解説していた。後で聞くとＤＤＴというアメリカの殺虫剤だということだった。

そこから引き揚げ援護局の宿舎まで、起伏の多い山道を、荷物を背負って何キロも歩かなくてはならなかった。途中、地元の婦人会の人たちが湯茶を配ってくれていた。援護局の宿舎は、佐世保海兵団が使っていたという建物で、大きな学校のような木造家屋だった。

割り当てられた大きな部屋の板敷きの床にようやく腰を下ろしたが、故国に帰って来たという感慨はなく、久美の胸にはこれから先の不安が膨らんでいた。それを察してだろう。誠三郎は部屋に落ち着くとすぐ、郵便局の分室に行って、川崎と五日市の両家族宛てに電報を打って来た。今もそこに住んでいるかどうかも分からないが、気休めでも嬉しかった。そこでの三日間は、汚れ物を洗濯したり、引き揚げ証明書の申請をしたり、衣類の支給を受けたりして過ごした。

長い順番待ちがあったが、久しぶりに入浴できたのが、久美には何より嬉しかった。食事には、カレーライスやうどんが振る舞われた。ご飯に焼き魚に味噌汁の食事も久しぶりで、涙が出るほど美味しかった。

引き揚げ者用の列車は、施設にほど近い南風崎《はえのさき》という駅から出発していた。久美たちの順番が来て、荷物をかついだ大勢の引き揚げ者に混じって駅に向かって歩いた。二人は、先ず川崎の久美の実家を目指すことにしていた。

東京品川行きの汽車は貨客混合列車で、久美たちは有蓋貨車に乗せられた。品川まで二昼夜以上かかると言われた。貨車の中では、床に荷物を置いて椅子代わりにして座った。疲れると床に足を投げ出して壁により掛かった。満員ではあったが、張家口から逃れる時の無蓋貨車を思えばまだましだった。あの時は八路軍の攻撃があるとかで、荷物を弾避けにして、天津まで大変な時間を掛けて辿り着いたものだった。

日本は、敗戦から既に十ヶ月が経っていたが、食糧不足で庶民の生活が深刻だという話を聞いていた。しかし、主な駅では引き揚げ者のために炊き出しが行われていた。多くの引き揚げ者は、既にろくな食糧を持っておらず、この炊き出しが生きる頼りだった。

その中で最も良くしてくれたのが、停車場から見渡す限り焼け野原が続く、広島駅で炊き出しをしていた人々だった。久美は、新型爆弾で悲惨を味わった人たちだからこそ、引き揚げ者の苦労も分かってくれるのではないかと考え、心から感謝したものだった。

ある停車場で聞いた話では、この国の大きな都市は軒並み焼き尽くされたという。川崎市も昨年四月に大空襲を受けた。そのことを久美は天津で聞いていた。それより前から、手紙が届かなくなっていたから、家族が川崎に住んでいるのかどうかも分からない。

　誠三郎が名古屋で駅員から聞いてくれたところでは、川崎も市街地は全滅らしい。住んでいた中原は、中小の工場が固まっているところだ。狙われない訳がない。久美は、家族が無事だとしたら、伊勢原にある母親の実家に身を寄せている筈だと思った。父方の実家は焼き尽くされた東京の下町なのだから。

　久美と誠三郎は決断して、伊勢原方面に北上することにした。早朝に停車した平塚駅で列車を降り、始発の木炭バスに乗り、途中トラックにも便乗して、久美の記憶だけを頼りに母親の実家を目指した。

　何度も何度も場所を尋ねた末、昼過ぎにようやく見覚えのある家に着いた。大きな古い茅葺《かやぶ》きの農家である。庭の入り口の脇に堆肥が積まれており、茶色の汁が道に流れ出している。祖父は既に亡くなっていて、祖母と伯父の一家が住んでいる筈だ。

　土間の入り口で久美が挨拶して事情を話すと、出てきた伯母は露骨に嫌な顔になって伯父を呼び、すぐに奥に引っ込んでしまった。伯父はさすがにねぎらいの言葉は言ったが、次には子どもが多く祖母が寝たきりで、これ以上人を泊めることはできないと言った。祖母は話も通じないそうだ。伯父の顔は、座敷の奥に上がり込まれたら迷惑だと言っているようだった。

　久美が両親のことを尋ねると、庭の前に建つ納屋を指差して、「お父さんはご愁傷さまだった」とだけ言った。父が、父が死んだ。初めて知った。久美は受けた衝撃を顔に出さないように、俯いたままで伯父にいとまを告げた。伯父が表に出て来て案内しようとしたが断った。久美は誠三郎と二人だけで、母たちの住む納屋の入り口があるという南側に回った。

「お母さん、久美です。今帰りました」

　開いていた引き戸の手前から、久美はそう声を掛けた。中の破れ障子が激しく開かれて、飛び出してきたのは、無精髭を生やしてはいるが、まぎれもない末の弟賢三だった。

「姉さん、久美姉さんだね。帰って来たんだね」

「賢ちゃん、賢ちゃんね、元気だったのね」

「ああ、姉さん、お帰り。よく無事で帰れたねえ」

　賢三の脇に泣き笑い顔の母が立った。

「久美かい。お帰り、よく元気で……ねえ」

「ただいま。お母さんも無事で良かった……」

母は小さかった。久美はその母の手を握った。温かい手だった。久美の目からは止めどなく涙が溢れた。

「よくここだと分かったね」

「川崎は空襲で焼かれたって聞いてたから……」

「ま、姉さん、狭いところだけれど上がってよ。そちらの人も紹介して欲しいし、うちにも紹介したいのがいる。話はそれからで」

久美と誠三郎は、実に久しぶりに畳の上に上がった。靴を脱いだタタキには、小さな流しと七輪が置いてあり、その他の空間は、納屋の一部を区切ったその畳の部屋だけだった。そこに小柄な若い女性がかしこまっていた。賢三の連れ合いだという。

久美が誠三郎のことを紹介して、五人は小さな卓袱台を真ん中にして車座になった。

「お母さん、お父さんはいつ……」

「四月の空襲でねえ……」

足腰の弱った父は、火の迫る自宅から出ようとしなかったのだという。賢三がいない時で、母がいくら言っても逃げようとせず、そこで焼け死んだのだそうだ。翌日、父親のものらしい僅かな骨を見つけて拾ったのだと母は語った。

「お父さん、ここに連れて来てるんだよ」

そう言って母は奥のりんご箱を示した。

「写真くらい置ければいいんだけど、全部焼けちゃってねえ」

りんご箱の中には瀬戸物の壺と白木の箱が置かれて、その前に真新しい二つの位牌があった。久美はその前に膝を進めた。

「ええっ、もしかして、これは、お兄ちゃんの……」

「ああそうだよ……」

母親はそう言ってその位牌を手に取って見せた。真新しい二つの位牌は、父と兄のものだったのだ。賢三の説明によれば、海軍に志願した兄は、駆逐艦「曙」に乗っていて、一昨年の十一月、フィリピンのマニラ湾に於ける戦闘で戦死したのだという。

「ああ、お父さんも、お兄ちゃんも……」

久美は居住まいを正すと、骨壺と白木の箱に交互に手を合わせた。

「白木の箱の中身は紙切れ一枚だったよ」

賢三がそう言った。「曙」は直撃弾を二発受け、沈没はしなかったものの、大勢の犠牲者が出たらしい。

久美は涙を拭いてから卓袱台の前に戻った。賢三の連れ合いが淹れてくれたお茶を飲みながら、久美は母親の話を聞いた。

「お前が長いことお金を送ってきてくれて、本当にありがたかった。向こうでも大変だったろうに」

それから母は、農家に嫁いだ妹のことを話した。彼女は元気でやっていて、時々芋などを届けてくれるらしい。随分助かっているという。

久美は気になっている孝治のことを尋ねた。母親は目を伏せ、賢三が足を組み直してから言った。

「孝治兄ちゃんがアカの活動をやって捕まったのは知ってるよね。お陰で僕まで、一年もしないで師範学校を退学することになってしまった訳さ」

久美は思わず叫んだ。

「ええっ、そんな……」

久美を無視して賢三は続ける。

「仕送りは本当にありがたかったよ。勉強しかできない満十五歳の小僧になんか、ろくな働き口はなかったからね。毎日の生活費に遣わせてもらった」

「たった一年で退学……」

「それよりいいかい、僕は十九ですぐ召集されて輜重輸卒さ。アカの弟だと言ってはぶん殴られてさ、挙げ句、帯革の金具が当たってさ、見てよ、これ」

賢三は口を開けて欠けた前歯を見せた。久美は背筋が冷たくなる思いだった。

「僕は孝治兄さんを恨んでるよ、はっきり言って。戦争が終わった時、ここに来たがったけれど断ったよ。こんな狭い所に一緒に住める訳がないだろう。今、どこにいるかも知らない。いるなら、前に隠れていた川崎の朝鮮人部落か、共産党の連中の所だろう」

久美は暗澹とした思いで目を伏せた。思い描いていた最悪の結果だったのだ。

「賢三、あなたは今何をしてるの」

「仕事かい？　工場に出てる。職工さ」

「そう、大変な思いをさせてしまったわね……」

それ以上会話は続かなかった。これからどうしよう。今夜二人でここに泊めてもらうのは無理だ。孝治も探さなくては……。久美は意を決して立ち上がった。

「賢ちゃん、それと奥さん、母をよろしくお願いします。私たちはこれで失礼します。お母さん、元気で。また来るから。その時みんなで、お父さんとお兄ちゃんのお墓のこと、相談しましょうね」

上がりかまちに、今脱がれたばかりのような工員の安全靴があった。賢三はここから仕事に出ているのだ。涙をこらえ、久美は三人の幸せを祈る思いでいとまを告げた。母が慌てて立ち上がって土間に降り、流しの上の鍋から薩摩芋を取って新聞紙に包んだ。

「何もなくてね。少しでごめんね」

母は久美の手に包みを押しつけた。

「久美を何卒《なにとぞ》よろしくお願いします」

母はそう言って誠三郎に深く頭を下げた。母と賢三の妻が表に出て来て二人を見送った。久美は幾度も幾度も振り返って手を振った。道が別の農家の陰に入って母が見えなくなると、久美は誠三郎の腕に縋った。そして声を立てて泣いた。泣きながら歩いた。


最寄りの駅までは一時間ほどだった。久美と誠三郎は、買い出しの人で鈴なりの小田原線に必死で乗り込んだ。稲田多摩川という駅で降り、今度は南武線に乗り換えた。待ち時間が多く、焼け野が原の川崎に立ったのは既に日が沈む頃だった。

手がかりは意外な所にあった。電柱に共産党の新聞『アカハタ＝ＡＫＡＨＡＴＡ』の宣伝ビラが貼ってあったのだ。時代の大きな変化を感じながら、久美たちはそこに書かれた住所を頼りに共産党の事務所を探した。行き着いたのはトタン葺きの粗末な建物だった。

「アカ」と呼ばれて弾圧されていた人というのは、どんな人間なのかと久美は緊張した。開き戸をあける誠三郎の顔も真剣だった。中ではたくさんの人が印刷と紙折りの作業をしていた。入り口のタタキには、足の踏み場もない程履き物が溢れかえっている。

「済みません。早瀬孝治の姉なのですが、孝治が今どこにいるか、ご存じありませんか」

久美は必死でその人たちに呼びかけた。すると腕貫きを付けた男の人が立って来て説明してくれた。孝治は今、川崎市郊外の、戦災を免れたある農家に厄介になっているという。ちびた鉛筆を舐め舐め、刷り損ないのビラの裏に地図を書いて行き方を教えてくれた。礼を言って表に出ると誠三郎が言った。

「みんな普通の人たちじゃないか」

「そうよ、そうよ、とても親切だったし」

久美は孝治が関わっていたのが悪人などでなく、ごく普通の、それも親切な人たちだというのが嬉しかった。暗くなり始めていた。今夜の宿が心配だ。孝治の知り合いなら、軒先なりとも貸してもらえるだろう。ともかく教えられた家に急いだ。

そこは茅葺きの大きな母屋と、広い庭を挟んだ平屋の細長い作業所のような建物からなっていた。その建物には電灯が点き、ガラス窓の中にたくさんの人影が動いていた。引き戸を開けると、そこには十数人の老若男女が、作業台のようなテーブルに着いて食事を摂っていた。

「あの、突然失礼します。私、早瀬孝治の……」

久美が挨拶して事情を話そうとすると、いきなり一人の痩せた男が立ち上がった。久美は一目見て孝治だと分かった。

「久美姉さんっ、帰ってきたんですね」

孝治は足を引きずりながら出てきた。その姿に、久美は彼の経てきた苦難の時間を思わされた。

孝治は、かつての元気溢れる笑顔の孝治ではなくなっていた。頭髪はすっかり白くなり、頬の肉が落ち、額にはしわが刻まれている。何より、金属労働者として筋骨逞しかったはずの体が、すっかり痩せこけてしまっていた。半袖のシャツから出ている腕も別人のように細かった。

孝治は久美たちを隣の小部屋に案内した。そこは事務所のようで机と、使えるのかどうか、人の顔のような形の壁掛け電話があった。丸椅子を勧められて孝治の前に座った途端、涙が溢れて止まらなくなった。

「無事だったのね。良かった。心配して。もう会えないかと思ったわ。この人も、ずっと心配してくれてた。この人、私の夫よ」

「ああ、自分は岡田誠三郎といいます。孝治君のことは、何年も前からよう知っています」

誠三郎がそう挨拶すると、孝治がにっこりと笑った。この笑顔は変わっていない。久美は嬉しかった。

「姉がお世話になりました。それに僕も、ですね」

孝治が手を差し出し、二人は握手をかわした。そこへ、二人の女性がお盆にお椀を三つのせて入って来た。

「お夕飯まだでしょう。具の少ない水団ですけど、召し上がってください」

人の良さそうな丸顔の女性が、そう言って机の上にお椀と箸と香の物を置いていってくれた。

彼女たちは孝治の食べかけの椀まで持ってきた。気のおけない仲なのだ。水団は大層おいしかった。今朝から、蒸かし芋半分しか食べていなかったのだ。

「ここは何かの組織の寮なの？」

箸を置いて久美が尋ねた。

「母屋の主がずっと農民運動をやってきた人で、この建物は昔、農民の寄り合いや農閑期の織物の講習会なんかに使うために建てたらしい。それを四月の空襲の後、焼け出された活動家や支持者の家族に開放してくれて、みんなで物を持ち寄って共同生活してるんだよ。焼け出され共産主義だなんて言ってね。僕も十一月に療育院から移ってきたんだ」

久美は、張家口の避難所にはなかった穏やかな空気の理由が分かった気がした。

食事が済んで、孝治がぽつぽつと逮捕された頃の話を始めた。孝治は、他の仲間が捕まってからも、知り合いの朝鮮人にかくまってもらっていたことや、半年程で逮捕されたことを語った。

初犯ながら川崎の青年組織の責任者だったこと、さらに完全黙秘などをしたから、神奈川県内の留置場を一年以上もたらい回しにされたのだと言った。黙秘する人間から調書を取って、起訴にまで持って行くために、そうやってたらい回しにして心身を痛め付けるのだと。久美は自分が放り込まれて死ぬ思いをした、あの不潔な留置場を思い出しながら聞いた。

結局、一年二ヶ月後、二度と活動をしないことを誓う手記を書かされて、執行猶予付きの判決が出ることになったのだと孝治は語った。手記を書いたと言う時の孝治の声は震えていた。既に五十嵐に聞いていたことだったが、久美はじっと耳を傾けた。

判決は懲役二年執行猶予三年というものだったが、長期の留置場生活で体を壊していて判決直前に喀血、釈放されることになった。その後、差入れなどをする父親を支援してくれた救援組織の人たちによって、横浜聖霊療育院という結核療養所に送り届けられ、そこで、特高の監視下の療養生活を送っていたのだと孝治は語った。

「療育院はキリスト教の施設で、そこに入ることができたのは、姉さんの知り合いの、そのまた知り合いの人の伝手だと言われたよ。随分よくしてもらった。その知り合いって誰だか、姉さん分かるかい?」

それは五十嵐の関係者に違いなかった。

「ええ、それは分かるわ」

久美は誠三郎を見た。

「その人には、自分らも大層世話になった」

「そうなんですか。後でお礼に行かなくちゃなりません。向こうにいた人ですか」

「張家口でね。そう、久美の命の恩人なんだ」

誠三郎は、敗戦間際に久美が不当逮捕され、五十嵐の力で救われた話をした。聞いていた孝治が、苦しそうに眉根を寄せて言った。

「あいつら、久美姉さんにまでそんなことを……」

「あれは孝治のせいじゃないい。そのことはもういいわ。それで孝治、今、体調はどうなの?」

「え、ああ、それは大分いいんだ。ここの関係者には医者もいて、定期的に診てもらってる」

「でも、ずっとここにいる訳じゃないんでしょう」

「ああ、それぞれが自立する方針だからね。僕もそろそろ考えないといけないんだ」

そういう孝治にも、久美は何もしてやれない。

久美は痩せた孝治の顔を見ながら考えた。以前のように、貧しくてもみんなで仲良く暮らすことは、もうできないのか。賢三と孝治の関係は、しばらくはどうにもならない気がする。虚しさが胸を吹き抜けた。

ともかく今は先ず、自分たちの住む場所と仕事を見つけなくてはならない。誠三郎とは以前から、荻窪の香本を頼ってみようという話になっていた。住む世界が違う人だからと、誠三郎は一度はためらいを見せた。しかし、荻窪の辺りは空襲をまぬがれたという話を聞いていたし、二人それぞれに名刺まで渡してくれた、その香本の好意に甘えることにしたのだ。

その晩は、食堂の隅に藁布団を敷いて貰い、そこでゆっくりと休んだ。久しぶりに二人だけで、手足を十分伸ばして、ぐっすり眠ることができた。誠三郎は横になった途端にいびきをかき始めた。

その翌朝のことだった。久美は朝の光と表の賑やかな話し声で目が覚めた。柱時計はまだ午前五時過ぎだったが、表では仕事が始まっているようだった。久美は身支度を調えて表に出た。そして女たちが集まっている庭の隅の井戸の所へ行って、先ずは昨日からのお礼を言った。

女たちは炊事の支度に洗濯に大忙しだったが、嫌な顔をする人は一人もいなかった。久美も腕まくりして手伝いに入ろうとした。すると、赤ん坊をおぶって野菜を洗っていた年配の婦人が、立ち上がって笑顔で久美に話し掛けてきた。

「お手伝いお願いしていいかしら。この赤ちゃん、少しの間おぶっていてくださる。この姿勢だから少し腰が疲れてきちゃったのよ」

「ええ、もちろんですとも。こちらから気が付かないでごめんなさい」

久美がそう言うと、その人は白いおぶい紐をほどいて、背中の子を腕に抱き取った。

「ほら、和子ちゃん、今度はこの人におんぶよ。いい子でいてね。よしよし」

そう言いながら、婦人は久美の背中に赤ん坊をおぶわせて、おぶい紐を掛けた。久美は彼女のその言い方が不思議だった。

「和子ちゃんのお母さんじゃ……」

「いやですよ。こんなおばあちゃんがお母さんである訳がないでしょう……実はね、和子ちゃんは、ちょっと可哀想な子なのよ……」

久美に和子という赤ん坊をおぶわせた婦人は、両手を腰に当てて、一度反り返るように体を伸ばした。

「ああ、おかげさまで楽になったわ。この子にはね、ちょっと可哀想な事情があるのよ」

それから頭に巻いていた手拭いで両腕を拭きながら語り始めた。

「この子のお母さんはね、勤労動員で中原辺りの工場で働いていたのよ。それでね、その工場で若い男性と恋に落ちたのね。その相手はとても腕のいい旋盤工だったそうよ。ところが彼は朝鮮人で、しかも片足が義足だったのよ。だから彼女はそのことを家族にも内緒にしていたのね。だけど若い二人は、朝鮮人だとか義足だとかに関係なく、強く愛し合ったのよ」

どこにでもいる普通の婦人のように見えたが、この人の話し方は滑らかで声も艶《つや》やかだった。

「ところが四月十五日の大空襲で、工場にいた彼は直撃弾で即死、彼女の両親も行方不明になってしまった。残業から帰宅途中だった女性だけが無事だったのよ。行き場を失った彼女は、ここにいる知り合いを頼ってきて、一緒に暮らすことになったわけ。やがて彼女が妊娠していることが分かったの。そして、終戦直後の食糧事情が最悪の時期にね、出産を迎えたのよ……」

ひどい難産で、赤ん坊は助かったが母親は亡くなってしまったのだそうだ。

赤ん坊の名前は、ここに住むみんなで考えて、平和の和をもらって和子と付けたのだという。母乳を貰いに交代であちこち連れ歩き、山羊の乳を買いに遠い田舎まで行ったこともあった。乏しい米のとぎ汁を飲ませたり、米軍に直接交渉してミルクを手に入れたりもしながら、ようやくここまで育てた。

その婦人は久美にそう解説した。久美は背中に赤ん坊の体温を感じながら、その話を驚きの中で聞いたのだった。

「今、七ヶ月ちょっとなのよ。この食糧難の時代、これから誰がどう育てるのか。ここにずっとこうやって住み続ける訳にはいかないでしょう。みんな黙っているけれど、考え込んでいるのよ」

婦人はそう言って、久美に背中を向け野菜洗いを始めた。活気に溢れる女たちの仕事場の横を、小さな子どもたちが走り回っている。久美は背中を揺すりながら、平和の和の和子、平和の和の和子と、心の中で繰り返した。涙が溢れて頰を伝った。

第十五章　生　命

　張家口でかつて一緒に働いた香本は、帰国する別れ際に、誠三郎に東京の住所の書かれた名刺を置いていった。久美にも同じものを渡していったという。彼は、二人で会いに来るとでも予想していたのだろうか。

　香本の家は、省線の中央線荻窪駅の近くだという。川崎の孝治に会った後、誠三郎は久美と二人で、予定していた通り荻窪に向かった。孝治は、しばらくは仲間の医者が診てくれる環境にいた方がいいという話になった。そのうち誠三郎たちが落ち着いたら、一緒に住むことも考えよう。そういう結論だった。

　引き揚げの時と同じ大荷物を背負って、買い出し者で大混雑の電車に潜り込んだ。一九四六（昭和二十一）年六月の終わりである。外気温は高く、電車内はひどい蒸し暑さだ。苦しい姿勢で都内に向かいながら、誠三郎は久美の様子がいつもと違うことに気付いた。どこか具合が悪いのか、言葉少なで暗い顔をしている。

　人混みの中だったが、誠三郎は久美の腕を引き寄せて耳に口を近づけた。

「どうした。暑いか、気分が悪いのか」

「えっ、いいえ、大丈夫よ」

「もう少しだから頑張れ」

「ええ」

　久美は荻窪の駅に着いても、まだ元気がないままだった。駅舎の外で古びた人力車で客待ちする男に名刺を見せ行き方を教わった。知られている家らしく、北へ歩いて十分程だという。話し終えて戻ると、久美は駅の外のベンチに座ったまま遠くを見ている。

「おい、本当に大丈夫か。気分が悪かったら言ってくれよ」

「ただ考え事をしてただけ。大丈夫、行きましょう」

　二人は遠くにこんもりとした森の見える方角に歩いた。十分ほど行くと、言われた通り、長く続く白い土壁の塀が見えてきた。その塀の先に、香本という目立つ表札があった。立派な門構えの大きな家だ。

形のいい松の生えた庭も、随分と広いようだ。

呼び鈴を押すと、たすき掛けに前掛けをした和服の若い女が出てきた。使用人のようだったが、何か胡散臭いものを見る目で二人を見た。ここに来た事情を説明して、啓介氏に取り次いで欲しい旨話した。

「岡田様ですね、しばらくお待ちくださいませ」

和服の女はそう言って奥に引っ込んだ。待つように言うからには、香本は在宅なのだろう。少し前から曜日の感覚がなく、考えてみれば今日は平日だ。来訪の電報も打っていなければ、電話もしていない。仕事に出ていて当たり前だから、在宅ならば幸運だったということだ。少しして玄関に下駄の音がし、着流しの香本が扇子を使いながら出てきた。

「あらまあ、突然だわねえ。それも二人おそろいで。帰って来たばかりなのね。まあ、入って入って。遠慮しないで。さあさあ」

和風の大きな玄関だった。香本は二人を、渡り廊下でつながった別棟に案内した。

「さあお座りなさい。今冷たい飲み物持って来させるから。それで、いつ日本に着いたの」

そう質問しておいて、香本は壁に据え付けられた電話で何か注文した。内線電話のようだ。誠三郎は香本が座るのを待って、ここまでの経過を簡単に話した。川崎で孝治と会って来たことも伝えた。

「それで実は、自分ら、所帯を持ちまして」

「ああら、それはおめでとう。そうなるといいと思ってたのよ。よかった、よかった。それで、これからどうするつもりなの」

「ええ、実はそれを相談しようと思って、今日は伺ったんです」

香本は今、政府の依頼があって進駐軍の司令部で通訳をしているのだが、もう宮仕えにはほとほと疲れたので、近いうち大人向けの外国語学校のようなものを開くのだそうだ。繁盛間違いなしだという。

「そしたら、岡田君の運転技術を生かして、送迎とか何かでいくらでも働いてもらえるんだけどね」

そこへ先程の女の人がお盆を捧げてやって来た。汗をかいたビール瓶とサイダー瓶が見えた。お盆に煎餅《せんべい》や饅頭《まんじゅう》も載っている。ある所にはあるもんだと、誠三郎は驚いた。同じ思いなのか、久美と目が合った。

「さあ、久しぶり。乾杯しましょう。それからね、住まいが決まるまで二、三日泊まってらっしゃい。その奥のお部屋、勝手に使っていいから」

久しぶりのビールだった。渇いた喉に一息で流し込むと頭がくらくらした。一段落した時、久美が香本に五十嵐のことを話し始めた。久美は一度お礼に行きたいのだと言っている。

香本が聞いた話として、五十嵐は「カフェー日本」のメンバーを率いて、銀座に店を出す準備をしているらしい。香本もそれ以上のことは知らぬようだ。

誠三郎は二人のその話を聞きながら、自分のこれからの仕事は、やはり自動車の運転しかないのかと考えていた。香本の、外国語学校ができたら運転手として働いてもらえるという話には、少しがっかりするところがあった。運転手の仕事は好きだし、働き始めれば誇りを持って頑張るだろう。

しかしそれだけでは、加藤医師が言った「新しい国を作るために働く」ということにはつながらない。だがしかし、自分の贖罪の思いを忘れずに、新しい国を作る仕事なんて、どこかにあるのだろうか。

「ああ、ちょっと待ってね。うちの使用人が住んでいた家が、まだ空いているかも知れない。そしたら、渡りに船よね」

香本は立ちあがってまた内線電話を掛けた。

「ああそう、そうでしょう。やっぱりね。分かった。ありがとう」

電話口にそう言いおいて、香本は耳に当てていた受話器を元に戻しながら二人に言った。

「お二人さん、ラッキーだわよ。オッケーよ。この間までうちにいた夫婦が、故郷に帰ったのよ。私のじいやとばあやなんだけど、もう歳だからってね。ちょっと駅から遠いのが難点だけど、公園が近くていい所よ。家具も残っている筈よ。明日行ってみましょう」

香本は幼い頃からその夫婦に養育して貰い、よくその家に泊まりにも行っていたらしい。二人の住まいの心配が消えるかも知れない。

夕食をご馳走になり、久美が風呂をもらっている間に香本は、彼が帰国した後、誠三郎がどんな任務に就いていたのか、詳しく尋ねてきた。誠三郎は、敗戦前後に青井中佐と佐藤という民間人とともに、大同と太原北方でおこなった一連の活動のことを話した。飛行機が迎えに来た時、殺される筈のところを、どうも青井中佐に助けられたようだということも伝えた。

「多分あそこで自分を殺す計画でしたね」

「ふうん、十分あり得るわね。危なかったわよ。しかし、青井さん、終戦直後にそんなやばい橋を渡ってたのか。それが関係あるのかしら。あの人亡くなったのよ、飛行機事故で」

それを聞いて誠三郎は思わず声を上げた。

「ええっ、本当ですか。驚きました。青井中佐には、落ち着いたらまっ先に会いに行くつもりだったんですよ。亡くなったのはいつのことですか?」

香本は煙草をくわえると、見覚えのある洒落たライターで火を点けた。

「終戦から余り日が経っていない頃だったわね。もしかするとあなたと別れたその直後じゃないの。所沢の飛行場で事故死って聞いたわ」

「事故……事故だったんでしょうか、本当に。考えると恐ろしいですね」

「その、佐藤っていう男は誰かしら。終戦のどさくさで、あちこちの隠匿財産の分捕り合いがあって、進駐軍の情報機関もからんで、凄いことになってるって噂聞いたけど、実態は真っ暗闇の中だからねえ」

「軍人じゃなかったと思いますよ。歳は中佐と同じか少し上っていう感じだったかな」

「そんな奴がいっぱいいるのよ。あなたも、あんまりそのことで深入りしない方がいいわよ。クワバラクワバラよ」

そう言って首を振った香本に、誠三郎は今抱えている思いを率直に語った。それは、ありとあらゆる価値がひっくり返ってしまっている故国の姿と、それを平気で受け容れているように見える人々への戸惑いの気持ちだった。

「鬼畜米英が、民主主義? ですか、それの手本の国になって、現人神《あらひとがみ》・天皇陛下は実は人間であらせられたって……今までと正反対の世界ですよ。聖戦だと言われてきた大東亜戦争も実は侵略戦争だったと……香本さんはどう思うか知らんけれど、自分たちがやって来たことを考えると、侵略というのは認めなきゃならん気はする。だけど、だからと言ってですよ、生き残った特攻隊員のことを、特攻崩れな

ど と呼んで蔑《さげす》んでいいのか。特攻隊員や玉砕した将兵の死を、無駄死に扱いしていいのか……日本に帰って来てから、見ること聞くこと、戸惑うことばかりですよ」

誠三郎の脳裏には、船の中や帰国してから読んだ様々な新聞記事がよみがえっていた。その中には、特攻死を犬死に呼ばわりし、生き残った隊員を特攻崩れとして、まるでヤクザ者のように描く文章があったのだ。戦時中は軍神として崇《あが》めたくせに、手の平を返すようにそう書く。それだけではない。電車の中にはアメリカという国を絶賛する男すらいた。

帰国してから一週間程で抱いた誠三郎の感慨を、香本は穏やかに受け止めてくれた。

「相変わらずあなたは、真っ正面から色々考えちゃう人なんだねえ。まあ、帰国したばかりだから仕方ないことだわよ。私だってね、天皇陛下は自裁《じさい》されるものとばかり思っていたわよ。それがこのお正月の人間宣言だものねえ。戸惑いがあって当たり前よ」

「ここに来る途中の電車の窓から、アメリカ兵と腕組んで歩く若い女を見ましたよ。戦争に負けるってのは、ああいうことなんですね」

「ううん、でもね、彼女たちも必死で生きてるのよ。それにアメリカさんには、日本の軍人なんかよりずっと紳士が多い。そりゃ悪いのもいるけどさ」

通訳として接触している香本の印象なのだろう。

誠三郎は、話題を変えて、太原北方からの逃避行の途中で体験したことを語った。そのことも香本には話しておきたかった。香本に世話になる前に、自分の本当の考えや思いを知っておいてもらわないと、後で嫌な対立を生みかねないと思う。香本と自分は生きる世界も考えも違う、それでも繋がっていけるのか。

「その泥を食う母親の姿を見て、自分が殺した少年にも母親がいて、こんなに悲しんだのだろうと、ワァッと気が付いたんです。俺は何ていうことをしたんだろうと、腹の底から思ったですよ。その家の粗末な寝台で、自分は子どもの頃みたいに泣きました」

そして、天津の郊外で偶然に「癮」の人たちの死体を見たことで、阿片の流通に関わった自分には重い罪があると感じるようになったことも話した。

「だけど、こうやって帰国して何日も経ってみると、そんな気持ちはすっかりぼやけてしまって、自分がどうやって暮らしていくか、それしか考えなくなっている……加藤先生からは、帰国して新しい日本を作る仕事で罪滅ぼししろと言われたんですがね……」

大事なことは総て、隠すことなく香本に話すつもりだった。そういう自分であっても今までのような関係を続けてくれるなら、有り難くそれを受けよう。話し終えた誠三郎は、背筋を伸ばして香本の顔を見た。

「そっか、なるほどね。岡田君はそう考えるか。でもよ、そんなこと言えば私だって同罪じゃない。軍が阿片売りまくるのに、通訳無しじゃ不可能だったでしょうよ。戦争だったのよ。総てが戦争のせい。だからもう嫌なことは忘れるしかない。私はそうよ」

香本はテーブルの麦茶を口にして話を続けた。

「あなたは純粋というか単純というか、昔から変にこだわり過ぎなのよ。余り根詰めてそういうことを考えない方がいい。もう妻のいる身なんだからね」

「はい、それは……久美には迷惑かけません……」

話はそれで終わった。

香本はどう感じただろうか。考え方も感じ方も違う、世話しても何の得にもならない貧しい無産階級の二人に、どこまで寄り添ってくれるのだろうか。軍の同僚だったから今は良くしてくれているが、これからは迷惑なんじゃないだろうか。

その夜久美は、風呂にゆっくりと入り、洗い髪に借りた浴衣を着て寝室に戻ってきた。

「おお、浴衣か……さっぱりしたねえ」

「ええ、大きなお風呂。とても気持ちよかった」

襖の向こうに二組敷かれた蒲団が見えている。先程昼間の女の人が来て用意してくれたのだ。座卓を挟んで座った久美は、髪を乾かしながら、何か思い詰めているようだった。それは昼間と同じ表情なのだった。

「どうした。今日はずっと何か考えているみたいじゃないか」

「え、ええ、実家のことや何か、つい考えてしまって……ねえ、家族って何なんでしょうね」

やはり久美は、実家で聞いた賢三の孝治に対する厳しい物言いを気にしていたようなのだ。

「あまり気に病むなよ。時間が解決することもある」

「そう……時間がね。でもね、誠さん、二人のどっちとも悪くないのよ。そうでしょ。なのに……」

「そうだよな……確かに。孝治君も賢三君も、何も悪いことした訳じゃないのにな」

「川崎で、孝治の仲間のお母さんたちにいろんな話を聞いたわ。学童疎開で田舎にいた間に両親を亡くした子どもたちが大勢いるんですって。何も悪いことをしてないのにね……うちの問題なんか小さいことね」

「実家のことも小さくはないけど、疎開先でそうなった子どもたち、気持ちを考えるとたまらんなあ」

引き揚げてきて数日、二人には内地の敗戦の悲惨な実態が少しずつだが見えてきていた。

「こんな戦争さえなければ……ね」

久美のその言葉を聞いた誠三郎の胸に、酷寒の大廟で戦死した将兵の映像が浮かんだ。彼らも、疎開学童の家族も、何のために死んだのか。

翌日の朝食後、公園の近くの家を見に行くことになった。香本はそのために仕事を休んだばかりか、人力車を二台用意してくれていた。それを知って誠三郎は、昨夜ほんの少しであっても、香本の誠意を疑ったことを大変済まなく思ったのだった。

香本のじいや夫婦が住んでいたという家は、池と田んぼと林がある大きな公園を、高みから見下ろす斜面に立っていた。しっかりした造りで雑木の生えた小さな庭もある。一目見て久美が気に入って、格安家賃で借りることになった。香本は、その日のうちに自宅にある寝具を二組届けると言ってくれた。

その日久美は、その家の掃除と必要な物の書き出しをしておくことになった。誠三郎の方は、香本に付き添われて、都心にある復員庁に出掛けた。除隊と復員の手続きのためだ。それにより、きちんと軍籍の記録が残り、多少なりと退職手当が支給されるというのだ。

誠三郎のような特殊な勤務で、現地除隊せずに独自に帰国した者の場合、手続きに時間がかかることが多いのだそうだ。だが、香本が特殊勤務について証明してくれたのと、復員庁に駐蒙軍関係者がいたことで、あっさりと手続きは済んだ。

その帰り道、歩きながら誠三郎は言った。

「香本さん、自分のような者にこんなに良くして頂いて、本当に有り難いです。世話になるばかりで……」

香本は前を向いたまま言った。

「そんなこと気にしないで。岡田君は人を見下さないからね、私はいつも一人の人間として話ができる。貴重な人なのよ。ふふふ」

その時誠三郎は、香本が男なのに女のような言葉や仕草をすることで、馬鹿にされたり、見下されたりしてきたのだということにあらためて気付かされた。誠三郎の前では堂々としていて、いろいろ教えてくれたり、考えるべきことを突きつけてくれたりしたが、それは彼にとっても貴重な場だったのかも知れない。

その夜は香本邸にもう一泊させてもらい、翌日から久美と二人で新居の整備に取りかかった。それが一段落したら、五日市の実家に二人で挨拶に出掛け、役場で入籍の届けもしてくる予定である。

新居の部屋の掃除は済んでいたが、風呂とかまど周りや庭の掃除など、やることは山のようにあった。買い出しに始まり、区役所への転入届け、米穀通帳の取得など、二人で忙しくも充実した時間を過ごした。

香本のじいやが使っていたラジオが生きていて、それを聞きながら二人は働いた。「東京の花売り娘」「悲しき竹笛」などがしょっちゅう掛かっていた。

住まいの仕事がようやく一段落して、明日は五日市に出かけようという夕方、久美があらたまって誠三郎の前に座った。話したいことがあるという。

「誠《せい》さん、お願いがあるの。驚かないでね。私お掃除しながら、ずっと真剣に考えていたの。誠さんにも真剣に聞いて欲しい」

「おいおい、あらたまって、一体何の話だい」

突然の話に誠三郎はとまどった。

「誠さんと私の二人で、小さな命を育てたいの」

「命？　って、そりゃ何のことだい」

「成り行きによっては、とっても可哀想な人生になるかも知れない赤ん坊がいるの。そのちっちゃな命を、私たち二人が親になって育てたい、ということ」

誠三郎に突然の閃きがあった。

「えぇっ、それはもしかすると、あの、川崎で久美がおぶってた、あの女の赤ちゃんかい？」

　孝治に会った日の翌朝、久美がずっと赤ん坊をおぶっていたのを思い出したのだ。誠三郎も何度か赤ん坊の顔をのぞき込んだ記憶がある。

「覚えててくれたのね。実はあの子の両親はね……」

　久美は、あの赤ん坊の両親のことから誕生、母を失った後の養育のことなどを順を追って話していった。この食糧難の中、誰が引き取って育てるのか、みんなで考えているところなのだという。

「だから、子どものいない私たち二人で、あのちっちゃい命をね、平和の和の和子というあのちっちゃな赤ちゃんをね、大事に、幸せに育てたいのよ」

「うむ……」

　誠三郎は考え込んでしまった。

「駄目？　半分朝鮮人の血が流れているから？　誠さん、それが気になるの？」

「いやいや、そんなことは全然気にならんよ。ただ、俺にできるかなってことさ。この俺がだぞ、いきなり父親なんてさ……」

　誠三郎は、この時まで、自分が父親になるなどということは想像したこともなかったのだ。

「馬鹿ねえ、私だっていきなり母親よ。おむつを縫うところから習わなきゃならない。でも、私はどうしてもあの子を育てたい」

　誠三郎は、久美にこんな熱っぽい一面があるとは思わなかった。久美には、いつも最後はどこか寂しそうな微笑みで、すっと後ろに引くというような印象があった。しかし今回は、どうしても自分の思いを実現させたいという強い決意と熱が感じられる。

「久美がそう言うなら、俺も頑張るしかないよな。ミルクの確保は大変だろうけど、まあ何とかするさ」

　久美は誠三郎の手を両手で握り、目にいっぱい涙を溜めて笑った。

「ありがとう、誠さん。やっぱり私の誠さんは分かってくれた……明日、川崎に電報を打つわ。いいでしょう？　嬉しい、とっても。ありがとう……」

　誠三郎は久美のこんな表情は見たことがなかった。胸の底から喜びがほとばしるような笑顔なのだった。

「でも、そんなに簡単に養子になんてできるのか」

「私たちの家が決まれば大丈夫よ。孝治の仲間のお母さんたちの話を聞いてたんだけど、今たいへんな数の戦災孤児がいて、厚生省が一般家庭に保護や養子縁組を呼びかけているんだって。だから手続きは難しくはないらしいの。もっとも、そうやって簡単に農家にもらわれていって、農作業でこき使われている子もいるらしくて、問題も多いって言ってたけれどね」

久美の胸には既にあの朝から、こうしたいという思いが湧いていたのではないか。誠三郎は話を聞いていてそう感じた。それでもいい。久美がこんなに嬉しく思うことならば、自分は一所懸命それを支えよう。

半分朝鮮人の血が流れる女の子を、自分たちの娘として大切に育て上げる。言葉ではうまく言えないが、加藤医師の言った、自分の贖罪にもつながりそうなことではないか。誠三郎はそう思った。

翌日は朝から晴れ上がった。誠三郎と久美は朝早く荻窪を出て、五日市へ向かった。電車と汽車を乗り継ぎ、武蔵五日市駅に着いたのは昼前だった。この町を後にして騎兵連隊に入隊してからもう十年にもなる。時の流れの速いことに驚きつつ、誠三郎は駅に降り立った。懐かしい景色が目の前にあった。

「ここからはひたすら歩くんだ」

「大丈夫よ。どの位？」

「そうさな、二十分かな、ゆっくり行けば三十分」

誠三郎は、今日は実家に泊めてもらい、明日朝早くホトケの八木さんこと、八木岡曹長の家を訪ねて、その後役場で久美の入籍を済ませたいと思っていた。

五日市での用事が済んだら、以前勤めていた運送会社に行って就職の情報を掴み、そのまま二人で赤ん坊のいる川崎に行くことになっていた。久美は既にこの日の朝、その旨川崎に電報を打っていた。

実家は十年前とほとんど何も変わっていなかった。二人が家の前に立つと、すっかり腰の曲がった母親が暗い土間から出て来た。姉さん被りしていた手拭いで体の埃を払うと、眩しさに目をすがめてこちらを見た。

「おうおう、誠三郎か、よくまあ、よくまあ帰って来た。おうおう、そっちの人がお嫁さんかの」

「ああ、母ちゃん、只今。元気そうで何よりだ。この人が俺の嫁さんの久美だよ。よろしくな」

佐世保から電報が届いていて、もう来る頃だと母は待っていたのだという。その時家の中から、長兄と見知らぬ女の人が出て来た。

「おお誠ザ、無事に帰ったか。長い軍務ご苦労だったのう。長い間の仕送りもありがてえことだった」

長兄は隣にいる女の人を妻だと紹介した。その人は「ともかく中へ」と言って二人をいろりのある薄暗い部屋に招き入れた。誠三郎には懐かしい空間だったが、町場で育った久美には、この燻り臭い部屋はさぞ違和感があるだろうと思った。だが、久美は平気な顔でいろり端に座り込んで、母と何やら話をしている。

長兄の片目はまっ白になってしまっていた。相変わらず病気がちだが、妻が働き者で助かっているという。年老いた母親は、それでもまだ嫁と共に畑に出ているらしい。海軍に志願した次兄は、無事復員してそのまま横浜で暮らしているとのことだった。

衝撃だったのは、あの河野美紀子先生が亡くなったという話だった。長兄が学校の小使いから聞いたのだという。警察から釈放されてから、故郷の新潟の実家に帰ったのだが、体を壊していて、その何年か後に亡くなったのだそうだ。誠三郎は孝治から聞いた留置場のたらい回しのことを思い出した。あの先生もそんなことで苦しめられたのだろうか。暗澹たる思いの中に、特高警察への強い憤りが湧いた。

その日の夕食は貧しい雑炊だったが、久美が持参した四合瓶の酒で再会を祝した。薄暗い五右衛門風呂も、狭い部屋に藁布団を敷いた寝床も、久美は全く意に介さず、むしろそれを楽しむかのように一晩を過ごした。

翌日の早朝、誠三郎は隣家の自転車を借りて二里程上流の、八木岡曹長の住む集落に出掛けた。八木岡の家はすぐ分かった。大きな立派な屋敷だった。

玄関に出て来た八木岡は軍隊の頃と比べて随分太っていた。顔を見た途端「おお、岡田誠三郎君」と言って手を差し伸べてきた。突然の早朝の訪問に驚いていたが、今日中に川崎まで行くことを話すと、無理に家の中に招じ入れようとはしなかった。誠三郎は引き揚げのことから今の状況まで簡単に報告した。八木岡も誠三郎が転属して以来のできごとをいくつか話した。女川の戦死のことは知っていたが、かつて誠三郎の小隊長だった金子も中尉になった後戦死したという。

「積もる話があるのだから、こんな奇襲みたいな形じゃなくて、奥さんを連れて泊まりがけで来なさい」

八木岡はそう言った。来年は村長選挙があり、それに出るよう言われているので、忙しくなるその前に来るようにとも言った。奥方も出て来て、朝飯を食べて行けというのを丁重に断り、あらためてまた訪問することを約束して八木岡に別れを告げた。帰りはずっと続く下り坂を、勢いよく実家まで戻った。

実家では戸主である長兄に、あらためて久美の入籍を承認してもらい、お昼前にいとまを告げた。そのまま誠三郎の本籍のある役場に行き、持参した書類を提出して岡田家への久美の入籍の手続きを済ませた。

その後駅前から木炭バスに乗り、かつて自動車の運転を教えてもらったあの運送会社まで行った。ここは空襲に遭わなかったらしく、昔と変わらない建物だった。顔見知りの運転手が一人いて、久美を見て誠三郎を冷やかした。その人に頼んで社長に会うことができた。誠三郎は社長に就労の状況を尋ねてみた。青梅あたりの材木屋と、木材を運ぶ運送業が、今一番の稼ぎ頭だと聞いていたからだ。焼け跡の東京では、家の建材の供給が需要に追いつかないのだ。

社長は誠三郎をよく覚えていて、杉並に住むと聞くと、電話で三鷹の同業者に話を付けてくれた。自動車の数も燃料も限られているため、馬車や大八車まで動員して稼いでいる会社だという。誠三郎が、自動車の運転から馬の扱いまでできるという話で即決したのだ。誠三郎が、なるべく早く三鷹のその会社に顔を出し、正式な雇用の手続きをするという話にまとまった。ありがたかった。社長に厚く礼を言って久美と二人、立川経由で川崎へ向かった。

孝治たちの宿舎に着いたのは日が暮れてからだった。その夜誠三郎と久美は、そこの母親たちに、和子を自分たちの子として育てたい旨、正式に申し入れた。

こうして、誠三郎が運送会社の社員として生活費を稼ぎ、久美と二人で和子を育てる生活が始まった。ミルクを確保するのはやはり容易なことではなかった。久美の負担が特に大きかった。子育て中の女性にもらい乳をするために、そして山羊や牛の乳を求めて、遠くまで和子をおぶって出掛ける日が続いたのだ。

誠三郎はと言えば、赤ん坊を抱くのも初めてだった。生後七ヶ月の和子は、誠三郎に不器用に抱かれても、キャッキャッとよく笑った。蒲団に下ろすと泣いて、だっこをすると泣き止む。だから誠三郎は、眠ってしまうまで抱いていることになる。

毎朝弁当を腰に古自転車で四十分、夕方までのめいっぱいの肉体労働も、帰ってからの和子を囲んでの団欒《だんらん》を思うと苦にならなかった。時々心が重くなるのは、加藤医師の言葉を思い出すからであった。俺は新しい国を作るために何の役にも立っていないと。

十月の上旬であった。その日は雨で、誠三郎の職場は早々に仕事じまいをした。同僚からの酒の誘いを断って、帰って来たその夕方だった。突然、孝治が訪ねてきたのだ。孝治からは二度程、共産党の新聞や宣伝物が送られて来ていたが、誠三郎は忙しくてあまり目を通していなかった。最近は、あの万年筆での日記書きもおろそかになっている程なのだ。

孝治は顔色も良く、少し頬にも肉が付いたようだった。孝治の用件は、来年早々に東京での新聞印刷の仕事が決まりそうで、もしこちらが良ければ、一月からここに住まわせてくれないかという相談だった。最初からいつかは一緒に住むというつもりだったので、話は簡単に終わった。「赤ん坊がいて大したた世話はできないけれど」と久美が言うと、「忙しくて、ほとんど寝に帰る感じじゃないかな」と孝治が微笑みながら言った。

その晩孝治は泊まっていくことになり、夕食を一緒に摂った。誠三郎は和子を膝にのせて焼酎を舐め、孝治の食べるのを見ていた。孝治が口を開けると、歯が上下で何本か無くなっているのが分かった。特高に殴られてぐらぐらになったのが、栄養が悪くて後に抜け落ちたのだという。孝治を恨んでいる弟の賢三も歯が欠けていた。兄は警察で、弟は軍隊でやられたのだ。その二人が仲良くできない。誠三郎はこの国の悲劇の底深さを感じた。

何でも孝治は、「侵略戦争反対」「兵隊を生きて帰国させろ」というような宣伝ビラを配布していたらしい。捕まれば、殺される程の激しい拷問と、家族にまで厳しい非難と差別が及ぶ、そのことを知りながらの活動だ。どれだけの勇気と覚悟が必要だったろうか。誠三郎には、それをのり越えてきた孝治は、自分とは何か人間そのものが違うような気がしていた。だから、いつかは話さなければならないと思いながらも、自分の阿片に関わる軍務や、少年兵の斬首について語る気にはなかなかなれなかったのである。

誠三郎は河野美紀子先生のことを思う。先生も、歯を失うような目に遭いながら、戦争に反対したのだろうか。あんな優しい先生だったのに、なぜそんな強さがあったのだろう。先生と過ごしたのはたった数ヶ月だった。しかしその時間は、自分のその後にとても大きな影響をもたらしたとあらためて思ったのだった。

十一月三日は日曜日だった。忙しくて土曜日曜もない運送会社だったが、ここ半月ほどは、誠三郎は日曜にはなるべく休ませてもらうことにしていた。さすがの久美も、休みなく家事と育児と食糧確保に追い立てられ、疲れの色が濃かった。せめて日曜くらいは、家事と育児の一部を引き受けてやりたかった。

その日誠三郎は、朝から台所の隅の風呂の焚き口で、製材所で譲ってもらった木っ端を鉈で小割にしていた。久美が太い薪の焚き付けをしやすいように、割り箸のように細くして、表の炭俵に入れておくのだ。久美の方は和子をおぶって、台所の流しと風呂場を行ったり来たりしていた。久美の表情は明るかった。それは自分が休みのせいかなと誠三郎は思っていた。

台所と居間の間の戸棚の上に、どちらからでも聞こえるようにラジオが置いてある。今日のラジオは、新しい憲法が発布されるというニュースで持ちきりだった。誠三郎は木っ端を割りながら、ずっと憲法についての解説を聞いていた。ある所で誠三郎は手を休めた。日本はもう二度と戦争はしない、そのために軍隊は持たないという条文があるというのだ。軍隊を持たない、戦争をしないって、一体そんなことが本当にできるのか。どこかの国が攻めてきたらどうするのだ。何よりも軍隊のない日本など想像もできない。

誠三郎も、もう戦争はこりごりだし、軍隊なんか無ければ、それはそれでみんな穏やかに暮らせるだろうとは思う。古兵に制裁を受けた新兵が、一、二年経つと当たり前のように次の新兵をぶん殴ってい じめる。軍隊はそんな野蛮なことの繰り返しだ。

戦地では、敵と疑えばみんな殺す、物は盗む、女は犯す、家は燃やす、挙げ句は弾の中に突っ込まされて、ひとつしかない命を無残に失う。命じる雲の上の人たちは痛くもかゆくもない。そんな軍隊など、無くせるものだったら無くした方がいい。だが現実にそんなことが可能なのか。他の国が攻めて来ないとは限らないではないか。その時頭の上で声がした。

「軍隊を持たないって、確かに言ってるわよね」

和子をおぶい、絞った洗濯物を入れた洗面器を抱えた久美だ。彼女もラジオを聞いていたのだ。

「ああ、そう言ってる。戦争もしないとさ」

誠三郎は立ち上がって腰を伸ばしながら言った。

「噂じゃ聞いてたけれど、本当なのね」

誠三郎も久美も生きることに精一杯で、どんな憲法ができるかなど、今までほとんど考える間もなかった。話題になるのも初めてのことだ。

「だけどさ、戦力を全然持たない、戦争を絶対しないなんてことが、本当にこの日本という国でできるんだろうか。俺は疑問だな」

久美は首を傾げてしばらく考えていたが、すぐに視界から消えた。縁側の軒で洗濯物を干し始めたらしい気配がする。少しして足音を立てて戻ってきた久美は、空の洗面器を両手で持ったまま、きつい眼で言った。

「私はもう二度と、絶対に戦争は厭ですから。戦争する軍隊ももう二度とご免です。世界中の人たちに言えばいいいんです。私たちはもう戦争しません。軍隊も持ちませんて」

予想もしなかった久美の剣幕に誠三郎はたじろいだ。

「そんな、俺に怒っても仕方ないよ」

「とにかく、兄のように骨も戻ってこない戦死なんてもうご免ですから。父のように家ごと焼き殺されるのもご免です。カコの両親だって、どんなに生きたかったか。だから、戦争も軍隊ももういりません」

それだけ言うと、久美はまた風呂場の方で仕事を始めた。誠三郎は、あらためて久美があの戦争で受けた傷の深さを思った。義父とも義兄とも面識がなかったためか、そこに鈍感だった。久美は自分の前では何も言わないが、その心に秘めた悲しみは癒やしようのないものなのだと、誠三郎は気付かされたのだった。

数日後、誠三郎は会社の休憩室の古新聞の中に、憲法の全文と解説が載っている新聞を見つけた。社長が購読しているもののお下がりである。

その新聞は、三面記事やスポーツ欄は読まれた形跡があったが、憲法の部分は皺もなかった。誠三郎はそれを大事に持って帰ってきた。久しぶりに酒を飲まずに夕食を済ませ、風呂上がりに机に向かった。来年五月から施行されるというこの憲法こそ、加藤医師の言った、新しい国を作ることそのものだと思ったからである。これだけは読まなくてはならぬ。

意気込んで読み始めたが、馴染みのない用語が多く、作業は辞典を片手の難行苦行となった。誠三郎は以前から、難しい文章に突き当たった時には、活動写真のように映像を思い浮かべて理解するのが常だった。しかしながら、「国政は、国民の厳粛な信託による」「その権力は国民の代表者がこれを行使」「福利は国民がこれを享受」……となると、具体的にはどういうことか、思い浮かべるのが誠に難しいのである。

学の無い悲しみをつくづくと感じさせられた。日記を書いたり、中隊長にもらった漢和辞典で漢字をポツポツ覚えたり、駐蒙軍司令部の蔵書をひっくり返したりする位の勉強では、この文章を読み取る力も付かなかったということなのだ。悔しかった。誠三郎は、意地でも投げ出すものかと、声を出して読み続けた。

昼の疲れから幾度も居眠りが出た。誠三郎は考えを改めて、前文以降は解説から先に読むことにした。当然だが、解説では難しい漢字にはふりがなが付けられていて、分かりやすい言葉で説明がされている。最初からこうすれば良かったのだ。それでさえも理解は容易ではなかった。鉛筆で線を引きながら、カタツムリのように幾晩もかけて誠三郎は読み進めた。

第二章の戦争の放棄というのは、国として戦争をすることをやめるだけでなく、武力で相手の国を脅しつけたり、武力を使ったりもしないのだという。つまり、国同士の争いは話し合いだけで解決するというのだ。そのために、陸海空軍その他の戦力を持たず、交戦権も認めないという。これからの日本は、各地の連隊もなくなり、兵隊も下士官も将校もおらず、鉄砲も大砲も戦車も、軍艦も軍用機もない国になるというのだ。

誠三郎が戦場を思って目を瞑れば、国防色の兵隊たちと皮革の匂い、黄土色の大地と火薬の臭い、そして赤黒い血の海と死臭がまざまざと甦る。自分の記憶の殆どが、軍隊と戦争で占められているようにさえ感じるのだ。新しい国で、自分は大きく変わらなくてはならないと思うが、一体どうすればいいのか。

憲法の解説を読み進めていくうち誠三郎は、この憲法の目指す国は自分の生きてきた世界と、何とかけ離れているのだろうという思いを強くしていった。国民は総て平等、思想も宗教も、あらゆる表現も自由、男女は平等、結婚は両性の合意のみ、健康で文化的な最低限度の生活をする権利……自分には思いつきもしない内容だ。

誠三郎は、この憲法は帝国議会で決められたものだけれど、その芯には米英など連合国の強い意志が貫いているのだと感じた。加藤医師が言ったように、大日本帝国を上から下まで徹底的に壊して新しく作り直し、二度と外国に攻め込むようなことのない国にする、そんな連合国の強烈な意志を感じたのだ。

誠三郎は、それに従うことは、戦争を仕掛けてあちこちに侵攻した挙げ句、国民を滅亡寸前まで追いやって惨敗した国にとっては、どうにも止むを得ないことだと思った。そこを新しい国作りの足がかりにするしかないではないか。

解説を読み始めて何日か経った晩のことだった。

「冷えてきたわ。少しだけど手を温めて」

和子をおぶった久美が、赤く熾《お》きた炭を十能で持ってきて手あぶり火鉢に入れ、そのまま脇に座った。

「誠さん、新しい国はどんな感じ？」

「ああ、まだぼんやりだけど、少しずつ、こんなことかなと思えてきた。だけど、実際には難しそうだ」

「どういうこと？」

「前から戦争に反対していた孝治君とか、去年の十月に釈放されて出てきた治安維持法違反で監獄に入っていた人たち、それと加藤先生とか五十嵐さんのようにしっかりとした思想や信仰をもった人たちは別だよ。俺たちのように、戦争を大東亜共栄の聖戦と信じ込んでさ、殺し殺されの戦場を引き回されて、悪いこと、ひどいこともやってきた復員兵には、こういう立派な考えは、なかなか飲み込めんのだよ。この国に軍隊経験者は多いよ。軍隊は要領をもって本分とすべしだからね。上の者にへつらう、強い者に合わせる、目下の者をいびる、そんな根性が染みついちまってる」

「私は、あんなひどい戦争がやっと終わったんだから、新しい国は、戦争につながるものが一つもないようにして欲しい。皆そう思ってる筈。そう思ってない軍人さんがいたら、その頭の中を新しくすればいい」

聞いていて誠三郎は、引き揚げ船の憲兵隊幹部ならそれと正反対のことを考えるだろうなと思った。

加藤医師から言われた仕事は、まだまだどうしていいか分からずにいる。しかし、来年五月に施行されるこの新しい憲法が、どんな国を作ろうとしているのか、それだけは分かるようになりたかった。誠三郎は、酒を断っての困難な夜の勉強をその年末まで続けた。

和子は、はいはいからつかまり立ちができるようになり、一歳の誕生日を迎えて、ますます表情も豊かになってきた。誠三郎も和子のおむつを替え、一人で風呂に入れ、次第に父親らしくなってきたと自分でも思う。そうなると一層和子がいとおしくなる。

年が変わって、一九四七（昭和二十二）年一月のある夜のことだった。仕事から帰って和子を風呂に入れ、誠三郎はこたつで新聞を読みながら焼酎を舐めていた。脇で畳に座って、何か声を立てながら一人遊びしていた和子が、箪笥につかまって立ち上がった。それまでも立つことはできていたのだが、その日はそのまま突然両手を広げてよちよちと歩き出した。

「久美っ、久美っ、歩いたぞっ」

お勝手にそう叫ぶと、久美が前掛けで手を拭き拭きのぞきに来た。

「わあっ、歩いてる、歩いてる。カコちゃん、とうとう歩いちゃったわねえ」

「頑張れ。ここまでおいで、ほらここまで」

和子は五、六歩歩くとパタンと座り込んでしまったが、誠三郎は嬉しくて嬉しくて、思わず和子を抱き寄せた。その時、誠三郎の脳裏に「かけがえのない」という言葉が浮かんだ。

「かけがえのない命」、誠三郎は口の中でその言葉を繰り返した。河野先生が教えてくれたこのひとつの言葉が、自分の中でずっと生きていると感じた。

腕の中の和子は温かかった。赤ん坊の甘い匂いがする。多くの失われた命、自分の奪った命が思われた。戦死した女川や小菅や佐伯の顔が瞼に浮かんだ。彼らはもうこんなふうに赤ん坊を抱くことはできない。

自分が斬ったあの少年もそうだ。泥を食べるあの母親に会って、自分はあの少年の母親の悲しみの深さに初めて気付いた。殺した自分に、殺された少年の母親の悲しみが乗り移ったようだった。殺したことを心から済まないと思った。あの少年が生きていれば、こうやって、好きな女と所帯を持って、赤ん坊を育てていたかも知れない。そういうかけがえのない命を、俺は断ち切ったのだ。誠三郎は、涙を堪えて和子を高く持ち上げた。和子は、手足をばたつかせてケラケラと笑った。

第十六章　明日へ

一九四七（昭和二十二）年に入っても、食糧事情は改善しなかった。東京の人々の生活は相変わらず買い出しと闇が頼りだった。二月には、八高線で買い出し列車が転覆して百七十人以上が死んだ。中には久美たちの近くに住んでいる人もいたという。他人事ではなかった。引き揚げ者の久美には、物々交換する着物も無かったが、誠三郎が毎日自動車や馬車で田舎と行き来している関係で、野菜や米は少しずつだが手に入っていた。誠三郎が何軒かの農家と懇意になったのだ。

困るのはやはり和子のミルクだったが、一緒に住むようになった孝治が、都心の仕事場近くの食料品店で時々仕入れてきてくれた。何よりもありがたかったのは香本だった。粉ミルクから米や魚や卵、時には肉まで、こちらが途方に暮れている頃、不思議と持ってきてくれるのだった。和子は一歳を過ぎてしばらくすると、重湯や葛湯《くずゆ》はもちろん、ご飯やふかし芋まで食べてくれるようになり、久美の負担は少し軽くなった。

この頃、誠三郎は「もっと早く行くべきだったんだが」と言いつつ、休日を何日か使って、戦死した人たちの家や戦友の所を訪ねていた。その様子を久美が尋ねても、なぜか誠三郎は殆ど話してくれなかった。

四月には地方選挙と参議院選挙と総選挙があり、久美は生まれて初めて投票というものを体験した。五月には、誠三郎が勉強を続けたあの憲法が施行された。久美はこの日、空気の色合いが昨日と少し違ったような気分になった。九月には、キャサリーンという名の大きな台風が来た。風と雨は公園の木々を叩いて凄まじかった。久美たちの家は大丈夫だったが、誠三郎の会社の取引先の材木が被害を受けたという。

その頃から和子の両足の腟におできができ、かゆがって夜泣きするようになった。やっと言葉が出てきたというのに、「あんよが、あんよが」と泣いてばかりであまりに不憫だった。近くの皮膚科に通って薬を出してもらったのだが、一向に良くならない。それで、とても良く効くという噂の隣県の医者まで、電車で二時間程も掛けて通った。

十一月には、配給食糧だけの生活を守った判事が、栄養失調で死亡したという報道が流れた。この事件は食糧確保に苦労する久美にとって、大変衝撃的なものだった。一緒にこのラジオ放送を聞いた誠三郎と孝治も、生きていけるだけ配給するのが筋ではないのかと悲憤慷慨《ひふんこうがい》した。

この年の十二月には和子が二歳の誕生日を迎えた。足のおできも少しずつ良くなっていたが、まだ月一回の通院を続けなくてはならなかった。久美は子育ての大変さをつくづくと感じていた。

この暮れ頃から、誠三郎が仕事を替わりたいと言うようになった。第一の理由は、肉体労働の疲れで、夜ほとんど本を読んだり文章を書いたりができない。ただ風呂に入って焼酎を呷《あお》って飯を食べ、和子と遊んで寝るだけの生活を見直したいというのだ。

だが好景気に沸く木材運搬会社ほどの給料は、他の仕事ではなかなか稼げるものではないようなのだ。誠三郎の気持ちは分かるが、経済的に厳しい毎日の生活があった。状況を変える手立てが見つからないまま年が明けた。

一九四八（昭和二十三）年に入ると、アメリカとソヴィエト連邦の関係が冷え切って、冷戦などという言葉が聞こえだした。中国大陸では国民党軍と中共軍の内戦が続いていた。この年の初めから、誠三郎は再び晩酌を断ち、憲法の勉強をした頃のように、夕食後に読書と書きものの時間を取るようになっていた。

前の住人が使っていたらしい小さな文机の前に座った誠三郎は、最初の頃はやはりすぐに船をこいでしまっていたらしいが、しばらくすると十一時過ぎまで書きものを続けることも珍しくなくなってきた。夕方に自分で淹れるようになった濃いお茶が、その効果をもたらしていると言っていた。

久美は、誠三郎がそんな熱心に何を読み、何を書いているのか不思議だった。聞くと、一昨年五月から始まった極東軍事裁判関係の記事が載った雑誌や新聞を、香本から借りて読んでいると言った。書きものは、軍に志願した時からの軍隊生活の記録らしい。引き揚げで手帳など総て処分してきたので、記憶を元に書き出しているのだという。

そういう生活が安定的に続く中で、誠三郎は転職のことを言わなくなった。ただ、激しい肉体労働の後の読書と執筆は厳しそうで、何ヶ月かすると、折れそうになる自分と闘っている様子がよく見られるようになった。まだ春も浅い真夜中、眠気を取るためだと、風呂場で水を被ることさえした。久美には、何が誠三郎をそうまでさせるのかよく分からなかった。張家口で夜中に激しい鍛錬をしていたという話や、突然戦闘部隊への転属を願い出たことなどが思い出された。

誠三郎には、こうと決めたら猪《いのしし》のように突進する傾向があるようなのだった。久美はそんな性格が嫌ではなかったが、一面不安も感じざるを得なかった。

そんな誠三郎に異変が起こったのは、公園の木々が色づき始めた十月のことだった。その日は、トラックで北関東に出掛けると言っていた。いつもより少し遅い午後七時頃帰宅した誠三郎は、青白い顔をしていて、空の弁当箱を出して言った。

「ちょっと用事ができた。香本さんの所へ行ってくる」

香本宅までは自転車で十五分程だ。これまでも帰宅後出掛けることはあったが、何か様子がおかしい。

「夕飯はお家でしょう」

「ああ、すぐ帰る」

そう言って作業着を着替えもせずに出て行ってしまった。ところが、いつまで経っても帰って来ないのだ。和子を風呂に入れて寝かせてもまだ戻らない。こんなことはなかった。心配しているところに孝治が帰って来た。孝治も中古の自転車で駅まで通うようになっていたので、話をすると着替えもせずに香本宅に自転車を飛ばしてくれた。

孝治と一緒に誠三郎が帰宅した時には、時計は既に午後十一時を回っていた。

「何かあったの。心配してたのよ」

久美が、誠三郎の上着を受け取りながら尋ねた。

「すまん。話がうまくまとまらなくてな」

誠三郎と孝治は、黙ったまま卓袱台《ちゃぶだい》に座った。久美は、急いで風呂がまの残り火を七輪に移し、焚き付けの小割をくべて味噌汁を温め直した。孝治と誠三郎の話が聞こえてくる。


「義兄《にい》さん、香本さんの言うとおりですよ。別人かも知れないし、本人だったとしても、それを否定されたら証明しようがないですよ」

「別人じゃない。俺はあの男の顔を絶対に忘れん。俺と顔を突き合わせれば向こうも分からん筈がない」

「本人だったら、危険だと思いますよ。もう少し情報を集めてから、やり方を考えましょうよ」

「顔を見て、本人だと確認して話をするだけだ。そんな危なくなるような真似はせんよ」

「向こうはそうは思わないですよ。僕が向こうだったら、ただでは帰らせない」

「昼日なかに、県庁で会うんだ。そんな危険はないさ」

「義兄さん、それを言論でぶつけましょうよ」

孝治が熱っぽく語りかけている。

「押しかけて直談判じゃ、別人だと言われたらおしまいだし、腹を立てたらテロみたいになっちゃいますよ。それに悪はそいつだけじゃない。たとえその北嶋って奴に天誅を下したとしたって、同じような奴がまた出てくる。言論でいくしかないですよ」

「孝治君がさっき言ったように、証拠は何一つない。面《つら》突き合わせての直談判しかないんだ」

　話を聞きながら久美は、激しい胸騒ぎを抑えて卓袱台に二人分の夕食を並べた。

「いただきます」

「姉さん、遅くに用意させちゃってごめん」

「いいえ、私が頼んだのだもの」

　二人は話を止め箸を使い出した。誠三郎が、何かとても危険なことをしようとしている。香本と孝治が必死でそれを止めているようだった。二人は久美を意識してか、それ以上話を続けなかった。

　その夜、久美は風呂上がりの誠三郎から、寝室の蒲団の中で話を聞いた。最初ぶすっとして話し渋っていた誠三郎も、久美の真剣な顔を見てようやく話す気になったらしい。北関東のある県で材木を積んでの帰り道、給油所に置いてあった地方新聞を何の気なしに見てみたら、昨年四月の知事公選で当選した北嶋という県知事の顔写真が大きく掲載されていたのだという。笑顔で米国の使節の代表と握手している写真だった。

　それを一目見て、誠三郎は北嶋知事が、太原北方の敵地へ自分を置き去りにした、あの佐藤という男と同一人物だと気付いたというのだ。誠三郎は、時間を取って別の新聞でもその顔を確認したらしい。

　佐藤はあの時、誠三郎に地図と自動車を与えて去ろうとした青井中佐に、「あいつ、消さないんですか。生かしておいたらまずいですよ。計画通りに始末すべきです」と言ったように、遠くからだったが、誠三郎には見えたという。誠三郎は、あの佐藤と名乗った男、即ち北嶋が、公職追放を免れたばかりか、昔で言えば地方長官である知事という重職に就いていることに激しい驚きを持ったというのだ。

　戦争を推進した軍人、政治家、官僚、軍部に協力的だった銀行や民間企業の幹部たちは、ＧＨＱの指令で公職追放になっている筈だ。北嶋はそんなに大物ではなかったということなのか。それとも何か別の手を使ったのか。誠三郎はきつい目でそう言った。

　誠三郎は蒲団の中で話を続けた。自分が知りたいのは、あの時のトランクには何が入っていて、それはどこに持って行ったのか、そして、一緒にいた青井中佐はどうして死んだのかということだ。新聞に載った北嶋の笑顔の写真をじっと見ていたら、太原北方の飛行場に置き去りにされた時の、憤りと不安と寂しさの綯いまぜになった感情がムラムラと甦ってきたのだという。

「それで誠さんは、知事に会おうとしていて、それを香本さんや孝治に止められてるのね」

誠三郎は久美の方に顔を向けて言った。

「別に復讐しに行こうという訳じゃない。あの男に会って、いくつか聞き糾して、ビンタの一つも取ればそれで気が済む」

「何を言ってるの、誠さん。それが復讐じゃないのよ。県知事に暴力を振るうなんて、あなた、まともじゃないわよ。絶対にやめて頂戴。警察に捕まって犯罪者になってしまうわ」

久美の声が大きかったので、和子がぐずり始めた。久美は、二人の間に寝ている和子を、小さな蒲団の上からとんとんと叩いた。誠三郎は表情を変えず、じっと天井を見つめている。久美は、誠三郎がこうなってしまった時は、もう何を言っても無駄なのだと分かっていた。

「和子がいることだけは忘れないでね。和子を犯罪者の娘になんか、絶対にしないでよ」

誠三郎は身じろぎもしなかった。

翌朝、久美が起き出した時には、既に誠三郎の姿は消えていた。文机の上に便箋と万年筆が置いてあり、便箋には「三日程留守にする。会社には言ってある。心配するな。誠三郎」と書いてあった。箪笥を見ると、先日古着屋で手に入れた背広がなく、二人で少しずつ貯めてきた箪笥貯金が消えていた。

少しして起きて来た孝治に便箋を見せると、彼は深いため息をついて言った。

「姉さんには悪いけど、義兄さんの頭の中はまだ軍人なんだよ。あれは天誅の発想だよ。まるでテロリストだ。困ったもんだねえ」

「いつもはあんなに可愛がる和子を、抱こうともしなかった。あの人何かを思い詰めるとああなっちゃうの。でも、相手の人もひどいことしたのに、そのことをしらばっくれて偉くなったのよね。誠さんていう人は、そういうのを許せないのよ」

「姉さんは甘いよ。たとえ北嶋という人が、義兄さんの言う佐藤本人だとしてもだよ、そんなことで選挙で選ばれた知事に何かしたら、大変な犯罪者だからね」

「分かってるわよ。私だってあのあと、精一杯言ったのよ。でも彼の気持ちは全く変わらなかった。そして昨日の夜、誠さん最後にこう言ったの。やってきたことを無かったことにはできないって」

「それはそうだけどさ、テロだよ、それは……」

孝治は食卓について黙って箸を使った。

食事を始めた孝治に久美は言った。

「私の思いは伝えた。あとはあの人次第。馬鹿だったら馬鹿。それで仕方ない。馬鹿じゃなかったら、私たちのこと、考えられる……」

孝治が無理矢理のような笑顔を見せた。

誠三郎からは五日間、何の連絡もなかった。もしやと思って、定時のラジオのニュースを漏らさず聞いたが、それらしいことは何も言っていなかった。心配して顔を見せた香本も、なすすべがないようだった。

誠三郎が帰ってきたのは、いなくなってから六日目の早朝だった。久美が丁度起きようとした時、玄関の鍵を開ける音がした。

「だれ？　誠さん？」

玄関を開けて背広姿の誠三郎が入って来た。疲れ切った表情で、背中に古びた背負い袋をしょっている。

「只今、心配を掛けた」

「どこに行ってたのよ。何の連絡もしないで。どんなに心配したと思ってるの。全く、馬鹿なんだから……」

「済まなかった」

力が抜けてその場に座り込んだ久美の背中を、誠三郎の手が優しく撫でた。涙が溢れてきた。声を聞きつけたのか孝治も出てきた。

「ああ義兄さん、無事に帰られましたね。良かった、良かった」

「どうも、心配を掛けた」

「義兄さん、とにかく上がって。姉さん、ほらカコが泣いてるよ」

久美はそう言われて、涙を拭いて立ち上がり、和子の所に行って抱き上げた。

「ええっ、歩いてきたんですか？」

玄関で孝治が素《す》っ頓狂《とんきょう》な声を上げた。

「ああ、いろいろ、大本《おおもと》から考えたくてな、ずっと川沿いに歩いてきた」

久美は和子を誠三郎の前に差し出した。誠三郎は、髭の生えた顔一杯笑みを浮かべて和子を抱き取った。

「カコ、よしよし、いい子だいい子だ、もう父ちゃんどこにも行かないからなあ」

和子は泣き止まなかったが、誠三郎は構わず抱いて部屋をぐるぐる動き回った。

その日の朝食後、久美は孝治と一緒に誠三郎の話を聞いた。登庁する北嶋知事の顔を見て、誠三郎はあの時の佐藤に間違いないと改めて確信したという。誠三郎は受付に行って面談を申し入れたが、全く取り合ってもらえなかったらしい。それればかりか、引き下がらずにいると、守衛が来て表に放り出された。仕方なく、北嶋知事が登庁する時刻を狙って、車から降りたところで直接話し掛けたらしい。

「この顔、見覚えがあるでしょう」

そう言って誠三郎が行く手を塞ぐと、慌てた秘書らしい男と運転手が知事との間に立ちふさがった。知事はその二人を制して言った。

「まあ、まあ、話を聞きましょう。県民が主権者なんですから」

誠三郎は考えていたことを一気に言葉にした。

「忘れたとは言わせない。終戦の年の八月、太原の北の、敵だらけの土地に俺を置き去りにしただろう。あのトランクはどうした？　青井中佐はなぜ死んだ？」

北嶋知事は全く動じなかったそうだ。

「太原といいますと、あの中国のですか？　終戦の年の八月？　ハハハ、全くの人違いです。私はその時期日本から出ていませんから。忙しいので失礼しますよ」

北嶋はそう言い残して、通用門を入ってしまった。秘書と運転手は屈強な男で、制止された誠三郎は後を追うこともできなかったという。

それから二日間、同じように話すチャンスをうかがったが、しまいには警察まで呼ばれて、結局それ以降何の話もできなかった。誠三郎は、権力というものに個人が刃向かうことが、いかに困難かを思い知らされた。国でなく県の頂点でさえも、かくも固く守られている。自分というものの小ささを痛感したという。

誠三郎は敗北感の中で、自分の考えの土台を大本から叩き直さなくてはならないと感じた。そして東京方面に向かって流れている、名前も分からない川の土手を、下流へ下流へと歩いたのだそうだ。歩きながら、誠三郎は必死で考え続けたのだろう。

「歩きながら気が付いたんだよ。俺は、あの泥を食うおっかあの姿を見てから、心が入れ替わった気になっていた。だけど腹の底は陸軍軍曹のままだった。メーデーだとか吉田内閣打倒大会だとか、大勢集まって声を上げるのを見て、自分はああいう群れたがる人たちとは違うと、ずっと思ってた。いざとなれば一人でやってやる。白兵戦で生き残った人間は、石ころ一つ、箸一本あれば、人の一人や二人殺せると、そんな思いだよね。それで、俺は俺なりに片を付けようと思って北嶋と会った。正直言えば、いざとなったら締め上げてやるという気はあったよ。でも予想とは全然違った。手も足も出やしない。じゃどうすればいい……」

誠三郎はそこで言葉を切って孝治の方を向いた。

「今度のことで、俺が大陸で何をしてきたのか、孝治君にも知られることになった。俺は戦争犯罪人だよ。天津の加藤先生が、その償いは、帰国して新しい国作りで果たすようにと言った。だけど今まで何もできていない。でもいいかい、国全体でやっちゃいけないことをやってきたんだ。それをなかったことにはできないだろう。じゃどうする。二日間歩きながら、俺は孝治君の言う『言論でぶつける』って意味を考えた。今俺は昔のことを、ボツボツ書いている。そこに阿片のことを、覚えている限り書き出すことにしたんだ。香本さんにも協力してもらう。それで、難しいかも知れないけど、いつかどうにかして、それを世間に出す」

それから誠三郎は、少ししたら仕事も替えるつもりだと言った。故郷の五日市の役場に親戚の人がいて、力仕事でよければ仕事の口があると言っていたのだという。給料は下がっても、向こうは生活費そのものが安い。また勤務時間がきちんとしているから、夜に自分の仕事ができる。そう言うのだ。

久美はほっとする気持ちの中で、二日間歩き通して考えるなんて、誠三郎らしい結論の出し方だと思った。和子が久美の膝から降りて、とことこと隣の部屋に歩いて行く。かなり速く移動できるようになっている。誠三郎が慌てて立って後を追いながら言った。

「それでさ、孝治君たちが何を考えてて、どんな世の中を作ろうとしているのか、そんなことが、一冊読めば全部分かるような本を貸してくれよ」

誠三郎は、「アカ」って言われる人たちは、どうしてあんな頃から、死ぬほどひどい目に遭わされても戦争に反対できたんだろうと、最近よく話している。

「アカ」と呼ばれる人たちと言う時、誠三郎の脳裏には、河野美紀子先生のことが浮かんでいるようだった。いつだったか誠三郎が、河野先生は一体どんな勉強をしていたのだろうとつぶやいていたこともあった。一人の力の限界を知った今、自分もそういう勉強をしてみると心に決めたのだろう。そういう人なのだ。その日誠三郎は、夕方まで死んだように眠った。

同じ年の十一月、極東軍事裁判所が二十五人の戦犯に有罪判決を下した。十二月二十三日には、東條英機ら七人に絞首刑が執行された。翌二十四日、岸信介、児玉誉士夫、笹川良一らA級戦犯容疑者十九人が釈放された。その記事が新聞に出た日の夜、めずらしく香本が顔を見せた。例のごとく香本は、米や魚や野菜を手土産に、シルバーピジョンというスクーターで颯爽《さっそう》とやって来た。

「上海の彼《か》の君、釈放ね」

「そうですね。驚きました。有罪になるとばかり思ってましたから」

和子が眠ったので久美も話に加わっていた。

「彼の君ってどなた?」

「私たちがやっていた仕事と深いつながりのある人よ」

香本は、あまりそこには深入りしたくないようだった。誠三郎が付け足した。

「上海で活躍していた実力者で、我々も一度訪問したことがあるのさ」

「どういう風が吹いたのか、岸さんも釈放ね。彼の君と岸さんには、太いパイプがあったらしいわね」

「そうでしょうね」

「あの時代からね。ふふふ、でも良かった。今日来たのはねえ、この記事を見て、岡田君の頭に血が昇って、またどこかに押しかけるなんて言わないか心配になったからよ」

「はあ、そうだったんですか。それはもう大丈夫です」

久美はあらためて誠三郎の顔を見た。深刻に悩んで激しく考えて、断固決意したら二度と後ろは見ない。この人はそういう生き方をするのだと思った。

「確かに岡田君が怒るのは無理ないのよ。戦争で美味しい思いをした連中は、『雌伏して時の至るを待つ』を合言葉に、あちこちで寝たふりしてるわ。阿片の金だけじゃないでしょ。戦時中に供出した貴金属や宝石は、一体どこに消えちゃったのよ。ね、汚い奴はいつでもうまく立ち回るのよ」

香本は久美に向けて話を続けた。

「それは私たちだって、一般の兵隊さんから見れば、うまい汁を吸った部類かも知れないけど、岡田君なんかはあんなに苦労して引き揚げてきた訳だしね。私も帰国してからひどい病気で死に損なったのよ」

香本は帰国後、パラチフスにかかって死線を彷徨《さまよ》ったのだそうだ。帰る道中で食べた物が原因らしい。

それから話題は、少し前に誠三郎が訪ねた、騎兵連隊時代の戦友や遺族のことに移った。内藤という元中隊長、女川、小菅、佐伯という部下の名前が出た。

「奥様やおっかさんたちは、昨日のことのように思い出して悲しんでいましたよ……ただね、気になったのは、みんな勇敢に敵に突っ込んで手柄を立てて死んだみたいな話になっていてね……遺骨宰領の兵隊が遺族を喜ばせようと話したのかもしれないけど……」

久美は張家口で、部下の兵隊が戦死した時の姿で迫ってくる夢を見ると言った誠三郎を思い出した。彼の記憶には本物の戦場の様子が焼き付いているのだろう。

「鬼の古参兵と言われてた、高坂という人には驚きましたよ。鉄工会社の労働組合で委員長になっていましてね。右腕の動きが悪くて労働能力はいまひとつだが、仲間のための大声は出るなんて威張ってました。委員長というよりお頭《かしら》って感じでしたよ」
二、三年前から、あちこちで労働組合というものが結成されているというのは久美も知っていた。
「時代なのよ。あらゆる価値が転換する時代。ただね、北嶋みたいのがたくさん生き残っているからね。政界にも、あっちにもこっちにも……」

香本がそう言ってめずらしく眉を曇らせた。その夜香本が帰ったのは深夜を過ぎた頃だった。

一九四九（昭和二十四）年の正月は、誠三郎の休みを利用して孝治と三歳になった和子も一緒に、麹町の五十嵐の家に年始の挨拶に出掛けた。帰国して一度挨拶をと思っていたのに、結局不義理をして、こんな時期まで引き延ばしてしまっていた。久美は何度か手紙を出し、あれこれの礼を述べて、こちらの様子も知らせてはいたのだが、誠三郎と和子と三人で訪問することには複雑な思いがあったのだ。

五十嵐の住居は落ち着いた構えのお屋敷だった。久美とのことなど何もなかったかのように、心から歓迎してくれた。戦争の時代と比べて、今の自由の素晴らしさを何度も強調していた。

五十嵐は銀座に出した酒場の写真を見せてくれた。客はアメリカの軍関係者が多いらしい。そのうちアメリカに住みたいのだとも言っていた。五十嵐からは、加藤医師夫妻が内戦の中国からまだ帰国していないという話も聞いた。暇を告げた後で誠三郎が言った。

「加藤先生とは随分生き方が違うけど、やっぱり信仰の上では同志なんだろうね」

「考え方が全く違う私のような者を、最後まで援助してくれた人です。心から感謝してますよ」

孝治がそう言った。

その正月、誠三郎と和子と三人で、川崎の久美の実家を一泊で訪れた。母は和子を初孫だと言って、長く抱いて放さなかった。父と兄の墓をどうするかの相談もした。嬉しかったのは、その時賢三に孝治の話をしたのだが、前のように感情的にならなかったことだ。

翌日、和子の生まれた農家にも出向いた。避難所になっていた作業棟には一家族だけが残っていた。そこには見覚えのある艶やかな声の婦人がいて、和子を抱き上げて「よかったよかった」と笑いながら泣き、泣きながら笑った。久美はここで、彼女が戦前からの舞台俳優だということを初めて聞かされた。ここを拠点に再起の準備をしているのだそうだ。

その帰り道、中央線の停車場から公園近くの家まで、三人で夕方の道を歩いた。誠三郎の押す自転車の、座布団と木枠をくくりつけた荷台に和子を乗せ、久美が背中を支えてゆっくりと歩いた。和子は覚えたばかりの「七つの子」の歌を歌っていた。

「からしゅ、なじぇなくの、からしゅはやまに……」

西の空は冬の夕焼けだった。久美は張家口の真っ赤な夕日を思った。ここまで長い長い旅路だった。張家口での誠三郎との出会い、そして別れ、天津での再会と結婚、引き揚げ。孝治のいた川崎で出会った和子。夢中でミルクを確保し、おむつを洗った日々。ようやく苦しい食糧難も乗り越えられそうなところにきた。

何よりも今、この国には戦争も軍隊もない。平和だ。この平和を私は絶対に手放さない。明日も明後日も、何年先までも、ずっとこの平和を手放さない。久美はそう思った。殺したり殺されたりの戦争は、私たちの世代だけでたくさんだ。平和の和の和子を、大切に大切に育てよう。そう思った。

「カコちゃん、お歌上手ね……」

久美は小さな背中を叩いて呼びかけた。誠三郎が振り向いた。瞳に夕日が映っている。

エピローグ

その後、岡田家の家族三人は五日市町に移住し、誠三郎さんは定年まで役場に勤めた。その間、五日市憲法の存在を知って、その研究にも関わったらしい。その過程で、誠三郎さんの万延元年生まれのお祖父さんという人は、どうも五日市憲法を起草した千葉卓三郎《たくさぶろう》という人らが作った、学芸講談会という勉強会に加わっていたのではないかと考えるようになったという。

誠三郎さんはと言えば、五日市に移り住んで以降、日本共産党員として、日本国憲法を守る活動や、政治を革新する運動にも長いこと携わったということだ。勉強も粘り強く続けたらしく、書棚には近現代史や戦争、現代政治に関するたくさんの書籍が並んでいた。

ライフワークとしていた、阿片に関わる自身の戦時中の歩みは、いくつかの雑誌に掲載されたり、インタヴューの資料となったりはしたが、完全にまとめるには至らなかった。書き続けられたものの全体は、手書きの原稿用紙の綴りとして私の元に届けられた。そのことは前に述べた通りである。

戦中から連れ添った久美さんは、和子さんを育てたあとは、地元の婦人組織で、好きな藍染めのグループを作って長いこと活動した。誰からも愛される人柄で、亡くなった時には、誠三郎さんも驚くほど多くの女性が弔問に訪れたという。

誠三郎さんと久美さんが大切に育てた和子さんは、幼い頃から大変成績優秀で、国立の大学を出て高校の数学の教師になった。そして職場の同僚と結婚、三人の子どもに恵まれた。定年後の今は、お孫さんにも囲まれて、誠三郎さん夫婦が長年住んだ実家で穏やかに暮らしておられる。

誠三郎さんの家族葬の後、和子さんから一通の封書が届いた。そこには丁寧な手紙と、何枚かの薄紙にくるまれた写真が入っていた。一枚目の写真には、太い万年筆とよれよれになった黒表紙の、辞書らしき本が写っていた。見た瞬間に私は、これがあの騎兵連隊の内藤中隊長の形見の品であると分かった。

手紙には達筆で「本人がこんなに大事にしてきた物ですから、お棺に入れて持たせました」と書かれていた。七十数年も前の物だ。よく取ってあったと驚く。

あとの写真は、少し古いもので、手紙には「父がまだ元気な頃、一人で出掛けて行って撮影したもののようです。ご参考までに」とあった。大きく墓石が写っている写真の裏の右上がりの文字は誠三郎さんのものだった。

そこには「阿片王・里見甫の墓、『里見家之霊位』の文字は岸信介揮毫《きごう》。千葉県市川市国府台總寧寺」と書かれてあった。里見甫《はじめ》は、日中戦争当時から、関東軍と結託して、中国大陸での阿片売買を統括的に取り仕切った男である。上海を根拠地とし、阿片商人を集めた「宏済善堂」という阿片販売組織の中枢にいて、その運営に関わった。中国名で「李鳴」と称し、阿片王とも呼ばれている。

里見は民間人として第一号のA級戦犯容疑者として逮捕された。日本の阿片取引に関して多くの証言を残したが、一九四八（昭和二十三）年十二月、岸信介や笹川良一らと共に釈放された。児玉誉士夫もまた、海軍の関係で上海での阿片取引などに関わったとされるが、彼もまた同時に釈放となった。

　水面下で何かあったのか、なかったのか。それは分からない。だが、七三一部隊を統率した石井中将は、米軍への資料提供と交換で免責されたという情報もある。それを考えると、そこにはやはり何かの力が働いたのではないか。強い疑惑が湧く。誠三郎さんの記録で、上海の「彼の君」とあるのはその里見甫のことであろうが、何の証拠も残されてはいない。当事者の香本啓介氏も、もう鬼籍に入っている。

　ここに、ほとんど焼失させられた筈の戦時下の阿片政策の生資料を、古書店で全く偶然に入手し、詳細な分析を加えた研究者の、大変貴重な資料集がある。その方が書かれた、同じテーマの新書判の本の帯には、「日本国家による最大の戦争犯罪」と書かれている。

　岡田誠三郎さんが生前語っていた、日中戦争は阿片戦争だったという言葉を重ねて考えてみる。彼が目撃したという阿片中毒患者の悲惨な最期は、我々がそのことに正面から向き合おうとしない限り、この国の現代史の裏側にいつまでもこびりついて腐臭を放ち続けることだろう。一説によれば、蒙疆阿片だけで大和・武蔵級の超弩《ど》級《きゅう》戦艦三隻の建造費と同程度の儲けがあったという。それを考えると、八路軍のビラにあったという「日本軍占領地での阿片中毒患者は三千万人」という数字は、誇張されたものではないように思われる。

　今つくづくと感じるのは、あの戦争を遂行したのは一世代、二世代前の私たち自身だということだ。岡田誠三郎さんは、ほかならぬそのことを、戦場を知らぬ私たちに生々しく伝えてくれたのだと思う。


（「しんぶん赤旗」二〇一八年一月一日〜八月三十一日まで連載）

能島龍三（のじま　りゅうぞう）
1949年群馬県生まれ。群馬大学教育学部卒業。日本民主主義文学会会員。
著書に『夏雲』（2010年、新日本出版社）、『虎落笛』（2008年、本の泉社）、『分水嶺』（2006年、光陽出版社）、『時代の波音』（共著、2005年、新日本出版社）、『風の地平』（2004年、本の泉社）ほか。

遠《とお》き旅路《たびじ》

2019年1月20日　初　版

著　者　能島龍三
発行者　田所　稔

郵便番号　151-0051　東京都渋谷区千駄ヶ谷4-25-6
発行所　株式会社　新日本出版社
電話　03（3423）8402（営業）
03（3423）9323（編集）
info@shinnihon-net.co.jp
www.shinnihon-net.co.jp
振替番号　00130-0-13681

印刷　亨有堂印刷所　　製本　小泉製本

落丁・乱丁がありましたらおとりかえいたします。

ISBN978-4-406-06330-2 C0093　Printed in Japan
JASRAC 出 1814168-801